邱美煊/著

那些年，我们犯过的文艺病

山西出版传媒集团
北岳文艺出版社
BEIYUE LITERATURE & ART PUBLISHING HOUSE

图书在版编目（CIP）数据

那些年，我们犯过的文艺病 / 邱美煊著. — 太原：北岳文艺出版社, 2017.4 （2021.1重印）

ISBN 978-7-5378-5140-4

Ⅰ.①那… Ⅱ.①邱… Ⅲ.①散文集—中国—当代 Ⅳ.①I267

中国版本图书馆CIP数据核字（2017）第027164号

书名：那些年，我们犯过的文艺病　　　策　　划：张世景　　　书籍设计：琥珀视觉

著者：邱美煊　　　　　　　　　　　　　责任编辑：赵　婷　　　印装监制：巩　璠

出版发行：山西出版传媒集团·北岳文艺出版社

地址：山西省太原市并州南路57号　邮编：030012

电话：0351－5628696（发行部）　　0351－5628688（总编室）

0351－5628685（编辑室）　传真：0351－5628680

网址：http://www.bywy.com　E－mail：bywycbs@163.com

经销商：新华书店

印刷装订：三河市天润建兴印务有限公司

开本：660mm×960mm　1/16

字数：259千字　印张：21.75

版次：2017年4月第1版

印次：2021年1月河北第2次印刷

书号：ISBN 978-7-5378-5140-4

定价：49.80元

目　录

【第一辑】

1

【第三辑】

【第一辑】

桃李春风一杯酒

九月份我到大学报到时，福州刚好刮起台风，大雨未至，天昏地暗飞沙走石，很像是《西游记》里妖怪出场前的氛围。大家都行色匆匆，恨不得赶紧找个地方躲起来。一个穿着不入时的妇女，拽着大小两个小孩儿往车站里赶，但两个小孩儿却不肯迈步。他们站在广场上，中年妇女骂骂咧咧，但谁也听不清她在说什么，只见她弯腰打了大男孩儿的屁股，小孩儿下意识地往边上躲了两步，她又紧跟着揪住他，用力揍了两下。然后无奈地摇摇头，打开手里的袋子，拿出两个白馒头分给两个孩子，孩子迫不及待地往嘴里塞，脚步终于迈开了。一会儿就淹没在人流之中。

就在暴雨将至之时，我跨进宿舍门，只看见一个中年妇女正在对一个胖子训话，告诉他"以后碰到台风天气别乱跑，别站在树底下避雨，出门注意安全，保管好自身财物……"。那胖子却只管盯着我看，嘴里"嗯嗯啊啊知道了"地应付着。我偷偷发笑，这厮肯定是头回住校，小菜鸟。

这时，他妈妈转过头看见我，我来不及开口叫"阿姨"，她就出声说："兄弟，你哪来的？"我以为她眼神不好，把我看成家长，赶紧澄清说："阿姨，我今年十八。"那胖子乐了，说："我妈问你哪里人。"我说："我龙岩的。"正想问胖子"尊姓大名"，阿姨又抢了先："请问贵姓？"我觉得她妈嘴太快，一下子紧张起来，以为到电视台参加抢答节目，便赶紧回答："免贵，姓尊。"胖子和他妈都忍不住笑了。我发觉不对，改口说："免尊，姓邱。"他们又忍不住笑了一回。

这母子笑起来像极了，体型也差不多。这个胖子姓陈，他妈知道我从小就是读寄宿学校后，喜出望外，便希望我能帮忙照顾好胖子。我满口应承，但是转眼就后悔，心想如果胖子是美女，我会更乐意一些。

当晚宿舍第一次卧谈，胖子便把我们初次见面的事儿公之于众。我说："他妈说话太不靠谱，叫我'兄弟'的意思，就是把我当成她同辈人，那胖子得叫我声'叔'。"胖子也不害臊，说："看你那张脸，叫爷都够了。"然后真叫我"大叔"。

这外号跟我好长一段时间，班上的女生不明就里，也纷纷跟着这样叫。后来，我在诸多侄女中发展了一个做女朋友，这下就真乱了辈分。我女朋友要求陈胖子叫她"婶"，陈胖子不干，叫姐都不干，说："你一张娃娃脸，看起来像未成年，叫你婶太冤了！"接着又数落我："老牛吃嫩草，一个老不死的却勾搭未成年少女，而且这个少女一直以来管你叫叔叔，在古代这叫作乱伦。我们读中文系，'四书五经'说的全是伦理的事儿，你这样不配当长辈。"为表示与我划清界限，后来就再也不跟我叔侄相称。而班上的女生也觉得，以前叫"大叔"还顺口，现在多个"大婶"，感觉在女生中间低人一等，所以慢慢都不叫了。

开学时，胖了第一个到宿舍，不顾他妈的反对，坚决要选上铺，说什么在如果下铺睡碰到个爱放屁的上铺，那不是跟住在雷区似的，造孽才挨雷劈呢。而且，化学老师说，屁的臭味主要是因为硫化氢（他的化学知识只剩下屁和水的组成），密度大于空气，那都是往下沉的，这样比天天抽烟还惨，严重有碍身体健康。总之，住下铺太可怕了，他坚决不住。他妈拗不过他，只能顺着他，但是，每周她都打电话来关心胖子有没有从床上摔下来。半年以后，胖子一直没摔过才放心。

我选的是胖子对床，我跟胖子说，这是为了能更好地照顾他，不负他妈重托，我会把他当干儿子照顾。他叫我去死，并且说这四年一定不要我照顾，他照样活得很好。果然，他四年里一帆风顺，没心没肺的，除了偶尔小感冒，什么意外都没发生。

有一次我们宿舍为了照顾陈胖臃肿的体型上下床不方便，想重新调整床位，但陈胖坚决反对，说我们滥用"多数人的暴力，剥夺他个人自由"，并建议我去睡下铺试试。我说："我打小在乡下长大，翻山越岭矫健异常，区区一米五的架子床要上去轻而易举；但是你这么胖，上下的时候步履蹒跚的，像只屎壳郎爬树。"这个观点得到大家的赞同，特别是我的下铺小黑，他觊觎上铺多时，十分肯定地觉得胖子睡上铺太危险，按照物理学原理，一个东西要结实，根基必须要稳，这是宝塔"顶上细来底下粗"的原因。胖子睡上铺，就会导致架子床头重脚轻根底浅，容易翻床。陈胖子抗议说："你们应该想起朱自清的《背影》，我每次爬床的时候，就觉得自己是翻过火车站的栅栏，有一双泪眼在背后深情凝望。"说这句话的时候，正对着小黑的床铺位置，得意大笑。

小黑说："我每次看到你爬床铺的时候，我就在想你什么时候会摔断你的狗腿，然后求我跟你换床位。"胖子说："等我百年之后，再禅让给你。"小黑说："指日可待，指日可待。"

胖子的下铺小钧也十分希望他赶紧换床位，他说不管谁在他上铺都比胖子在他上铺强。原因是，陈胖子屁太多，每天晚上睡前放屁，起床前放屁，睡着了还放，这太恐怖了。更恐怖的是，他随时随刻说有就有，好像是召唤宠物一般，有此等本领简直就是个妖怪。我也终于明白，当年认识陈胖以前，这个城市天昏地暗飞沙走石，自然有它的原因，而陈胖也正是因为自己天天放屁，才以小人之心度君子之腹，觉得别人也如此。才非要占个上铺荼毒他人，让他的下铺住在真正的雷区。

小黑还因此十分庆幸睡在我的下铺，不过他也有不满意的地方，就是我经常上床不按规矩来，经常把楼梯当摆设，他描述说"两手一抻，脚下一蹬，就看见一条黑影从头顶蹿过，然后看见一双大脚挂在上铺床沿"，这也有点吓人。有时候还因为动作过大，屁股着床时不够柔和，砰的一声巨响，他的头顶就下起了胡椒面。他说我一点儿都不文雅，粗鄙不堪，像个山贼。后来熟悉了，发现我体育方面有特长，更确定我就是山贼。

小黑之所以叫小黑，是因为新生篮球联赛，我们（二班）与三班对阵时分配防守队员时，他说了一声："那个黑鬼归我。"没想到声音太大，半个球场的人都听到了，三班的黑鬼过来跟他说："我很黑吗？你不照镜子的吗？"然后大笑三声，扭头就走。然后我们发现，小黑真的很黑，不会输给被他称为黑鬼的同学，我们就叫他小黑。

小黑是个奇人，大学时我干的最多的事情就是逃课，第二多的事就是带舍友逃课。我经常拉着小黑逃课去打球，去玩泡泡堂，但是，他的成绩却比我好上一大截。考英语四级的时候，在我的带领之下，他放弃了他所有的复习计划，四级单词册念到C开头，一套真题没做就进了考场，成绩出来，六十一分，于是十分爽快地请我们宿舍吃了一顿饭。过了半年他报英语六级，叫我陪他去买六级单词册，我说："你四级单词册不还挺新的？将就着用吧，反正单词都差不多。买单词册的钱还不如拿来玩泡泡堂，可以去网吧包两个通宵。"他想想也对，就放弃了买单词册的想法。接着读四级单词册，A都没念完，结果又考了个60.5分。惹得一群舍友各种羡慕嫉妒恨，逼着他又请我们吃了一顿。吃饭时我说："四级我是坚决不过的，过了要花钱请吃饭。"小黑说："去你大爷的，自己不努力，老是想吃别人。"陈胖说："就你，楼下看门的智障孩子过四级了，你都过不了。我们就当你可怜，每次吃饭带上你。"我说："如果非专业英语有八级就好了，我们指着小黑能再吃一顿。"

　　我大学时，英语挂了两回，大一下学期，英语才考三十三分。我拿着试卷，去办公室找老师，想着说能不能给我加四个弧，改成八十八，这样不仅我的卷面好看，老师脸上也有光。谁知道被老师臭骂一顿轰了出来，然后我找小黑诉苦说："不给我加四个弧，给我加两个也行啊，八十三分也好看些。"小黑冷笑了，说："两个弧一定要加在前面？给你加后面，变成个三十八分，那就更好玩了。"我想想也对，那还不如不加呢。同宿舍的小林、阿平和刘壮那次考试也都不及格，我怂恿他们去跳楼，建议他们写下遗书，就说被外语老师挂科，无脸面苟活于世。说不定外语老师因此下岗，我就报了一箭之仇。但他们宁愿苟活也不肯帮我报仇，我只好作罢。

　　最嫉妒小黑过四级的人应该是刘壮，他是我们宿舍体重最大的，他跟胖子的区别就在于胖子身上全是肥肉，而他身上全是精肉。他是游泳健将，胸肌大得很，如果山东馒头每个做成他胸肌那么大，一定亏本。他一直很努力，要过英语四级，每天都念英语。老师告诉我们念英语不要怕丢脸要大声念出来，他真正做到这一点，不分场合旁若无人都大声念单词，一个单词念十几遍，跟复读机似的。后来他追着问小黑过四级的秘诀，小黑说："我能过四级，全靠你一个单词读十几遍，你可能没记住，但是我记住了。"刘壮有点生气，觉得小黑讽刺他，有讥笑他很笨的嫌疑。我们鼓动刘壮要向小黑收钱，毕竟他是小黑过四级的功臣。如果小黑不给钱，就揍他个满地找牙。

刘壮虽然壮，但是心地善良，终究下不了手，所以这事儿就算了。但是，刘壮因此却念外语念得魔怔了，一有时间就念个不停，大有非过不可的架势。有个晚上，胖子忍无可忍，把我拉到宿舍门口，说要我陪他去买音响，以抵抗刘壮像唐僧念紧箍咒一般的单词朗读。我们一拍即合，连夜去学生街扛了对音响，刘壮一念英语我们就放周杰伦，反正周杰伦唱歌我们也听不清唱的是啥词。终于把刘壮撵到路灯底下。

刘壮虽然壮，但却是一个很特别的人，说他抠门嘛，他送礼物给女朋友时比陈胖子大方多了；如果说他大方嘛，好像也不对，他不管任何时候，不管一毛两毛，都跟我们算得清清楚楚。不占我们便宜，也不会让我们占便宜。以前特鄙视他，觉得跟他同在一个宿舍，是一件悲催的事，太拘于小节，显得彼此生分。后来才明白，锱铢计较，是一种生活态度。如果人人都这样，这社会就有了最基本的礼仪和尊重。

有了音响以后，江西来的阿平找到了他的乐趣，从《双节棍》到《我很丑但是我很温柔》，接着从《爱如潮水》到《死了都要爱》，试过了无数男歌手的曲风，最后在迎新晚会上对着师弟师妹们，吼了一嗓子王杰的《一场游戏一场梦》，第一句宛如原声，把大家都带入梦境，调音台的兄弟也以为自己误放了原声；第二句开始跑调，直到"噢，为什么要别离"那句还没找回来，特别是那个"噢"，他想往高处抛，结果抛到一半岔了气，惹得师弟帅妹哄堂大笑，人人叫好，刚开场就把气氛推到最高潮。他坚持唱完整首歌，然后撅着屁股在掌声中从容退场。

我不知道阿平是不是因此沮丧，不过我却挺喜欢这样。那正是我们不知道天高地厚的年纪，哪个人不是开了个杂货店就想着哪天弄去香港上市？在台上千夫所指，依旧不会改变我们的本色。这是只有年轻的时候才有的样子。后来我再也没有听过阿平唱歌，但我知道，他一直喜欢听音乐，从未变过。

刘壮的下铺是小林，他在我们宿舍保持了一个无敌的纪录，玩文曲星里的"21点"游戏，玩了个通宵，直到电池告罄。但是后来不玩了，改去研究偷QQ号码的木马。在网吧的好几台机子上种下木马，搞了一堆的QQ号回宿舍。我和陈胖算是宿舍上网比较早的，我八位数的被小林的前辈偷了，剩下九位数的全申请了保护。像刘壮、阿平、小黑的QQ全是小林在网吧偷的，据说，动不动有人加他们，然后臭骂一顿。

后来小林和阿平被骂多了，起了报复之心，便用别人的QQ疯狂地向别人的女网友表白。那时候QQ表情里刚刚添加玫瑰花，拼命发送，反正不花自己一分钱。小林在网上被人骂神经病都已成习惯，终于在现实中也有了厚脸皮，后来他看上了隔壁班的一款小家碧玉，因为连虚拟的玫瑰花都没有，表白依旧被拒绝了。

陈胖说，小林失败在不懂得泡妞的秘诀。他帮小林总结了能泡到女同学的经验：第一，会叠被子。军训期间，教官经常到宿舍检查叠被子的情况，那时候帮女生叠被子可是技术活，有这本事任何女生宿舍来去自如；第二，会削苹果。削苹果一招，是哄女生必杀绝技，给女生削一个水果，女生就会觉得，一辈子都可以吃你削的水果。小黑问他，那你怎么不削几个苹果去试试？陈胖说，我丢不起那人。然后被大家鄙视。

陈胖在大学里没有谈过恋爱，据说文笔一流，但是从不写情书，我猜是因为字太难看，看他写的字都像是一坨解不开的麻线，倒是大便画得栩栩如生，每次碰到课上得不好的老师，就在课桌上画上一坨，整个文科楼到处都留下痕迹。他高中兄弟的女朋友也跟我们同一个学校，临别上大学前还专门叮嘱陈胖照顾自己的女朋友，这可是托妻献子的交情。陈胖也照顾了一阵子，还一度想把她照顾成自己的对象，但是那女的鬼精鬼精的，愣是没上当。后来跟了别人，陈胖也一点都不伤心。可见他真的没心没肺。

黄洋被下毒身亡时，陈胖子家刚刚添丁不久，估计清早被小胖子的哭声吵醒，睡不着就在QQ群里用"谢舍友当年不杀之恩"向我们致意。我忽然意识到，转眼这已是十年之前的故事了，一切宛在昨天。如今我们已经散居江湖各处，有些人也早已疏于联系，面孔都变得模糊。但是，那些记忆却永远留在那里，像是一杯陈酒，等待我们把盏言欢。

那段时间，南方小城长期阴雨。我在书房呆坐，窗外常常是天昏地暗飞沙走石的景象，不自觉会想起多年以前那些个台风天，可我的心情一点都不坏，心中尽是桃李春风。

记得当年那个小

除了想象，我们一无所有。

——题记

SARS病毒肆虐的那一年，我和缪小斯住在万里公寓，去上课要经过人头攒动的学生街。我印象中，有大学的地方就有学生街，无一例外都是那么拥挤，并且破败不堪。在长度不到五百米的斜坡上，小摊小贩聚集，师范大学周围有许多大中专院校，学生们总爱扎堆往这边挤，所以总是人多成患。晚上10点之前，单车、摩托车走完这段路程至少要十五分钟，就算来了四个轱辘的的士，一开进学生街，便淹没在人民战争的汪洋之中。就算的哥把喇叭按坏，也没有什么人理会，只好自己在车里吹胡子瞪眼地骂娘，拼命拍方向盘，并且口口声声说要"和的士的老娘发生性关系"。

我一直都不喜欢这里，我不明白这边有什么东西值得那些女生天天不厌其烦地逛，这个想法是针对那些单身女生的，有对象的我当然知道她们是为了什么——有男朋友是女生的大学生涯未曾全盘失败的证明。而且逛街最能考验一个男生的耐性，女生通常以此衡量男生对自己的爱有多深；或许，某些心理阴暗的女人将男朋友看成了狗，天天都要带出来遛遛也是一种可能——我曾经在学生街口的女性内衣店门口看到一个大男人在门口抽烟，转来转去像头被拴在柱子上的骡子。缪小斯断言这人有"恋物癖"，他的理由是：我们班的女生常常在课间肆无忌惮地描述自己的文胸不翼而飞的故事，说得绘声绘色，低头含羞。有了这个前提，这个男人在内衣店门口徘徊显得形迹可疑，很可能就是始作俑者。不过，这个男人偷内衣裤没有偷到我们头上，我们没有任何损失，因此没有追究。

更值得一提的是在课间谈论内衣失窃的女生，她们讲这些话的时候从来不避开我们这些未经人事的小男孩——因为她们的开导，我和缪小斯都开始注意上了女同学的胸部。起先我们不懂事，不知道这些都是必须偷偷看的。路上一个美女迎面走过来，我们便目不转睛地盯着看，等那个美女在身边掠过的一刹那，缪小斯喉咙口不由自主地发出"咕咚"一声巨响，吞了一大口唾液。紧接着，身后传来一声责骂："流氓！王八蛋！"于是我们面红耳赤，狼狈逃窜如丧家之犬。

记得当年很单纯，不知道在街上看美女的胸部就好像去饭店里闻菜香，都是不需要付钱的道理。换了现在我们会跟她争辩，到底什么样的是流氓；至少也要问清楚，刚才我们是怎么对她流氓的。非常不幸的是，被称作"流氓"的遭遇仅此一次，后来再没有听到女生因我们偷看她的胸部而骂我们流氓，每一个女生看到迎面而来的我们都会自觉地抬头挺胸，以示自己和臭男人的区别。因此缪小斯说，我们偷看的本领到家了。

那时被美女责骂后，我非常懊恼。说："小斯，我们太不懂事了！哪能这么盯着别人看？我们应该用眼角的旁光看，脸不要冲着她，这样大家都相安无事。"

缪小斯一脸的不乐意，说："你他妈的眼角才有膀胱呢！那是余光！"

不过很快小斯就赞同了我的说法。果然，我们再干"流氓之事"的时候从来没有被人揭穿过。两天后小斯给我们宿舍做总结报告如下：

1. 穿低胸衣的一定要看，尤其是她在学生街弯腰买东西的时候，走光概率70%以上；

2. 穿健美裤紧身衣的一定要看，她们很可能是艺术系的美女，不看可惜；

3. 穿毛衣的一定要看，毛衣会把女人的曲线放大；

4. 看的方法：要和女生面对面，争取和她擦肩而过，要假装东张西望，但是眼珠正对的目标不能变，在擦肩而过的一刹那，用旁光（念重音）看她，海拔高低一览无遗。

因为缪小斯能将实践提升到理论的高度，又能用理论指导实践，因此，对女性生理知识了解得很快，被我们宿舍推举为"博士"，他欣然受之。后来，这个外号流传甚广，连别班女生都称之为"博士"，她们看到他的名字极具诗意，便错以为他是学识渊博的中国诗人，所以经常有女生在公共场合叫"博士"，让我们一群狼友忍俊不禁。大头对"博士"的待遇极为羡慕，也潜心学习，每天坚持在凌晨听男性病妇科病的广播，听别人讲热线电话，几个月后，略有小成，便自封为男科主任。男科主任与妇科博士如同南北少林，共享泰山北斗盛名。

缪博士后来修炼到在街上看到女生胸的规模，便能说出使用的文胸尺寸是34D还是36B的无上功力，让我们啧啧称奇。只是不久后博士对自己的这个本事产生怀疑。

我们以前的宿舍安排在女生的楼下，福州常常刮大风，有些女同学来不及将自己的内衣裤用铁线绑紧，就会飞进我们的阳台。我们在小说里看到过某大学的某对男女因为文胸而相识相恋的故事，便想依葫芦画瓢，把文胸主人过渡成宿舍的女主人。于是在楼下的宣传栏写出了招领启事：

招领启事

大风刮过吓坏咱，连声喊叫爷爷妈。

哎呀你看娘的天！谁的文胸掉下来。

并且以专家之笔对它进行鉴定：

品名：文胸（九成新）

色泽：大红

尺寸：34D

结构：罩杯有海绵质，上绣着玫瑰图案，蕾丝花边，下有钢丝为架，有吊肩，衣扣在后。

请失主速到××宿舍领取。

PS：注意文胸尺寸，请勿冒领。

附加条款是大头的主意，他说这样能将尺寸不够者拒之门外。启事挂出去不久，便有跟帖。首先是一个龙飞凤舞的大字：好。此乃史家之"春秋笔法"，言不在多，直指事件的本质。后还有两帖，分别为"神经病"和"变态"，字体纤细，料是女生所书，女生们以为，自己写的字势单力薄，又坐在"板凳"上，不如楼上"沙发"的"好"字，君临天下，气势雄浑。便在字后画上保镖（感叹号）若干，以壮那些字的胆。

辅导员不久之后也闻讯而来，我们宿舍一干人等一齐落网。被批评教育后，在宣传栏上写上了道歉信，对自己的"流氓行为"做出深刻沉痛的检讨，我们宿舍四个人都在后面签下大名，一时之间我们宿舍名噪中文系——所幸的是，在学校这么多守则、规范、管理条例里面，没有因"主动归还别人物品"而受处分的条款，我们遂逃过此劫。而那个文胸也被辅导员当作罪证，勒令没收，不过他思前想后也不好意思把文胸带回家去，便随手把它挂在我们楼下的宣传栏上的钉子上，挂了一个星期后去处不详。而我作为整件事情的策划人，成了流氓的代表人物。

因为这件文胸，缪博士对自己目测胸围的能力产生怀疑：这个所谓的34D海绵太厚，文胸材质的异同，直接影响了博士的判断。因此，他断定很多女生的胸部都是"水货"，恨不得一一检验真伪，以证实自己的猜测。我想起他考证的样子，就像《东成西就》里面的梁家辉，在街上挨个地问："同学，能否借你的胸部给在下看一下？"着实有趣。

缪博士在一个月后又有新言论，他说，判断女生胸部是否"水货"的办法很简单，只要从心理角度分析即可。

缪博士说：首先，女性都是希望别人欣赏自己的，而且，广告有云：做女人挺好。说明"挺"是女生们美的标准之一。我们断定：女生都会抬头挺胸做人。

其次，经过三周的考察，他发现，女生注意到男生看她时，不自觉地会抬头挺胸。说明上述论点成立。

再次，出于这种心理，每个女生都有可能造假。

最后，他看到一个女生，穿上E罩杯之后，肉堆到了肩膀上，走路都能迎风而颤。但是，这个女生走路的姿势是低头含胸，他断定：她担心自己被人看成是异类——可能真正胸大的人都担心自己被人看成异类。

因此，我们在两种不同的行为，结合其心理分析可以得出这样的结论：低头含胸走路而且轮廓明显的为真命题，而看到男生注意便抬头挺胸的为假命题。

缪博士的言论引起宿舍的一片嘘声——因为不管是真命题还是假命题，我们都没有验证的机会，并且是无法验证的。对于真相，证伪比证明更具备杀伤力。博士的观点简直不堪一击。

因为写"招领启事"的事，我们在中文系人人皆知。在女生卧谈的时候，少不了对将文胸进行品质鉴定的流氓们的讨伐。但是，女生们忘记了，"讨伐流氓"本身蕴藏着巨大的风险，而且，她们在反反复复的讨论里，挖掘出了"招领启事"后面的幽默感。我和缪博士作为罪魁祸首，受到了极大的关注。不少女同学在路上看到了我们便会嫣然一笑，然后飘然而去。缪博士说："这些女生对我有好感。"

我说："你怎么不说是对我有好感？"

"她们对你是礼节性的招呼，你注意一下，她们看你的时候眼神是温和而有节制的，但是看我的时候，眼神是火热而炙烫的。从行为心理学上说，对一件事物的热烈程度，决定了人爱憎的强弱。"他说。

"那为什么不干脆忽视我的存在，只看你一个人？"

"她同时也跟你打招呼，只是为了掩藏某种企图。事情太过于露骨了，就没有什么趣味可言。女生喜欢在类似'猜谜'的活动中，获得心理上的刺激。"博士解释说。

他还说，你的长相一点都不惹人喜爱；而且，你缺乏我一样的对事物抽象概括的能力，也因此失去了男人应有的深度。

说到深度的时候，他的身边正好经过一个舞蹈系的美女，擦肩而过的一刹那，我又听见了他喉咙口发出的"咕咚"一声响，不久前因为这声音，我们被斥之为流氓。但是今天却没有，我想，这位姐姐一定是已经习惯了。接着想起当年抱头鼠窜的狼狈，便使劲咳嗽几声，掩饰自己的困窘。

当天晚上，我便写了一首诗：

> 清明时节雨纷纷，床上光棍欲断魂。
> 借问美女何处有，个个都指花柳屯。

大头听完这首诗后说："春天的时候人心躁动。"其实，不只是人心躁动，所有的动物都躁动，所以猫会叫春，牛会出走。而大头还以此推测，草木发芽、满地开花都是植物发情的表现。缪小斯说："花朵是植物的生殖器。"这句话让我对他心怀愤恨。对大部分人而言，春天里踏青赏花是一件享受的乐事，硬是要把赏花叫作是看植物的生殖器，便大失美感。

从这里可以看出来的是，男人的想象空间里，女人的身体占据着很大的一块地盘，而男人的语言如同季候，有时候干燥如冬，有时候湿润如春。

舍长老呆对博士的言论表示怀疑，他说："梅花在冬天里展示自己的生殖器，怎么不会被冻坏？"他讲到"生殖器"三个字的时候，声细如蚊，一派学究的样子。之前让他在"致女生的道歉信"上签名，真是冤枉他了。不过他认罪的态度也不是很好，名字写得缩手缩脚，歪歪斜斜没有一点男子汉气概。我们都没有回答他的问题，只是报以大笑。老呆也跟着嘿嘿憨笑，脸很不自觉地红了起来。古人云：麻生蓬中，不扶而直；白沙在涅，与之俱黑。老呆保持本色也不过一年半载，后来变得厚颜无耻。古话说：从善如登，从恶如崩。就是说要学坏是很容易的事情，后来在"非典"期间老呆又得了一个外号叫作"老罩"，他一罩就是七年，现在都还没有解下来，估计这辈子都无法解掉，除非等我们所有同学都死光才行。这是后话。

我们住在东华公寓六号楼，宿舍号是106-2，楼下是自行车停放点，缪博士有一辆崭新的山地车，样子非常之牛，为了防贼，他用了好几把锁，还有几根铁链把车挂在铁栏杆上。说起偷车贼，每个学校都大有人在。像我们这样的学校，自行车的总量总是不变的，只是主人换来换去。有一天早晨起来，博士发现自行车轮子朝天放在地上，锁却有被人撬过的痕迹，锁上挂着个小纸片，上面写着："算你狠！"博士很是得意，自称防盗有方。过了两天，他发现自己的车被挂在墙上（一楼的黑板边上有一个巨大的水泥钉，还有三厘米露在外面）。博士哭笑不得，我们一阵哄笑。博士一气之下，又买了两个巨锁把车铐上。不怕贼偷，就怕贼惦记。这辆车最后还是丢了，博士伤心了好几天。因为有了前车之鉴，我们都没有买过车，天天踩着爹妈配给我们的"11路车"上学放学。

我们宿舍的阳台正对着大门，所有同学回宿舍都要经过我们楼下。每到傍晚，我和缪博士就会各拿一支毛笔，蘸着水在阳台上练书法，学中义的个个都了解"醉翁之意不在酒"的真谛，所以练书法时也很自觉地看着楼下路过的姑娘出神。有时候看到楼下长得抱歉的姑娘路过，便说："唉！看到一只恐龙，晚上不知道要看多少张深田恭子的照片才能把眼睛洗干净。"

这句话是有出处的，典出教我们书法的杨老师，在课堂上看了我和大头写的字后说："你们真是一群饭桶。看了你们的字我觉得很恶心，我回去之后不知道要看多少遍柳公权，才能把眼睛洗干净。"别的同学笑得很开心，但是因为这个批评直指本人，怕他接着说我不知廉耻，因此不敢笑出声来，差点活活憋死。其实我对自己写的字难看并不介意，顶多以后去当游方道士，还能不用培训画符就直接上岗。他是一个很可爱的老师，虽然在课堂上骂人从不留情面，但是我们都很喜欢他，他有不少言论在我们同学中间流传下来。他有一次在课堂上展示"书壁"（直接用毛笔在墙上书写）的功夫，他说，"书壁"这门功夫没几个人会，自民国以来，加上×××也就那么两个。这两句话成了我们的流行语。缪博士说："自民国以来，像我这么有悟性的人已经不多了，加上杨××老师也就这么两个。"这句话引起我们极大的愤慨，杨老师是我们不少同学的偶像，很多人都以为这样是对杨老师的不敬，便对博士嗤之以鼻。

偶尔大头也会到阳台上写毛笔字，只是写不了几个字，就开始在上面画乌龟，半个小时之后，整个阳台上都爬满了大大小小的乌龟，让我们无处下笔。而且他画的乌龟个个长着大脑袋。大头说：我喜欢大龟头。他的外号就产生了，为了隐晦起见，洒家们砍掉一字，简称"大头"。这个也成了不少女生对他的称呼，我们听到女生叫大头的时候也会跟着叫大头，然后哈哈大笑。

有一次，我看见满墙的乌龟乱爬，很是激动，也拿起毛笔上去画乌龟。不巧被正在脱裤子的博士看到，博士看不惯，便说："墙头画乌龟，彻头彻尾俩活宝。"然后摇头，一脸的不屑。大头回头看了一眼说："镜前脱裤子……"还没等他说完，我就把下联补充完整了："镜前脱裤子，惊天动地一贱人。"

那贱人一副很无语的神情，而大头直呼经典，放下毛笔将此事记载下来。

过了不久，全国便闹起了"非典"，中文系的同学渐渐淡忘了山贼和博士的"招领启事"，而这时候春天已经快过去了，博士天天吃反季节的蔬菜，也开始反季节地发春，因此越发地怀念许多女生看见我们就笑得花枝乱颤的过去。博士感叹说："记得当年胆子小，唉！都怪当年胆子小。"

每次上课之前放学之后经过学生街，我都感到难受。师范大学侧门往东华公寓六米的距离，有一个垃圾箱，盛产垃圾：没喝完的奶茶、果汁、肉骨头，以及腐烂的食物发出阵阵恶臭，伴着边上烤鱿鱼的香味，北方煎饼的香味，混在一起不知道是什么气味。我想，如果可以，我宁肯打个地洞从公寓直接到校园里去。

某一日，走在学生街上，看到许多已经和男生配对或者还来不及跟男生配对的女同学，缪小斯看了一下我的脸，忽然冒出一句话："我发现跟你一起走真是恶心。"我莫名其妙地看着他，他又补充了一句，"我发现你长得像土拨鼠。"然后哈哈大笑。或许他是觉得我长得太丑不配跟他一起走路，但让我感兴趣的是他后面的比喻。

这个比喻和我的想法不谋而合，让我相信很多事情是可以被预言的。

垃圾桶的另一边，是一面墙。墙上画着 坨硕大无比的大便，何人所作因年代久远未能考证。它用红色漆喷制而成，将大便的形象刻画得栩栩如生，好像随时都有可能掉下来。常常有一些不懂事的狗在下面垂涎，等了半天不掉下来就冲着墙狂吠不已。后来有好事者在大便底下用粉笔画上底座，好像是火炬。只是把手太粗，让人想到学生街对面西餐厅里卖出的甜筒，以至于每每看到手拉手一人一口啃着一个甜筒过马路的情侣时，我就会想起两只大狗在舔我们学校的围墙。

那坨大便挂在墙上直到我毕业。毕业后我回到学生街，就找不到了。大便可能觉得挂在那边丢脸，干脆掉下来让狗吃掉算了。大便消失以后，下面也不再有流浪狗流连。

学生街也有过一段冷清的时候，因为那时候全国都在闹"非典"，因此大部分同学都选择待在学校或者是宿舍，很少到街上活动，如果迫不得已要上街买东西，便戴着口罩出门，一时之间满街都是白口罩。一些胆小的家伙，宁肯光着屁股也不愿光着脸在公共场合出没。当然，也有些不怕死的亡命之徒，依然光着脸招摇过市。

因为"非典"，我们都不敢在学生街上的饭馆里吃饭，于是都在学校食堂用餐。对SARS的恐惧也像是SARS本身，是可以传染的。全校好几万人，都选择在食堂吃饭，连以前日日爆满的麦当劳也很少有人问津。每到下课时间，食堂里便摩肩接踵。下课后，我和缪博士从文科教学楼走到第三餐厅，路途遥远，只能站在队伍的后面，看着长龙一般的队伍犯愁。忽然，博士低声对我说："我们开始谈论我发烧的事，快！"然后开始拼命咳嗽起来。他边咳边大声说："他妈的，发烧好几天了，体温就是降不下去。"刚说完这句话，前面的几个人吓得连饭都不敢再吃，便狼狈逃窜。没五分钟，我们已经到了买饭的窗口前，惹得每个前面的人对我们怒目而视。我们买完饭不管三七二十一，扬长而去。

再后来，辅导员在周末晚点名时也说，现在"非典"疫情很严重，希望大家都要引起重视，没事少出门，出门戴口罩。为了表示他自己的重视，他很关心同学们的体温，让每个宿舍长监督宿舍的每个同学早晚测一次体温，如果有异常，要马上拉到医院去，并且要向他报告。

我们舍长老呆做事认真，口口声声说要为整个宿舍人的生命负责，天天逼我们量体温。就算你躲到厕所里也会在里面看你把体温计放进胳肢窝，不顾粪便的恶臭。五分钟过后他会带着纸笔来找你，问你："你会不会发骚（烧）？"据分析，他不知道怎么翘舌。所以我们就回答："会发骚，但是不骚给你看。"然后老呆就挠着脑门嘿嘿憨笑。缪博士每次量体温的时候都很兴奋，把体温计从胳肢窝里取出来以后逮人就问："我骚不骚？"惹得隔壁几个宿舍的男生都哈哈大笑。

"非典"来袭时正值清明前后，流感也很盛行，难免有几个同学感冒发烧。那时候大家"谈烧色变"，一天早晨起来，隔壁班的一位女同学量体温发现自己发烧，以为感染了"SARS病毒"，抓着体温计直接瘫在地上。醒来后痛哭流涕，死活不去医院，生怕自己一去不复返。而辅导员如临大敌，下令全体同学窝在宿舍不得出门，我们以为隔离的日子从此开始，都兴奋不已。好多同学迫不及待地发短信告诉同学自己已被隔离，让大家做好心理准备。半个小时不到，消息如同长了翅膀飞遍整个学校，校园里人心惶惶，听说不少人乱了阵脚，马上打电话向父母亲哭诉，如同诀别。

经检查，那同学是感冒伴随的发烧症状，大家虚惊一场。辅导员黑着脸把同学们臭骂一顿，说我们胡乱造谣。

"人生一件倒霉的事情是碰上了SARS，更倒霉的事情是在SARS病毒流行的时候生非去医院不可的病。"大头曾经说过这样经典的话。自然是有感而发，他在那几天吃坏了肚子，拉了一晚上也坚持不去医院，第二天早晨，眼眶深得好像要戴八百度的近视眼镜。拉肚子有时像是踢足球赛，有中场休息，大头有半个上午没有想去厕所。可是中午吃了一点稀饭，居然又开始上吐下泻，几乎要虚脱过去。我们劝他去医院，他说："医院里都是'发热门诊'，可能有人携带'非典'病毒，我不敢去。"缪小斯说："你这样拉下去迟早拉垮掉，说不定比染上'非典'死得更快，还不如先把拉肚子治好。"大头权衡之后，就妥协了，决定去医院。但是要我和小斯陪他一起去，给他壮胆，好像人多势众可以吓跑SARS病毒。

在路上我们买了几个口罩戴上，到了医院，我们和其他病人都保持一米以上的距离，以示自己和SARS势不两立。至于专门开辟的"发热门诊"，我们都绕开走，看到往那边走的兄弟，我们都像看见了鬼。那天我第一次戴口罩，很开心，忘记了去医院的不快。但是大头却一直耿耿于怀，一回到宿舍就烧水洗澡，一双手用牙膏、香皂、洗衣皂、洗手液等轮流洗过，洗得跟他拉完肚子后的脸一样苍白。我看了觉得好笑，便说："大头，你直接让我们把你的皮扒了，岂不是更好？"大头挠头很不好意思地笑，说："我求个安心。"

其实，我们一直希望有被隔离的体验，但是学校一直都没有发出类似的戒严令。课还是一样要上，只是通往学生街的侧门被关掉了，只开了一个小门，门边挂着块小黑板："请出示校徽或者学生证"。有两个戴着口罩的门卫守着，检查证件。

"非典"期间，学校担心学生外出过多，点名忽然严格了许多，严打迟到早退的现象。而东华公寓离教学区大概十分钟的路程。像我们这样的懒虫几乎都要睡到七点四十，刷牙洗脸买早餐，然后直奔教室，在学习委员点名到五十六号的时候冲进教室，调整呼吸二十秒，喊一声"到"，接着吃早餐。有时候出门匆忙，书都拿错，只好在《思想道德修养》的课上自学《××市旅游指南》。像校徽这样的东西更是身外之物，常常到了那坨红色大便旁边才想起来落在宿舍了。这时候回去拿已经来不及，保安便很负责任地把我们拒之门外。

幸好方法总比困难多，我们让有戴校徽的同学进去，然后隔着墙把校徽丢出来。有几个早晨，我和缪小斯站在围墙前的大便底下，抬头望天，仿佛是在等什么东西掉下来。只是脚下很不凑巧地有两只流浪狗，也在等待，垂涎求之而不可得，在嘤嘤呜呜地叫唤。它们对我和缪小斯充满敌意——和它们相比，我们占据了制空权，它们便把我们当作竞争对手，恨不得要跟我们决斗。

不一会儿，一个白色塑料袋装着校徽从空中袅袅而下，我们像脱缰的野狗，抢在流浪狗之前把袋子捡起来，把狗吓得往后一个纵越，接着龇牙咧嘴地狂吠。我们也不顾此举冒犯了狗，也不理会狗的挑衅，捡起校徽夺门而入。当时一个历史系的胖子也没有戴校徽，在旁边看着十分羡慕。便掏出手机挂电话，然后跟那两只狗站成"三足鼎立"的模样，时不时看一眼头顶上的大便，样子十分滑稽。

这成了东华公寓学生心照不宣的办法，每天总有不同的人站在大便底下等待。而门卫也睁一只眼闭一只眼，不当一回事。有一日，我经过时看见一个人站在那里等待，进去后用装早餐的袋子装一个小石块就丢了出去。袋子刚越过墙头，便听见墙外传来一声欣喜若狂的"谢谢"，十秒钟过去又传来了一声气急败坏的"操你妈"，连门卫都忍不住笑出声来。

俗话说，狗急跳墙，其实人急了也跳墙——有时候，人是由猴子进化而来的未必全对，也有些人是由狗进化来的。因为不是每个站在大便底下等待的人都能接到天上掉下来的校徽，所以有人开辟了另一条捷径。在现在学生街的西餐厅上面，原来开了家网吧，越过西餐厅边上的栅栏，就是篮球场，离上课教学楼不过一步之遥。翻栅栏对我而言是小事一桩，但是对于某些体积庞大的家伙就未必了。历史系的那个胖子历尽艰苦爬上栅栏往下一跳，把腿给跳断了，拐杖拄了整整一个月。因为这个原因，他就和门卫卯上了，天天故意不带校徽去上课。据说，连门卫也不敢拦他，因为一拦他他就会用拐杖敲人。门卫拿他没办法，就给开了绿灯。缪小斯总结说，这个世界上最恐怖的人就是亡命之徒。而这个胖子有当亡命之徒的潜质，只是他的身材和身体素质扼杀了这样的天赋。

因为"非典"，学生街萧条过好一阵子，大部分老板都因此少赚了许多钱。但是，马克思主义哲学告诉我们，凡事都有两面性，困难与机遇是并存的，也有些老板因为"非典"发了财的。不知道哪位专家说，白醋可以预防"非典"病毒，于是一时之间中国醋贵，其影响力远远超过了造成"洛阳纸贵"的《洛神赋》。

从上回去医院的经历可以看出大头非常怕死。果然，他听说白醋有这个功用，便跑遍了仓山所有超市去买醋。可是，因为跟他一样的人太多，白醋早就脱销了，连有酸味的液体都快被人买光了，包括一块钱一瓶的酸梅汁。大头惊恐不已，便打电话给老妈，让她从家乡带上来，他老妈千里迢迢赶来看他，什么东西都没带，光顾着带醋。进门之时带了一阵崭新的醋味，几乎要让人以为她老公有了外遇，天天以喝醋为生。而大头也见醋如娘，非常高兴。

其实，不仅是他老妈身上飘扬着醋味，整个城市都飘扬着酸溜溜的味道，好像所有人的女朋友都被别人抢了，让我觉得很难受。我们宿舍、厕所、教室、食堂都充满了醋的味道，其中以教学楼厕所里的酸味儿最厉害，我去解手都战战兢兢尿不敢出——里面浓郁的酸味儿让我怀疑自从"非典"之后，同学们都不会拉尿，光顾着拉醋了。

而大头因为白醋储备充足，活得很踏实，听中央说，抗击"非典"会是一场持久战，大头担心自己的醋不够自己支撑到"非典"胜利，便在醋瓶子上画上刻度，定时定量供应，而且把醋瓶子放在箱子里锁起来，生怕被我们偷用。他的做法让博士和我心存芥蒂，大头看出我们的不快，便解释说："我很感谢你们不久前陪我去医院的英勇举动，等'非典'过去了，我请你们吃大餐。但是这些醋是救命用的，万万不能和你们分享。"我开玩笑说："如果我们得'非典'挂掉了，你正好省了一顿大餐。"而博士和老呆则是一副好气又好笑的表情。

晚上去上课的路上，博士对我发狠地说："他妈的，早知道那天让他拉肚子拉死！"我忍不住笑了起来，说："至于吗？'非典'未必就这么厉害。"

过了三天，形势更加危急，听说，不仅仅醋脱销了，连口罩也开始供不应求。为了满足市场的需要，有些厂家将一大批胸罩改制成口罩，投入市场。听到这个消息，整个中文系的男生热情高涨，纷纷结伴去买口罩。

我们宿舍一行四人，在路上又遇见了隔壁班的几个人，一起去商店。一进门，老呆便激动得嚷了起来："老板，一打胸罩。"然后自觉不对便改口说，"错了！是一打乳罩。"

老呆把我们所有的人都弄呆了。一会儿老板才说，我们这儿不卖胸罩，也没有乳罩。老呆面红耳赤地站在柜台前差点臊死，我们几个站在边上笑得直不起腰，还有一些同学咳嗽着转头看外面，装作一副不认识他的样子。从此，老呆又有了一个外号，叫"老罩（赵）"。他买的十二个口罩很快就用光了，但老罩戴上去，却一辈子都摘不下来。

后来我们全都买到了口罩，都是淡青色的。但是博士感觉不是很满意，于是很委婉地问老板："有没有纯黑色的？或者大红的也行。"让老板如陷入云雾之中。

我们虽然已经是流氓，但是不够老练，不敢继续往下说，便匆匆离去。在回去的路上，大家都很兴奋地戴上新买的口罩，然后冲进路边的网吧，以宿舍为单位组队打CS。在我的记忆里，那天大家打得特别来劲。只是，谁也不知道，是因为戴上了口罩兴奋，还是因为打CS兴奋。

时间过得很快，不知道什么时候，"非典"就过去了，春天也过去了。我们依旧在阳台上练书法，因为不再在大便前面逗留，和那几只流浪狗的关系也改善了许多；"招领启事"的风波也过去了，再后来，常常有女生到我们宿舍观看大头画乌龟。大头画得很起劲，不过画的内容有所变化——原来他画乌龟都是一般大小，是同一胎的龟兄弟；自从有女生来后，他都画两只大乌龟，然后在后面画上许多的小乌龟。我想，其中的暗示是显而易见的。只是女生们都没有看懂，我们都替大头感到悲哀。

如今又是清明时节，我出差到大头地盘时见到他，又想起当年他怕死的模样。然后打电话给远在异乡的博士，博士在当晚给我发来一条短信，内容如下：大风起兮文胸掉，山贼错把失物招。大头二十真好笑，"非典"来了醋里泡。还有龙岩呆头鸟，误把口罩当胸罩。博士已然不年少，犹记当年那个小。

看完了博士的打油诗，我也诗兴大发，赋诗一首，纪念那段狼狈的岁月：

遥寄当年抗"非典"

一闻"非典"万里愁，提心吊胆满神州。

早晚莫忘量体温，病毒欲来慌满楼。

人人出门戴口罩，天天喝醋晒日头。

如今又忆当年事，笑死昨日诸公侯。

——2008年清明

厕所传奇

厕所，英文缩写为WC，古人称之为茅房，用轻佻一点的话说，叫大便处；再粗俗一点，就叫作拉屎的地方。不过我以为管他叫作"拉屎的地方"有点不妥，看看这么一个故事：

某和尚在山上苦修，只搭了一间茅屋住宿，某天，一城市人路经此地，正好有了便欲，于是问那个和尚：请问那个是厕所吗？

和尚回答：除了那里，到处都是厕所。

这个故事说明，能拉屎的地方往往不是厕所。有一次我爬长安山的时候，试图从没有路的树林中间穿过去，结果差点就踩上一堆大便。师兄们提供给我一个信息：就是长安山上有野鸳鸯来往。我将信将疑，但今日一见，似乎更有几分相信：有史（屎）为证嘛。现在许多史学家都有把野史当成正史看的本事，人云"文史不分家"，读中文的我自然也难免受点影响，把"野屎"当作"证屎"看。

和尚提供了一个理论，而师大人身体力行，相映成趣。这用马克思主义理论的观点来说，是理论联系实际，或者说，理论要在实际中找到根据。很对。而我在自己的实践中得到一个理论：以后走路，非正道不走，因为一走歪路，就容易踩上大便。

青天为茅房，大地为便池。这样的作风需要有很大的胆气和魄力，非我等小人物有此胸襟。但我见过更海量的厕所对联：

任汝豪杰大丈夫，进来折腰低眉；

任尔贞妇烈女子，到此宽衣解裙。

（这只是大意，和原文可能有点出入）

要做出这样的论断，非雄才伟略人士不能啊！

许多人认为，厕所是生活的暗角，是羞于见人的地方。就像屁股，让人看见了总是要难为情——这个道理我们的老祖宗猴子也知道，没事的时候绝不会把红屁股拿出来炫。但是21世纪的今天，露出一点东西好像成了一种时尚，于是有了低腰裤。虽不能露出整个臀部，但至少能露点内裤，引起别人的遐想。以前在万里公寓住宿的时候，楼下常常有一群男生在玩很时尚的滑板，就喜欢把自己花花绿绿的内裤扯出来，很有个性。我承认我有追求时尚的兴趣，但却没有暴露××的勇气，只好写点别人不屑的东西，比如厕所，并以此自慰——这是为人的虚荣心，仿佛买不起正牌的耐克鞋，买一双反勾的鞋穿，以欺瞒一些外行。

我以为厕所大有挖掘的可能，不仅仅表现在淘粪工人有事做这一价值上，它还制造出许多生活情趣。今日搬上纸面，与大家交流。

在文明的社会待久了，狗也会懂得在固定的地方排泄。在一次做家教时我亲眼看见主人家的一只哈巴狗饭吃了一半屁颠屁颠地跑到一个鞋盒里去大便，我因此啧啧称奇。回来告诉别人，有人便说我没见过世面。不过我想狗毕竟是狗，人不到万不得已是不会在饭只吃一半的时候去大号的，因为怕影响了食欲，好像去一趟厕所就在里面弄脏了嘴。

写到这里我又想起一个故事：

有一天我和一个朋友去购物，在街上走得久了就想找个地方放松一下，好容易找到一家公厕，就停了下来。因为手里拿着食物，他就说：

"你先拿着东西，我等会儿出来换你进去。"我没有考虑就同意了。但转念一想不对，我们每次把嘴带去上厕所，出来以后还不是照样吃得很爽？！关食物什么事？于是连人带食物一起冲了进去。结果差点被那位朋友有计划地分批肢解，着实冤枉。我也明白了，不能把自己的贴心之物与别的东西相提并论。我高中的时候有位老师特别疼爱一个优秀生，我和他一起逃课老是我受罚。就像嘴和食物一起上厕所，遭罪的总是食物。

住进17号楼，除了去篮球场比较方便，和有机会看见舞蹈系的美女在后面的健身馆跳舞以外，其他一无是处，连上厕所也成了一个问题。这里的厕所坑道是连在一起的，像是文科楼的厕所，但是，又不及文科楼一样博大精深。所以在大便的时候，特别害怕有人来抽水，如果有人抽水，所有在蹲人员全部扎起了马步。生怕粪水玷污了自己清白的屁股。我忽然觉得古代侠客练武扎马步时在屁股下燃香火、放尖锥都是多此一举。直接到17号楼的厕所练习，同样有显著功效。

因此我们有足够的理由怀念方里公寓的厕所。那时候一个套间住二十二个人，有两个蹲位。像图书馆的一样，一个蹲位有一个水箱。水像"石山水"的沙拉，是自助的，没有扎马步的必要。只不过我们套间的二号蹲位常年漏水，如果在里面大便，可以一边拉，一边洗屁股。这样得搭上三包"心相印"，没人愿意，所以那个位置基本弃置不用。一个蹲位在高峰期难免应付不过来，特别是冬天的早晨，只好集体排队，那里就成了"伦敦"（大家轮流蹲坑的意思）。

在17号楼二楼一串的蹲位里，我最喜欢画有抽象画的一间。那是师兄留下来的文化遗产，我很喜欢。不像有些人，要把传统的东西都捣毁掉，比如北京的外城墙，某国前不久炸掉的一座大佛。就是《闽江》，我也觉得有点难过，除了上一期和上上上上一期，没有其他一本遗留下来。在我刚做《闽江》主编时很兴奋，我以为可以看到很多师兄师伯师叔的文章，但是我打开学术部的抽屉一看，嘿，只有一包化妆品在，包括假睫毛，过期的口红，发出一种很难闻的怪味。

那张抽象画是用红色油漆喷的，我天天蹲在那儿，也看不懂什么意思，但是下面的一句英文倒看懂了：Only For Man。我译成"男士专用"。当年那位学长在这里屎尿与灵感俱来，今天我在这抽象的图像前产生抽象的便欲。有事没事都要去蹲上一阵，缅怀学长当年运笔如风下笔有神的风采。

又听说，以前这边厕所白天归女生用，晚上11点到第二天凌晨6点借给男生。如此合作需要有默契。若晚上11点女生来不及出来，里面就会传出一声尖叫，惨不忍闻。这只是我的想象，纯属噱头。

二楼的"Only For Man"是个经典，而一楼的某个蹲位前面的墙上写着一个一气呵成、纵横刚劲的大字——"屎"！我想一定是某个兄弟便秘的时候激愤所书，我甚至还可以想象他"千呼万唤屎不来"、悲痛莫名伤心欲绝的表情。

某位古人说，读书三上：车上、马上、厕上。在厕所里读书是个人喜好问题，但是在厕所里练书法，我倒是第一次见过，现在经济发展了，厕所都贴上了瓷砖，没有地方下笔。在高中的时候，我们用的是一所老厕所，水泥作面。于是很多人在上厕所的时候就捎上一根粉笔。在厕所发表点东西。我在上厕所的时候就找那些话，打发时间。其中一个厕所的话是这样的：

"×××，我真的很爱你！"

"对她表白啊？你不说她怎么知道？"

"我写我的，关你什么事？"

"不要在墙上乱涂乱画！"

"你自己不也在乱涂乱画？"

"对啊，自己都画还说。"

"我是提醒你们不要乱画。"

……

"那就大家一起写算了。"

然后赋诗一首：

"采石江边一堆土，李白诗人传千古。

来来往往一首诗，鲁班门前弄大斧。"

……

另外，在公厕还常常看到一些"包治性病梅毒"的广告，我在文科楼的厕所也见过。学生街有家公厕独树一帜，除了那些广告，还写着"神爱世人"等等的标语，足见耶稣基督对活人的体贴，我在每次上厕所的时候，都深深感受到耶稣大人无微不至的关怀，在他的精神感召下，来学生街逛街的孩子都有地方小便。

我想以后如果没有活路了，我就去开一个论坛，取名为http: //bbs.wc.com，专门刊发这些东西，在这里发帖，一条一毛。说不定还能捞个百万。

附：

最后我忽然想到，dabian的拼音下面有两个词语："答辩"和"大便"。我马上就要写毕业论文，并且要经过答辩，莫非……

真是可怕！！

嘿嘿……

老鼠的故事

> 以前我写过一篇《厕所的故事》，对自己宿舍楼的排泄之处颇有非议，然后有人建议我写写宿舍楼的老鼠。我深知17号楼的老鼠为师大一绝，感慨良多却不知从何下手，所以迟迟没有动笔。
>
> 今日读到《中国文人的非正常死亡》中的《李斯·陆机之死》一文，忽然就想起秦国李斯同学说的那句话："人之不肖，如鼠也！"一时之间，灵感泉涌，立马写下这篇小文，仅图一笑。
>
> ——以此作引

据说这句话是李斯同学在做仓库管理员时说的，那一次他在仓库里看见一只老鼠大得像头小猪，看到他一点也不怕，还和他对视良久，于是才发出引文中的感叹。

我一位莆田的同学说过一个故事与此类似，那应该是前几年的事情，有一个粮站要搬迁，所以把粮仓里的东西搬出来，结果竟揪出了好几头大老鼠，打死了扔在街上，一只只壮得像旱獭，大家都在纷纷感慨：共产党的粮仓里竟然有这么大的老鼠？！其中不乏义愤填膺者，大家评头论足一番然后摇头走开。大家都没有想过，要怎么样杜绝粮仓里"养"这些老鼠。也许这是大家的习惯，面对腐败问题如是。

和这决然不同的是厕所里的老鼠，传说当年李斯同学见过，现在的寒枫同学也目睹过。我还读高中的时候，宿舍后面有个厕所，那里的老鼠整天等待学生去大便，能够吃点新鲜的，便是好事，看见人便溜得飞快，生怕被人骂成"偷粪贼"。说起"偷粪贼"这个名词，历史上还真有这回事，大概是"文革"的某个时期，屎比金贵，许多人居然为了粪便大打出手（这与老鼠无关，不做详解）。

接下来该开始说说17号楼的鼠辈们了，我想，说起它们所有在住用户和曾住用户都有话说。这里的老鼠啃过四书五经，深谙书生意气，并且常常与隔壁数计院的老鼠互相学习交流，比我们又多了些理性，于是对付起一群"手无缚鼠之力"的书生易如反掌。

其实我说两座楼的老鼠互相交流也是噱头，我只是觉得，当下是"对外交流"成为风气的年代，我们国家许多人都喜欢拿着公款去外国取经，"顺道"看看外国的景色（比如去英国取经，顺便也把欧洲各国的风土人情看个遍才算不虚此行）。老鼠们有这种癖好，也不以为过。我们中文系学生的缺点成了鼠辈的把柄，除了束手无策别无他法。我知道这种说法不能让人信服，我只好举出鼠诗一首，以证我所言不虚：

如梦令·冬夜

昨夜更深人静，

浓睡浅魇初醒。

忽闻床下语：

"你我私里调情，

小心，小心，

且莫惊动高邻。"

此诗深具老鼠鬼鬼祟祟的作风，调情和行窃性质一样，被人逮住必定难堪，的确不能让第三者知道。

我曾经在楼下的小黑板上看见过这么一则启事：

寻物启事

本人于×月×日丢失一件晾在宿舍门口的匡威球衣，价格不菲，望有拾到者送×××室，失主万分感谢！

×××室：小×

即日

我看后啼笑皆非。我们学生厚道就厚道在这里，明知没有希望，还要去试试。前几天早上起来，我发现自己晒在宿舍门口的一件森马的上衣和他的匡威球衣一样不翼而飞，苦寻不着，痛心之至（因为那件衣服是女朋友送我的）。有些同学与老鼠接触久了，竟有了老鼠的手段，这种"学而不厌"的精神令我深感敬佩。我从小在乡下长大，家老鼠山老鼠都见过，见得比人还多，愣是没能学会老鼠做事的风格。

看起来，李斯同学当年说的话因为没有符合"与时俱进"的主张，在今日也已经不那么管用，把它改成"鼠之不肖，如×人也"也同样有成立的可能。如果这也成立，那么，老鼠就白白背了几千年的骂名。

我也忽然就明白了高中时厕所里的老鼠要见人就躲的原因。原来厕所里的老鼠怕别人看见了说它们吃大便，这样很丢脸。这是老鼠的虚荣心，人的虚荣心则是害怕自己穿的衣服太土，所以拿别人的名牌衣服装点门面。人可以换衣服，而老鼠却不能换皮，无奈之下，只好在大便上计较。

此楼鼠辈猖獗，人神共知。我宿舍同学晚餐吃剩的骨头来不及扔掉，第二天就出现在舍友的抽屉里；抽屉里放的苹果，第二天就缺了一个角。我因此后悔自己没有早几年住进这宿舍，这是几年前新概念作文的题目，我怀疑昨天晚上是不是也有一群老鼠到抽屉里去新概念了一回……

　　去年期末，我买了包方便面准备熬夜的时候吃，第一天因为不饿没有吃便放在床头的书架上，第二天晚上熬夜到了凌晨一点，饥肠辘辘时想到自己还有面防身，感觉幸福无比。一边拿了茶缸倒好开水，一边在心中夸自己英明神武，料事如神，美美地拿出面要放入水中时发现已经被鼠兄捷足先登。我只好把整整一茶缸的开水喝下去，撑了个肚子浑圆，然后睡觉。

　　还有一件事情更夸张：我班上一位女生把一袋饼干悬在蚊帐内，有两只老鼠伙同偷窃，你来我往，不亦乐乎。我猜想它们还可能在哼着《劳动号子》："加油干呀！嘿哟——"其时我同学正在床上看书，看到这情景不禁莞尔，一只老鼠竟盯着我同学看，我给它设计台词一句："不许笑，我们在偷东西，严肃点！"

　　后来大家得出经验：宿舍不能有隔夜之粮。

　　我想：幸好它们是老鼠，如果换成人，这个世界全完了。

　　另外，我也发现咬过典籍的老鼠从来不到厕所，也不到盥洗室，再名牌的衣服在那放上一星期，保管没事，不信我们打赌。我知道它们怎么想：偷东西偷到厕所（盥洗室）是沦落人的表现，这样会失它文化老鼠的身份。从中可见，中国上下五千年的文化影响深远，连老鼠也深受其益。

　　这座校文明楼人才辈出，这点大家都知道；同时也鼠才辈出，我们宿舍老鼠来行窃，从来没有抓住过，即是明证；可最近我发现竟然多了一种怪才，他在做人的时候是"人才"，在做鼠的时候是"鼠才"，令我大跌眼镜。

最后，讲一个真实的故事给大家听：

我们宿舍有位同学捡到一张开水卡，然后在黑板上写了一则招领启事，还来不及擦掉，我们宿舍丢了一张开水卡，于是在旁边又写了一则寻物启事，蔚为大观。结果来领卡的有六个，而还卡的没有一个。

后来，我们班上有位女生在二楼的水箱前面盛开水，转身去210室和同学说了几句话，回头水卡就不见了。

原来，厕所和盥洗室门口也不是那么太平……

17号楼214

人们总喜欢电话号码和车牌号喜欢带个"8"，带了个"4"的就得降价出售；打碎个碗称"岁岁（碎碎）平安"，春节把"福"倒过来贴，就为了听别人说一声"福到了"——这样的心态人皆有之，谁都希望自己占个好彩。

当我住进了214宿舍的时候欣喜若狂，因为2月14日是西方的情人节，姑娘们大抵都喜欢这个洋节。我认为住进这个宿舍以后，美女大大地有，是毫无疑问的。谁知道，希望越大失望也越大——214空占了这么好的风水，却鲜有女性问津。于是只好用谐音给自己辩护：214，214，就是说"爱要死"，这个谐音就好像是青蛙杀虫剂，而爱情就是无孔不入的蚊子，进了我们宿舍必死无疑。

杀虫剂虽然毒，但难免会碰到几只免疫力强的蚊子。不怕大家笑话，本人曾经有过一个女朋友，这成了我们宿舍的传奇。所谓的传奇就是指过去了的事，现在我的女朋友早就变成了别人的女朋友，而我连她的手都还来不及牵。说起这件事真叫人伤感，我长得就像龙岩的清汤粉这么有地方特色，居然还要落得被人抛弃的下场，老天真是瞎了眼了。

后来，我和下铺小韦出门时，看到满校园手牵手的情侣便满怀感慨。俗话说，打铁趁热，泡妞趁早。都怪我们年轻的时候不解风情，把这么多好姑娘都让给了别人。转眼是毕业的人了，除了在交作业时碰过学习委员（系女性）的小手，其他时候摸的都是篮球。

小韦听到我的感慨也很有感慨地发出感慨："你说现在的大学怎么跟婚姻介绍所似的？"

"你干脆说是妓院得了，我们没钱帮别人养女朋友，也没姿色让别人养我们，就少说点风凉话吧！"我觉得我们就是吃不到葡萄说葡萄酸的小狐狸——说自己是狐狸也许还是夸张了，如果不是小韦坚决反对，我会说我们是一群黄鼠狼，有句歇后语说："黄鼠狼赶集，进来出去就一张皮。"这话说得实在是好。

我们进出教室、图书馆什么的，总是希望自己能时来运转，瞎了眼的丘比特一箭射歪了，正好落在我脑门上。于是就像梁山伯与祝英台，来场惊天动地的恋爱——也就跟黄鼠狼差不多，它赶集一定是希望能摸只鸡回去，反正不管公鸡母鸡白鸡芦花鸡，只要能填饱肚子的都是好鸡。晚上在汗馊味十足的被窝里想起自己的想法，也忍不住骂自己猪狗不如，连去读书都带着这么浪漫的目的，真是饥渴得超尘脱俗了。

其实，黄鼠狼"进来出去就一张皮"还有一种解释：就是它穷得一无所有。我们也是这么穷，哥们儿几个喝酒都喝二锅头，一人一瓶下去，全部东倒西歪。有时为了喝瓶二锅头，恨不得把教科书卖掉，让什么"君子固穷……"通通见鬼去。书我们确实也卖过几回，在期末考试结束之后，我们把所有公共课的书集中起来，卖给收破烂的阿姨，换了一顿酒喝，还每人配了两只下洋鸭爪、一包酒鬼花生。当时是我当舍长，结果一群狼友开心得很，直呼"大土英明"，于是我顺水推舟，让他们山呼万岁，结果引来一片骂声。

接下来要开始叙述往事，回忆是一种负担，还得从大一的时候背起。

那时候我们还年轻，对大学生活充满激情，充满信心。我对床的阿福决定坚持高中的生活，他每天起得比鸡早，然后拿着他读北大的哥哥留给他的英语四级单词册在校园的池塘边读书；白天有课就去上课，没课的时候就很有可能依旧在操场的榕树下坐着，手里还是单词册；晚上睡得比猫晚，有时大家睡觉了，他还一个人在阳台昏暗的灯下，捧着已经被翻得稀烂的单词册，口中念念有词。透过玻璃门看过去，像极了庙里念歪经的小和尚。那时我们还不是很熟，起床尿尿还被他吓过两回。

他理所当然地通过了第一次四级考试，而我和宿舍的其他人都倒在四级的石榴裙下，准备下次继续来参拜。后来，小韦也跟着过了四级，我也不好意思带着四级单词去教室，于是把崭新的书皮换下来，套了个六级的上去，勉强跟上了时代的步伐。不久前，我的四级单词册连皮都没了，我自己弄了一张厚纸做封面，看了心有不甘，想了半天，在上面写上"考研英语"四个大字。阿福看到了大笑，我解嘲说："与时俱进，与时俱进。"然后嘿嘿着干笑不已。

阿福早起读书的习惯坚持到了《香水有毒》传唱大江南北的时候，他忽然放弃这个好习惯跟我有关，我在那首歌出来以后，写了一副对联如下：

读书苦不苦，看看人家二百五；
打球累不累，擦干眼泪陪你睡。

据胖子阿海说，阿福读了这对联以后如遭雷击，之后就再也没有早起读过书，简而言之，就是受刺激了。看来我的对联还真有震慑力，一语点醒梦中人，给阿福一个醍醐灌顶——或者他会恨我一辈子，因为我这对联好像有骂他二百五的意思。这是言者无意，听者有心，希望他不会太计较。

老K是一个宁德古田来的瘦子，身高一米七五，体重一百斤不到。阿海说："我一条大腿加上身上最小的器官都比你重。"我想大家都不知道K是怎么长的，只是我不是上帝——上管天，下管地，中间管空气。他为什么这么瘦我没想追究，只是说说老K这个人。阿K最大的优点是认真，他做出来的事总是接近最好，只是速度有点慢，让人抓狂，跟他住了这么久，耐心是练出来了，以后处对象的时候表现一定会优秀很多；他最大的缺点是较真，他最经典的故事发生在大一下半学期，那时候阿海新买了一个文曲星，用来背英语单词的。里面有个很土的游戏叫"21点"，就是几张扑克牌发给你跟电脑比大小，老K居然抱着它玩到凌晨五点多，天都快亮了，如果不是文曲星电量告罄，估计他会坚持下去，后来我们问他为什么不睡，他满腹委屈地说："好歹我也要赢一局吧？没赢睡都睡不着。"接着又埋怨文曲星过于狡诈，吃多赔少，那样子可爱极了。听说他在联众游戏里面有一个ID的名字叫作"我不甘心8"，让我们笑掉大牙。老K真是天生赌徒，幸好他只爱玩虚拟的赌博游戏，否则一定是个败家子。

小林喜欢听音乐，听谁的歌都跟着哼哼，可惜天生五音不全。大一的时候迷周杰伦，一天到晚都唱着"我只用双截棍，嗬嗬咳嘿"，手里还拿着空气做的双截棍，在空气里乱舞。不清楚内情的人还以为他羊痫风发作，我告诉他我的感受以后，他忽然就不喜欢周杰伦了，我也不知道为什么。听过孙楠的歌他就唱："I belive，I am a good boy。"我们都认为这首歌当舍歌很合适，不过小林死活不让。后来他又迷上张学友，于是建议我们用"花花公鸡"（粤语版《花花公子》）当舍歌，我们一乐，都同意了。一时之间，我们宿舍叫鸡成风，有人敲门，便可听见里面一声吼："暗号？"外面的回答必须带"鸡"才给开门。于是外面也吼一声"公鸡"，门就开了。那时我刚和女友开始接触，曾带过她去宿舍小坐，此等情形让她啼笑皆非，说不定我们告吹跟我们天天叫鸡有关系。只是我没有问她原因——俗话说，男女分久必合，合久必婚。有些事情顺其自然最好，追根究底更伤人心。

阿海算是我们宿舍里家庭比较富裕的，因此也有"富贵病"（香港脚）找上他，本来我们都不知道，所以允许他穿我们的拖鞋，打球时偶尔向我们借鞋子用用我们都不反对。可是后来一个宿舍四个人都开始脚痒，这才揪出害群之马。那个时候刚好是深秋，天气晴好，上午课后吃完午饭，回到宿舍，几个人把鞋袜脱了，搬个凳子，坐在阳光明媚的阳台上。让脚丫子晾在阳光下，过一会儿，大家的脚热了，也痒了。于是把一只脚的脚跟叠在另一只脚的指缝间，来回用力地搓，四个人一边聊天一边搓得起劲，也算是宿舍的一道风景了。

我也没有幸免于难，在搓脚的时候我想，这也算是"先富带动后富，最终达到共同富裕"吧？冬天到来的时候，我们就把香港脚治了，并且再也不肯把鞋子借给阿海——我们这样的人穷惯了，富贵起来还真不是很习惯。我不知道现在阿海的脚是不是还经常"香港"，越靠近毕业，越没有时间顾及舍友的喜怒哀乐，也许，在生活里面，每个人都有自己的重心。可是有时候觉得，自己越活越没有重心。

214是我宿舍的门牌号，里面窝着六条汉子。这些个汉子，天天过着西方的情人节，其实没一个有情人，都过着和尚一般的苦日子，除了偶尔吃肉喝酒。

忽然记起高中时看过的一则校园歇后语：男生宿舍——少林寺。这种概括恰如其分，因为高中的男生宿舍，能光临的女性除了家长就是扫地的大妈，那些年轻貌美的姑娘简直就是上帝派来的使者。

到了大学，我以为情况总会好一些了吧，没想到，有过之而无不及。如果不是整天可以在校园里看到穿着各种颜色衣服的天使（尽管她可能陪在别的男生身边），那么，收破烂的阿姨都要变成我们的天使。忽然觉得庆幸——幸好，少林寺也是有年轻的女香客的。

——谨以此文纪念我已然逝去的宿舍生活

军训传奇

我明年夏天就毕业了，前几天整理抽屉，发现几张军训照片，便拿起来端详。现在看这些照片，有种很怪的感觉——在我看来，每一个人都有自己的本质，这些本质放在合适的地方就会大放异彩。像我的本质是山贼土匪一类的，穿上军装就显得特别不伦不类——没有一点雄赳赳气昂昂的豪迈，倒像是个打了败仗的兵。其实不只是我，还有好多同学也像，当然他们不是因为像山贼，而是因为他们"手无缚鸡之力"的缘故。山贼在文学院只此一个，别无分号，再多一个出来如果不是假冒，非死不可。

大家知道，所谓军训，就是大家穿上能让人的身体闷出蘑菇的迷彩服一起到操场晒一个月太阳，直到大家都变成包公的后代为止。

对军训的评价，同学们要么说辛苦，要么说无聊。在参加军训的时候我也是这么想的，但是现在觉得，其实军训并不像当年经历的一样了无生趣。当然，这是记忆精心修饰的结果，我觉得每个人都有这样的心态，事情过去很久以后，我们心中对痛苦的记忆就会变得云淡风轻，而一些本来没有注意的快乐则蠢蠢欲动。我的军训就是这么回事，现在记下一些片段与大伙同乐。

"日落西山红霞飞，战士打靶把营归，把营归……"当年我们就是唱着这首歌去打靶，教官在这时候通常是教训我们说要大声，精神风貌要唱出来。然后我们就开始扯着嗓子吼起来，但是过不了五分钟，声音渐弱，哼哼唧唧像是在听快没电的随身听。我还记得去靶场要经过一家神经病医院，在经过的时候我就想，这地方一定进去的多，出来的少。道理很简单，在靶场旁边整天都能听到枪声。我想大部分进去的人都会有堂·吉诃德的想象力，堂·吉诃德能把风车当巨人，料想这些病人也能把这边当战场，说不定一个个都以为自己是黄继光、邱少云了。

我记得那天有好多同学打靶打了两回都没有换靶，如果要上战场这些人只会浪费国家的子弹，枪法烂得不行。不像我，三枪就把靶给撂倒了——其实只扣了三下扳机子弹就没有了。打靶用的是五四式步枪，虽然有点老土，但是却能发连珠弹，这些步枪也不容易。

据那个给我换靶的哥们说，我的靶上成绩一共有五十二环。我估计是我身边的两个人都往我靶上瞄了。不然以我近视接近五百度的视力，连靶都看不见，打死我也出不了五十二环的成绩，除非我的子弹自己能认靶，或者那个靶能找子弹。

成绩这么好我却感觉很遗憾，因为没有换靶的同学交二十块钱可以再打一次，所有的军训最过瘾的事情就是开枪，王朔说"过把瘾就死"，而我过把瘾就没了。因为小时候战争电影看太多了，记得那些战士开完枪通常都是要喊冲锋的。我在开完枪之后想跳起来喊着"缴枪不杀"然后冲出去，刚抬起屁股就被教官一脚踹在屁股上。这时候还有好些人没有开完枪，如果我冲出去可能真变成活靶了。

后面负责换子弹的同学笑岔了气。

在打靶以前，我们连续几天都在学校的小操场瞄靶。一天到晚端着破枪趴在地上对着五十米外的靶子模拟射击，实在是无聊。只好学习阿Q同志精神胜利法，口中发出"啪——啪——"的声音，对靶子进行点射，要不然就趁着教官不注意，把枪口对准田家炳楼下站着看我们军训的人，幻想他们血肉横飞的惨状。

有一次我正在聚精会神地瞄靶，年级的助理辅导员在我面前走过，我一时口快说漏了嘴："啪——正中小腿！"结果她立马把我揪起来，要我说上十声"对不起"，要不然就要给我小鞋穿，我因为担心不能参加打靶，便一口气说了一串的"对不起"，我想说话的速度一定比五四步枪开火的速度快多了，然后那个辅导员红着脸满意地离开了，我身边的同学笑得特贱。我们宿舍管那位辅导员叫"美导"，即"美丽的辅导员"的意思。她唯一的缺陷就是小腿有点粗，我一枪正好打中她的痛处，难怪她生气。

五四式步枪没有别的好处，我最喜欢的是它还带着刺刀。凡是男生都知道，练习瞄准是一件很痛苦的事情，比齐步走喊"一二一"为难多了。但是这仅仅限于男生。男生们趴着练习瞄准，不能动弹，久了，胯下就发胀，小弟弟很不识趣地造反。通常这个时候大家会下意识地微抬屁股，那时一定会遭教官严厉训斥。而女生则"身无长物"，胸口还有东西垫着，趴多久都不累。

我是个智商比较高的人，趁休息期间，偷偷卸下刺刀，在地上挖了一个长条形的坑。正好放下胯下之物，从此趴着纹丝不动，看身边的兄弟被教官训斥而心里偷笑掉牙。一直到结束打靶我都没有把这个秘密泄露出去。

可惜的是我的智商都用在"旁门左道"上了，学习成绩却差得很，实在惭愧。

等到我们打靶结束以后，就开始到操场练习齐步走、正步走，还练习站军姿、卧倒、匍匐前进之类的基本技能。

正步走是最难练的，所以教官常常让我们的手臂挽在一起，像是抗洪抢险里面堵堤坝的英雄。大家还要脸统一朝向一边，这样看又很像红色娘子军里面的镜头。大家噼噼啪啪地踢正步，扬起满天的灰尘，我们一律很自发地屏住呼吸，只用鼻孔换气，结果每天回宿舍洗澡都能在鼻孔里扒出一堆的鼻屎，黑黑的，放在纸上像煤堆。至于脸上，经常被汗水冲刷出一道道痕迹，我想高中的时候上地理课有这样的脸就好了，可以用来解释水蚀地貌的形成过程。

匍匐前进也是一个亮点。我自己在下面，趴着左右腿换着蹬的时候没有什么感觉，但是后来看学弟学妹军训，练习这个姿势尤其好笑——大家穿着迷彩服一起趴在地上，花花绿绿的，像是一操场青蛙的尸体，还码得整整齐齐，全是从高空落下来摔死的那种姿势。

可惜的是迷彩服包住了所有美女的窈窕身姿，在军训的操场是看不见美女的，我想这个是所有男性的遗憾。不过所谓的"迷彩服"却包不住男生身上的"野气"。我们宿舍八个人，有六个人裤裆里掉线，老二呼之欲出，至于别的宿舍我想情况大同。所以说文学院的男生没有男人味其实是很不妥的。

幸亏我们宿舍有人带了针线，自己动手给它缝上。陈某第一个动手，针线活差得没话说，把他的裆部修得跟狗啃过一样，皱皱巴巴的，看起来像是破了的拉链，有些地方可以塞进手指。而我因为小时候经常爬树，"穿裆"是经常的事情，因为老妈知道我爬树破了裆部都不帮忙补，基本都是自己动手，所以我把裤裆修得妥妥帖帖，让一群兄弟目瞪口呆。古有张飞穿针，今有山贼引线，该同载史册，共享美名。后来我就补约不断，一个中午我补了六个裆，还有隔壁宿舍的同学慕名而来。现在的遗憾是忘了让他们请我吃饭。

有个同学更夸张，直接在操场就把裤子给撑坏了。我想是因为汗水把线给腐蚀了，他只做了一个下蹲的动作，就把裤子蹲出了一个大洞，一路撕到小腿。大家纷纷表示遗憾，怪他是个男生，换了女生就有眼福了。后来我们整个男生连都把自己的肩徽帽徽借给他，当别针用，满满一个裤管。他看起来像是50年代穿梭时空过来的像章收藏家。

军训的时候天气很热，有些同学一个星期都不洗一次迷彩服，汗酸味简直要把天上的鸟熏下来。有一只麻雀就在我们原地休息的时候落下来，一跳一跳的。我们教官想逮它，蹑手蹑脚跟在它后面，跟了半天，那动作像是抗战片里面偷地雷的，让一群兵笑死。

忽然记起来还有一个重点没有说，就是宿舍的军事化管理。我们床上是统一购买的新棉被，都不能整成豆腐块的样子，倒像是学生街卖的棉花糖。

我们为了拥有一块豆腐一样的被子，使出了十八般武艺。有些人用书桌或者是搓衣板压，甚至花一个晚上的时间坐在被子上给它定型，只恨不能抹摩丝，打啫喱水。还有些同学把书桌塞进被子中间把被子撑平。好不容易有一点像豆腐了，就到了睡觉时间，我们就把自己的被子打开睡觉，第二天，豆腐又变成棉花糖了。

说起睡觉，军训期间还有一个经典的故事：

我的下铺在午休时睡得太熟了，叫了好几声没醒，然后我去推他，还是不醒。我们都慌了，探他的鼻息，还有呼吸，便松了一口气。于是王某就说："军训了，要迟到了！"没有动静；黄某乐了，接着说："辅导员来了，快起来！"还是不见动弹；陈某声音高了八度："教官来了，起来！"还是不动。陈某又喊了一句："××在楼下走过去了！"我下铺马上睁开眼问："哪里哪里？"（××是一位女生的名

字，因为隐私关系，恕不奉告）

这故事成为我们宿舍军训故事的TOP.1，超过了集体补裤裆。

我们白天在操场拉练，晚上就在万里公寓楼下拉歌。所谓的拉歌其实好笑得很，我只花一晚上就把歌学会了，然后就排在队伍的最后面物色美女，那时候广播电视新闻学还隶属我们文学院，所以我们通常都是忙着给她们打分，而唱歌的事情简直忽略不计。

而且这样还远远不够，等到拉歌结束，我们回宿舍继续讨论。我们宿舍一共八个人，一人找了个对象，动不动就在宿舍喊一声："小×啊！过来说说话吧……"搞得自己和她很熟似的，其实她连我们是谁都不一定知道。用现在的眼光来说，这些行为属于"意淫"范畴。我们"意淫"过广电专业的美女，还有本系的美女，最后连"美导"也没有放过。

如果只是评头论足，料想无伤大雅。到了晚上十一点以后，男生就开始往女生宿舍挂匿名电话。有些层次低的通常响两声趁女生还来不及接就挂掉，但是我们宿舍全是一群幽默大师，自然不会放过和女生聊天的机会。我宿舍一哥们假装是送外卖的老头，打到女生宿舍去叫她们半夜下来接外卖，编排了一列菜单，还说有两瓶酒。结果女生说没有叫，他便开始诉苦，说了五分钟居然忍住没笑。他说："我已经六十多岁啦，这么晚给你们送外卖不容易啊，你们不能这样对我……"之类的。其他的同学在被窝里面笑断了肠。下面再重播一段经典：

第一幕：

男A："你好，请问周杰伦在吗？"

女答："你打错了。"

男A彬彬有礼："噢？对不起啦，请问小姐芳名？"

女："神经病！"（挂线）

第二幕：

男A："你好，我找周杰伦。麻烦你叫一下好吗？"

女："你打错了！"

男A："对不起，请问你知道他的电话吗？我找他急事！"

女："神经病！！"（挂线）

第三幕：

男A："你好，还是我。"

女："神经病！"

男A："我确定他给我的就是这个号码。麻烦你叫一下周杰伦。"

女："＃￥ぅ％！＃＆"（挂线）

第四幕：

换男B角："你好，我是周杰伦，请问刚才是不是有人打电话找我？"

女："＃％￥ヷぅ＊＠"

不过这个四幕剧基本上不能全部完成，要么是因为女生接过两次以后直接把电话线拔掉，要不然就是打电话的男生忍不住笑出来而导致计划破产。到了军训后期，女生宿舍戒备森严，通常晚上十一点以后例行断电话，为了避免受到骚扰。

但是经过这些折腾，我们宿舍的成员已经亲密无间了。

食堂传奇

我大三的时候，有家食堂曾经干过"伤天害理"的事，许多学生因此被送进了医院，听说是因为他们做的"秋刀鱼"有毒。不过也难怪，这食堂在半年之内就成了食堂中的翘楚，而其他食堂都像年老色衰的妓女，门前车马稀，在门口经过往里面看，卖菜的比吃饭的人还多。在这样的形势下，生意好的出现一点"纰漏"也是意料中的事情。

不过在我看来，这个食堂工作失误的可能性小，倒是其他食堂的竞争手段的可能性比较大——我向来不惮以最大的恶意揣测别人，更不用说是企业了。都说在竞争中没有卑鄙不卑鄙，只有输和赢，简直就是至理名言嘛！果然，在这家食堂停业整顿的时候，另一家食堂张灯结彩，重新开张。

我这个人一向不学好，从小吊儿郎当不说，进了大学也只喜欢看那些"不正经"的书，比如王小波的黄段子。看这种东西很容易入迷，然后不知不觉自己就变成了坏蛋。等我后悔的时候已经来不及了，然后我就想：既然都已经变成坏蛋了，就不妨做得更像一些。

我在一篇文章里面说过，我们的食堂习惯把男生当女生养，把女生当老鼠养（在食堂我有一顿吃三份饭不饱的经历，在外面两碗就可以堆到我喉咙口）。这想法经过三年时间的验证令我深信不疑——我这个人最大的弱点就是立场不够坚定，朝三暮四是家常便饭，但在这个问题上我从未动摇，就像我一直坚定不移地信仰社会主义。不过说起"便饭"，我们的食堂倒深得精髓，这个便是方便的"便"没错，可是大家都没有想到，大便的"便"也是这么写的。食堂在这方面做了先驱。

于是想想，大学的食堂里，好吃的只剩下典故了。

我最佩服的就是食堂的师傅腕力，连我们这些天天运动的男生都自叹不如。我去食堂吃饭的时候，经常都会点一道青椒炒香肠，这道菜有个好处，就是青椒和香肠之间有些矛盾，好比美国的民主党和共和党，常常各自为政。运气好的时候，师傅一勺子下去，至少有一根半香肠的分量舀进你快餐盒里头——不过这个机会千载难逢，比较可能的结果是，那个师傅一勺下去，马上有一满勺的香肠在里头，然后买菜的哥们使劲咽一口口水，伸长了脖子等勺子翻在自己的快餐盒里面，可是正在这时候，师傅手腕一抖，一部分香肠归位，"啪"的一声，在你快餐盒里头的香肠不多不少，正好五片。让买菜的我们过足了眼瘾，吊足了胃口，不亦快哉。

当然也有例外的时候，我就看见过一个"校花级"的美女，款款地走到男师傅面前，嗲一声说："师傅，我要一份上排。"那个师傅二话不说，就挑了一块最大的给她，然后顺便送一块小的。我和几个兄弟以为今天上排实行"买一送一"的优惠政策，于是抢着喊："上排师傅，师傅上排！"结果，那位大师傅两眼一翻说："我不叫上排！"随便拿一块砸在我碗里，铿然有声。骨头比肉还大——我怀疑那头猪是钙片当饭高钙奶当泔水养大的，不然不可能长出这样大得不可思议的骨头。

后来我们看见那位美女对面坐着个男生在吃上排，吃得嘴角流油意犹未尽。而我拿个大骨头在死啃，一根筋嵌进了牙缝，痛得我龇牙咧嘴眼泪汪汪。更难堪的是，那根筋上还挂着个大骨头，我恨不得用脚掌帮忙摁住骨头，好让自己解困。我的狼狈相让几个哥儿们胃口大开，各多买了一份饭庆祝山贼丢脸。这顿饭以后，我们都发誓要找一个漂亮的女朋友帮忙买饭。在还没有找到"校花级"的女朋友之前，我们都决定不找男师傅买菜，专找女师傅。刚才男师傅的举动证明了"异性相吸"的真理本质，我们一致认为在女师傅面前我们的处境会比较好一些。

还是食堂的男师傅比较懂得制造故事，我看见过一个美女去买菜，师傅在收钱的时候，大手张开，在钞票易主的一刹那，那魔爪把那个女生纤纤细手整个握住，镜头定格0.3秒，那个女生脸一红低头匆匆离去，我后面有一位小伙子很有志气地说："以后我决定去大学食堂卖菜，整天可以摸漂亮女生的手。"如果我是他老子当场要打他一个耳刮子。这孩子真是一点创意都没有，如果是我，我就去承包大学食堂，找个漂亮女生供她吃，条件是让我可以天天摸她的手，想摸多久就多久。

大学食堂每次到了开饭的时候都是"人才挤挤"，有些还是浑水摸鱼的角儿，我亲眼看见一个穿白色裤子的女生在抢饭大军中凯旋而出的时候，屁股上面有三个清晰的指头印，让我忍俊不禁。我从前不理解"三个指头捏田螺——十拿九稳"这个歇后语，在那天总算长了见识。我估计这就是传说中"捏田螺"的指法，想不准都不行。只是我想不明白，为什么会有指头印在上面，而且那带有颜色的是什么东西还有待考证。

我住宿的历史可谓悠久，在我四岁的时候就随父出征，为了征服学校食堂戎马二十年，结果现在还陷在"持久战"的汪洋之中，比抗日战争困难多了。我小学时，在菜里面看见虫子总是有点惊恐地大嚷一声："爹，有虫！"到了大学的时候刚好相反——我看见它通常是不动声色，把它吃下去，心中想：好久没有吃荤了，正好打打牙祭。战争最能考验一个人，我的经历就是明证。二十年的食堂生涯让我从一个小屁孩，长成一个大无畏的无产阶级战士。说起菜虫子，我想起高中时候一男同学的故事：

我们围在桌前一边吃饭，一边聊天。忽然眼尖的我看见K君的空心菜里头有一截黄色的东西，赶快提醒他。他挑出来一看，果然是菜虫，有小指头这么大。更可怕的是——这虫子只剩下尾巴，它本来应该有的脑袋却不见了。在座所有的人都盯着K的肚子，为那只身首异处的虫子默哀。结果那顿饭自然就没有再吃下去。据说K从此有了空心菜恐惧症。

在上网的时候也还看过一些更夸张的帖子：比如在阳春面里吃出用过的创可贴，在海带汤里面捞出长筒袜，食堂装修的时候在汤里捞出钉子之类的怪事。有苍蝇绝对是正常的事情，听说有人还吃到过老鼠紫菜汤，那老鼠是囫囵的，毛都没有褪。诸如此类种种，有人谑称"大学食堂=化学实验室"，成为怪谈。

我提倡的是随遇而安的生活态度，对于食堂，除了习惯再无他想。只是有些东西接受起来确实有些困难。比如离我们17号楼最近的食堂，他们可能是出于增强学生的食欲考虑，把筷子统一染成了茶叶蛋的颜色，其用心良苦让人心疼，也让人胃疼。

不过以我等"身经百虫"的高手而言，战胜食堂虽然很难，但是战胜自己却是易如反掌。革命的英雄主义在"革自己的命"的时候，大放光芒，我们总是能以苦中作乐的生活态度吃饭，保重好革命的身体，为了将来的革命事业努力吃饭，直至食堂破产。在苦中作乐的同时还能深刻体会弘一法师临死"悲欣交集"的心情：

记得有一回我和一铁哥们去食堂吃饭，我们都点了"秋刀鱼"，结果那腥味引起一只老猫的注意，在我们脚下转悠着叫个不停，我哥们很坚定地把整条鱼夹起来，低头对猫说：

"叫声爹，全部都归你。"

但是，猫忽然龇牙咧嘴地吼了一声，抖了抖毛皮，走开了。

四级，四级

今天是英语四级考试，我早上起来经过半小时的挣扎决定去考场看看题目，美其名曰丰富考场经验，其实只是为了对得起自己以前交的二十五块钱人民币。

——说穿了，去还是不去没有什么区别，下次还要再来是意料中的事情。

我到考场的时候八点四十，还有五分钟就可以进场了。我随着人流挤进田家炳楼，我在楼梯上感觉到——人流真的是很可怕的事情，它可以带着我往自己不想去的地方走。考英语四级也是很痛苦的事情，这点和人流一样。一会儿过后，我就随着大家一起进了考场，那时的感觉还是和人流有关系，我就像要躺在手术台上等待挨刀。

我总觉得这么多人一起考试是很不好的事情——动手术只能一个病人一间，多了就是别扭，还可能互相影响导致手术的失败。我今年大三，跟我一起考试的全是全校各院系身经百战的弟兄。我们对英语四级习以为常，就像婊子，把人流当成习惯——说真的，我始终觉得，我们一次次参加考试和婊子没有什么区别——不就是为了薄薄的一张学位证书吗？

老师把考卷发下来，之前还要求我们检查一下四级考卷的包装，以示他们没有泄露国家机密。其实这样大可不必，如果真要以示清白最好的办法是不参加监考。

我看着手里的试卷感到很糊涂，一个一个字母看我都认识，但是凑在一起就是它们认识我我不认识它们了。这始终不是一件公平的事情，就好像你的朋友对你推心置腹，而你对他却一无所知。其实做人真的挺不容易的，明明对它不感兴趣，偏偏还要抱着不放。我想起一句很经典的俗语"石狮子陪鬼"。然后就在考场上发笑，引起老师的高度重视。他走过来教训我说："不许笑，严肃点！我们在考试呢。"

我开始正襟危坐，生怕被老师抓住我作弊的把柄，已经大三了，再处分就吃不了兜着走了。我看看整个考室，居然还有八个位置空着，早知道我也可以不来。

听力开始的时候我看见后面一位大哥在捣弄自己的耳机，可能是坏了。捣弄了一会儿就直接把耳机放在一边，开始练失传已久的武林绝学——但我没有看出来是千里眼还是顺风耳。

在前面十分钟，我兴致勃勃地把选择题都做完。然后开始听音乐，没想到，刚听了两首歌，在我和着《快乐崇拜》的拍子摇头晃脑的时候，老师过来说："听力结束了，不能再戴耳机。"我一愣，没想到听音乐也不行。关云长当年一边下棋一边接受华佗的手术，周星驰在《国产零零七》里头看黄片止痛，这叫分散治疗法。无论今人古人都可以用，偏偏在考场上痛不欲生的我不能使用，于是我更加痛不欲生。

福无双至，祸不单行。没有音乐听的我想瞄瞄四周有没有美女存在，看到的全是恐龙级的MM，学长告诉我说漂亮的女生不会读书，多考几次四级就有机会多看几回学校的美女，没想到我被骗了。说明经验是靠不住的东西，如果迷信经验就容易陷入教条主义和本本主义的框框。

无奈之下只好看周围的风景解闷。我右手边是一位卷毛的兄弟，如果头发再长一点的话可以去学生街要饭，穿上一件乞丐服保证很多人都会慷慨解囊。他也做得很快，已经在写作文了。我看见前我两张桌子的女生腋下有一颗长得很剽壮的胎记，前无古人，后无来者。我想这次考试见此大痣，算是不虚此行了。不过这痣长得不是地方，如果往前面移二十厘米，那就正好应了一句成语——胸怀大"志"——这样四级想不过都不行。我忍不住在心里说："可惜了一颗好痣！"

再后来就更加无聊了，只好提前写作文——这次的作文题目大概意思是教师节我们要怎么向老师祝贺。对于敬爱的老师我很想写长篇大论来祝贺他们的节日，因为这也是提前祝贺自己——再过一年我也要去做老师了。可是英语单词不听使唤，不肯给我凑一百二十个词语的短文出来。如果可以写中文，半个小时给你一千字是没有问题的，可是要翻译成英文就too hard。

我想起古代一位老童生考秀才的故事：他在古稀之年才考上秀才，有人问他年龄，他赋诗一首："铜镜憔颜鬓已霜，至今乃得一青衫。若问老夫年几何，四十年前三十三。"

心中窃笑。又被老师看见，过来敲我桌子，然后在我周围看看有没有作弊的痕迹。甚至连我的耳朵也不放过，恨不得把耳朵里面也掏一遍，以为可以像猪八戒的耳朵一样，掏出几分银子。

NBA总决赛马刺VS活塞的总比分是2：2，很有悬念，还不如想想篮球呢。如果活塞的兄弟们争气，说不定可以再拿一次总冠军。然后我就想起了CCTV5的一个广告，于是我的作文就出来了：

This is a good day。

The CET4 is a game，I love this game。

想想这样太单薄了，不如写一点诗在上面吧？于是文思泉涌地写下了一组诗歌：

考场感怀诗

其（一）

往年今日考场中，同学少年心正红。

四级门槛高难越，昔时战友不再逢。

其（二）

风雨求学二十年，浮沉考场若云烟。

四级憋死多才俊，两行浊泪似清泉。

然后我很得意，准备把这些诗歌带出来，于是拿了一张心相印的纸巾出来，把这些诗抄在纸上，谁知道正在对着抄好的诗得意地笑时，老师过来把我的战果没收，理由是考场上不能带草稿纸——其实那只不过是我准备上厕所管"出口"的工具。

我还是在百无聊赖中过了很长一段时间，终于熬到交卷了。出考场的时候，看了我诗的那位老师说："你诗写得很好。"

我开心地笑了，对她说："下一次我再来。"

我的"夏令营"

教务处传下圣旨："但凡大学期间英语四级未过，且期末考试有不及格者，均得参加学校举办的暑期英语重修；否则，一概不给学位。"

我大一时候运气奇佳，梅开二度地中奖。为了明年的学位，重修势在必行。为安慰自己，我苦中作乐地说这是"暑期夏令营"。

我生于穷乡僻壤，出身贫寒，求学二十年，只参加过一次野炊，一次秋游，其他类似的活动就不敢奢求了。现在我已经是某高校中文系大三的学生了，原以为这些活动是下辈子的事情了吧？承学校"皇恩浩荡"，站在大学的尾巴上我还有参加夏令营的机会。

真该感恩戴德，永铭于心。

这次重修是在7月6号开始的，地点在新校区。那天我们早早起床去报名，到了车站才发现那里人山人海，都是为了学位忙活的难兄难弟。看来和我一样坚守传统文化，抵制"外来文化侵略"的兄弟姐妹还不在少数。所以我们根本就挤不上去，后来只好五人一组打的过去，结果的士司机都握着方向盘咧着嘴笑。

到了新区教学楼A幢大厅，我们都在等待排班的方案出来，一时之间，那里就像是当年殿试放榜似的，挤得水泄不通。我站在后排恨不得自己变成一只长颈鹿，好一睹为快。愣是挤掉半斤汗水，我才知道自己的教室，没想到光流汗还不行，居然还想去厕所。

我急急忙忙去小便，教学楼设计得跟迷宫似的，差点闯进了女厕。幸好在就要进去的一瞬间我发觉大事不妙，门前勒脚，要不然山贼一世英明全毁在那一步上。我山贼做得甚爽，对"采花贼"这个头衔没有多大的兴趣。正印证了一句老话："浪子回头金不换。"

　　大家对旧区的学生得去新区重修极有非议，听说不少人打电话到教务处反映。我本来不会有结果，谁知道过了几天竟然成功地实现了旧区同学的"战略转移"。

　　这是社会主义民主的集中体现。我很不厚道地想——如果所有的重修队伍集中起来，到校部门口静坐请愿，学校会不会就此罢休，直接给我们放行呢？

　　我这个人向来是思想上的巨人，行动上的矮子。我当年不知发了几次毒誓要把英语念好，到现在还是得来参加夏令营。至于这种大逆不道的想法我更只能埋在心里自慰而已。

　　第二天开始上课，我起得更早。都说"早起的鸟有虫吃，早起的虫被鸟吃"，谁知在今天也不那么管用。我这只为了拿到学位的"好鸟"起了个大早还得打的——不少同学比我还积极，直接坐车到978的起点站去坐车，这种求学精神足以惊天地泣鬼神了。不过我怀疑上帝那时一定还没有睡醒，不然不会这么惨无人道地看我们一群瘦得像猴的人挤公车。我们有一群兄弟更夸张，昨天连夜去买了自行车，今天一群人好像参加自行车赛似的往新区赶。我说："你们大家在路上把今天的能量都耗光，到教室累得正好睡觉。"果然，有位兄弟去了一趴就是一上午，下课了都还不知道，我狠狠给了几掌才精神起来。

　　说起睡觉我就一肚子的火，我重修的教室座位设计极其不合理。我趴在上面好像狗熊喝水，而且那水槽还离嘴太远。结果口水愣是把孙绍振老师的《满脸苍蝇》这本书弄湿掉，一连渗了好几张纸，醒来我庆幸自己口水不是浓硫酸。我想这睡法比电椅还严酷，说不定可以归入清朝第十一酷刑。

下午修的是大一下的课程，那个老师凶得像巫婆，看上去才三十岁左右，却好像已经进了更年期。可能她私下以为我们都欠她五十块钱而无力偿还，恨不得把我们活生生给啖了。这在昨天点名的时候就已经见识过了。我正担心这十天"小命休矣"，谁知刚上课她就说，旧区的同学从明天开始不用来了，直接在旧区开课。这个消息一传出来，教室掌声雷动，一会儿工夫空了一半。我和难友趁她弯腰的时候也从后门溜了。我在公车上诗兴大发，作诗一首如下：

在新区闻老区学生回本部上课
——拟杜甫诗

忽闻老区重开课，初闻泣涕满衣裳。

不管老师愁何在，漫卷课本喜欲狂。

白日放歌因好事，同学做伴好回家。

便乘电瓶到校门，即上公车往长安。

（注："电瓶"是一种车，往返于师大新校区的生活区与教学区之间。我也说不清"瓶"是不是这么写，说不定是"平"之误。）

学校深谙我们一群"惰鸟"脾性，于是制定了严苛的点名制度。有个老师特绝，自作主张给我们编号："A1、A2……B1、B2……"，像是监狱里的编号。我对和我坐一起的J说："Oh, my God! 一个萝卜一个坑。"老师似乎铁了心，不管你红萝卜、白萝卜，还是花心萝卜，只要是萝卜就行。

照理这样点名根本不能有漏网之鱼，不过老师也太小看学生的智慧，这样并不能难倒成心逃课的哥们。比如我这种智商比较高的就知道找一个萝卜填在我的坑里头。反正不管萝卜是公是母、是老是少、是肥是瘦，或者缺胳膊少腿之类的，只要有一个萝卜缨子在就算数。我弄个木偶披上头发，替我坐在那儿，说不定也可以蒙混过关。

上有政策，下有对策。实践再一次证明了这个真理的可靠性。

更绝的是，有些同学竟在其中看到"商机"，看来师大近年以来人才辈出，不是凭空捏造。文科楼打印店门口的公话亭上面赫然贴着醒目的广告：

代课启事

夏日炎炎，你为自己还要参加枯燥无味的重修而苦恼吗？我来帮你解决这个难题，欲请人代上课的同学请拨打电话：138×××××××（小样）

我看了五体投地。

旧校区开课第一天我还走错了教室，在我大一的科任老师那里上了两节课。老师是个男的，我想他已经忘了当年我们的交情了，当年我为了自己能通过期末考试，坚持给他发了两个学期的电子邮件。谁知道这么辛苦的讨好加上网费全都打了水漂。所谓的"贵人多忘事"大概就是这么一回事。人走茶凉，让我感伤不已。他现在看起来好像对我这样的戴着眼镜来重修的同学很有成见——不然就是因为我长得比较特别，他说不定在想——其实长得帅不是你的错，但是长得比老师帅你就错了。他看我的眼神分明在说："别以为你长得帅重修就一定能通过。"

当时想到这个问题，心中惶恐，吐血三升。

因为不要去新区重修了，让一群买了自行车的兄弟很是郁闷。车只用了一次就好像不能再派上用场，想想甚是不开心，所以连去文科楼也骑着，只恨不能带到教室的座位上去踩，一边听课可以一边健身，又防止打瞌睡，一举三得。

这让我想起了一个故事：古时候有兄弟俩，合资买了一双鞋子，哥哥白天穿，弟弟很不甘心，所以等哥哥睡觉了，就穿着鞋溜达。大家都在学着那弟弟做事。有些倒霉的人的车就在文科楼前面被人"借"走了，天气太热，骑车确实比走路凉快，顺手牵车是上上策，这样还可以拉动市场需求。

听说某任市长曾经自我调侃——没有丢过自行车的，不算是本市的正式公民。我在大一的时候也丢过，本来愤愤不平，后来知道这事就平衡了——咱有省会户口，再加上丢过车，明年毕业回到家乡可以拍着胸口说，好歹咱也做过四年福州人。

现在离考试还有四天，我担心自己明年还得"二进宫"。因为我在上课的时老是走神，想起一些古怪好玩的事情，比如：

傍晚我在校门口看见一群小男孩用拖鞋砸树上的杧果吃。结果一个小孩的拖鞋像肉包子打狗似的一去不回，在树上挂着像一只小鸟。我到了教室还忍不住想象他在树下抓耳挠腮的样子。

这事真是好笑，让我回味了一个晚上——在我看来，什么事情都比这样的夏令营有趣得多。

再不然就是我在看被口水滋润过的孙绍振老师的幽默散文，在里头看到一句话以后就不再为自己的重修过不了而担心，他说："学问不足，以经验补之；经验不足，以想象补之。"

我想：我英语水平不够，以作弊经验补之；作弊的经验还不够用，只好加以想象了，乱蒙一个答案了事。

期待上帝保佑。

乔迁之喜

2005年夏天某日，我一口气吃了四顿方便面，连带宵夜。害得我这几天看到泡面就头痛，就连做梦也梦见自己被一些软塌塌的面身缠着，看起来就像盘丝洞的主人，要不然就梦见自己头上顶着块面饼，这时候通常我会想起马来拉面馆的伙计，操一口北方腔。

不管是做盘丝洞主还是拉面馆的伙计，都不是学生的正道。所以我开始想自己为什么要天天缠着泡面过日子。我得出的结论是——都是搬家惹的祸。屈指一算，我们读了三年大学挪了三次窝，刚开始是在万里公寓，后来乔迁进了自己的系楼17号楼，没想到一年还没有住满，就被送到了时代公寓。

用一句话说——王小二放牛，不往好道赶。

记得搬迁那天，有人在17号楼楼下的公告栏写着一行字："惶惶如丧家之犬。"

我忘了这句话的出处，可是我没有办法查询，因为我所有的书还打包放在床下，等待下一次流放。但是我敢保证的是，这句话用来形容我们的这次搬迁着实经典。

因为17号楼在不久以前嫁作他人妇了，它自从出生开始就跟文学院结为秦晋之好，本想图个天荒地老，谁知半道易辙，想来心里不好受。我心里也是不好受，整个师大这么大个地方，能让人留恋的只有三处：

篮球场、长安山，加上个17号楼。现在把我们撵到这破地方，就等于一下子全把它们收回去，这是提前告诉我们——大三过去，此刻曲终，大家可以散去。

有人形容，我们是被文学院抛弃的孩子，我想这句话是错的。天要下雨，娘要嫁人。连17号楼都已经改弦更张了，自然不能再顾及我们。不过我想改天协和学院的同学进了17号楼也不会满意，他们家里有的是银子，住这样的房子心中自然难以平衡。还好，此举普遍提高17号楼鼠民们的生活水平，只是可惜了17号楼这么多年的文化积淀。

我想，协和学院的兄弟是不会理解什么叫作文化积淀。他们始终不会喜欢上他们的后妈。

大学的三次挪窝让我想到了"孟母三迁"的故事。看来学校对我们文学院2002级的学生真是用心良苦，已经连孟夫子他妈教育孩子的手段都使上了，一定是希望在这边能出个陈夫子、邱大侠什么的，如果这是真的，那以后我也能沾点光，可以写一本书叫作《和××一起走过的日子》，再请他写个序。

不过这个想起来不实际，用自己的热脸去焐别人的冷屁股，需要付出比沉默更大的勇气。万一那个出名的家伙吝啬到连冷屁股都不让别人焐，那我们就掉价了。做一些可能会让自己掉价的事情的时候还是得先做好准备。不然非但不能焐热别人的屁股，还可能闻到一阵俗不可耐的屁味。这种情况只有一个结果：放屁的人扬扬得意，闻屁的人垂头丧气。

"孟母三迁"教育出来一个孟夫子，我想学校这样应该也可以整出一个"孟子式"的人才。选择文学院作为"三迁"的对象实在明智，理由有二：

首先，做出这个决定有深厚的历史渊源，孟老先生在前头做了榜样，值得我们效仿。

其二，文学院人才缺失久矣，此时正是"我劝天公重抖擞"之际。

前不久在闽江原创论坛上看到一个帖，上说："王光明走了，孙绍振老了，颜纯均当了传播学院的院长，朱以撒到了美术学院，还有谢有顺这样的人，几十年不出一个，文学院……"看来倍感凄凉。于是我把它置顶了，希望同学们不要辜负学校让我们三次搬迁的苦心，大家争取把自己整成一个"夫子"，才对得起领导的英明。

既是搬迁，自然得说说新家的环境。住的地方条件还好，少了老鼠和蚊子，甚是幸运，可惜的是多了许多蟑螂。如果要一只一只猎杀，保管能让宿舍每一个人都手软。我宿舍有位兄弟天不怕地不怕，就怕女朋友和蟑螂。结果刚到宿舍的时候他异常兴奋，看到蟑螂就尖叫不已，好像参加周杰伦的演唱会。

不过我看到它通常是手下留情的，它和我们一样活得艰辛，再说上天有好生之德——这种说法一定会让人觉得我假装崇高，所以还是换个理由：我这人不怕女朋友也不怕蟑螂，就怕看见别人哭得稀里哗啦的样子。周星驰演《唐伯虎点秋香》，里头有个情节是唐伯虎和别人竞争上岗，为了进华府就业，就是对着一只叫"小强"的蟑螂哭得一塌糊涂，才结束了自己的"待业"生涯。我马上也是一个"待业青年"了，所以我现在看见小强就感怀身世——如果到时候没有"小强"，真不知要做多久的无业游民。

更让人郁闷的是，时代公寓附近连个吃饭的地方都不见。昨天中午我和一位同学出去吃饭，结果从公寓一直找到学生街，才决定在华莱士隔壁吃闽南风味，然后打道回17号楼凭吊过去。回去以后发现，文学院大军撤去之后，这里一片颓败。

在百无聊赖的时候，我特地去二楼的厕所拉了最后一泡屎，就在写着"Only For Man"字样的那间，我想17号楼一定会记得这泡百感交集的粪便。关于厕所，还有宿舍的老鼠，我都曾专门写过文章，现在看来，写续集无望矣。

后来我就被我班上的一位女生逮住，说她下午要回家了，还有一个行李来不及搬到时代公寓去，叫我帮忙，我一口应承。在她宿舍里我忽然觉得应该给协和学院的学弟学妹留点东西，当作激励，于是在桌子上写上一句让我们激动不已的话："好好学鸡，天天下蛋。"

然后，她回家，我继续在17号楼胡混。

我晃到五楼小阁楼，那里曾经是我们一群《闽江》编辑聚会的地方，我们一伙人经常拎一堆零食，在里面喝酒聊天。记得6月24日晚上，我们刚刚考完当代文学史，我和Tong、裸奔男、C君、Z君三男两女在这里小聚。那时2001级的师兄师姐正要离开，他们把瓶瓶罐罐从窗口扔出去，乒乒乓乓乱作一团，我冲出去和他们一起尖叫。当初怎么也不会想到，送他们走后的一周，值班室对面宣传栏上的欢送标语还来不及撤去，我们也要卷着铺盖跑路。

听说毕业扔瓶瓶罐罐是中文系学生的传统曲目，也是压轴戏，从此成绝响了吧？

当晚，我是和Z一起回时代公寓的。背着那女生的行李，最大号编织袋装得满满当当的，我把它挂在肩膀上，走之前特地窥镜自视，然后给自己一个评价——乡下来的表叔。可惜的是我穿一套"11"号的篮球服，上面印有"青叶·发型"的广告。并且那时候我的头发乱糟糟的，像是鸟窝，如果"青叶·发型"的老板瞅见我这德行，一定会扒了我的衣服，再送我上路。

Z不敢跟我一起经过学生街，所以怯生生地跟在我后面，一脸无辜地装作不认识我的样子。周遭的红男绿女都用怪异的神情看着我——我装出一脸莫名的表情，莫非他们都没有见过乡下人进城吗？

其实这还不是我最像乡下表叔的时候，前一晚我也是这样回时代公寓的。那次是和C结伴而行，结果我左右各抱一个最大号的编织袋，很沉——我佝偻着腰的样子不像表叔，更像难民。

我笑着对C说："惶惶如丧家之犬，果然。"

更糟糕的是，我们在七拐八弯的巷子里头迷了路。C吓得两腿哆嗦，因为这些巷子黑得可以，晚上八点过后少有人来往，倒是适合像我这样的山贼出没。我想C也是担心我们遇见另一伙山贼，然后我双拳难敌四手，在这黑道上吃亏。于是我打电话给Z请求指点迷津，还好有她幕后操纵"仙人指路"，我和C才顺利得救。

回到宿舍以后，我大小便都不想自理就先倒下了。

我一觉醒过来，已经是第二天了。我想，搬到新家了，总该给自己酝酿点高兴的气氛。今天得叫上宿舍的几个兄弟去找个小饭馆，点两个小菜，叫上三五瓶酒，再买一些鱼皮豆，庆祝乔迁之喜。

同居的故事

凡是人，看到这个题目一定会精神振奋——具体一点来说是"同居"两个字使人精神高度集中。记得张标明的文章里曾经出现过一句话："黑夜给了我黑色的眼睛，我却用它来偷窥。"这句话说出了人的劣根性——偷窥别人的隐私。

大家稍微注意一下就知道了，娱乐新闻里面啥事也不说，全编排明星乱七八糟的男女关系还有私生子，这样大家就喜欢得很。有人说，当明星发现自己人气下降的时候，就弄出一点绯闻来，好引起人注意。这个我无法证明真假——认真说起来，明星们怎么乱搞，关我们屁事，不过是这些绯闻可以作为茶余饭后的谈资。照这样推理，当说起自己身边人的隐私时，一定比说明星的更加刺激。比如说我在宿舍说："我今天发现我们院花××和一个男人走在一起。"保证全部人会停下手中的事，过来听我说那个男人是谁。这就是个人隐私的魅力。我还是先给大家说个故事：

两个电视节目主持人对话：

A说："你知道吗？今天我走在大街上被人认出来呢，还叫我要给他签名。真是不爽。"（说这句话的时候却是神采飞扬，手舞足蹈）

B说："是吗？那你不是很开心？"（啧啧出声，艳羡之意溢于言表）

A说："哪呢？看来以后上街的时候要戴墨镜了。"（这时候她骄傲得如同公主）

我想这个主持人在逛街的时候也一定是忙着东张西望——她一定在留意有没有人认出她来，而不只为了买东西。在她尾巴翘上天的时候就露出了红屁股。从这里可以看出，世界上有两种人：一种喜欢偷窥别人，一种喜欢被人偷窥。这么写下来我就发现自己说错了话，照此论断我就不是人了——因为我不仅喜欢偷窥别人，还喜欢被别人偷窥。说明我有平常人的阴暗心理，也有明星的虚荣。我想，我写《同居的故事》就是出于这两种心态。

接下来还是说我"同居的故事"，也许我的隐私比上面的文字更有卖点。在进大学之时，我有心守身如玉，曾在自己床铺上写了一行气势磅礴的话："卧榻之侧岂容他人酣睡！"以此表示自己独守空床的决心。无奈世风污浊，我又不是柳下惠，不能像他坐怀不乱。所谓"白沙在涅，与之俱黑"，将我等的无奈表达得淋漓尽致。用一个很不恰当的比喻：大一大二老二"左倾"，坚持要单身生活；大三之时老二"中正"，开始持妥协态度；大四的时候老二"右倾"，准备不做单身公害。

大家看到这里千万不要把我的家伙和上面的"老二"混为一谈。我最怕的就是别人将我的文章和我的生活融为一体（严正声明：本话虽与开头主持人的欲盖弥彰有相似之处，但是决非和她出于同一目的。她的"目的"一定比我"老二"高尚，这点毋庸置疑）。

在大学生活中，我睡过不少人，而且都不用花钱，这也许是最值得骄傲的事情了。而且我睡过的，不少都是师大文学院文采斐然之士，虽然不能说在文学院人人皆知，但至少写文章的都曾闻大名。这些人都愿意委身于我，更可见本人魅力所至，锐不可当（想到这里，山贼更是一副小人得志嘴脸，自己照镜子都觉得那副尊容实在无法用词汇来形容）。

最近两次和我同居的都是风若吹，这家伙脸皮够厚，被我严词拒绝依然死皮赖脸要和我同居。而且更过分的是，第一次被我睡过之后，这人抓住我迟起床的弱点，把我书桌上的面包带走了，让我挨了一上午饿。三天以前又找上门来，要求同居，我打断了三根扫帚两个鸡毛掸子，依然眼泪汪汪地坐在我床上不走，我一向以怜香惜玉的侠客心肠闻名于世，自然不能再与他为难，便为难自己再与他睡了一回。但是当天晚上我就把明天的早餐吃了，省得第二天要和他比谁起得早。

如果只是抢早餐，我还是能原谅他，毕竟早餐乃是身外之物。他善于在梦中制造情境气氛，这才可恨——风同学睡觉时常常在喉咙口模拟摩托车引擎的声音，这本来不奇怪，奇怪的是，他竟然能在一段时间内持续发出引擎启动、提速、匀速行驶、减速，直到熄火的声音。我在家里的时候都是以摩托代步，听到这种声音老是以为自己在家里骑摩托。结果骑了一晚上的摩托以后，整个人疲惫不堪，第二天在教室里昏昏欲睡。

我发现自己有一个很大的缺点——喜欢胡说八道。风同学睡觉安静得很，而我睡觉的时候常常磨牙，有时打呼噜。这些都是别人告诉我的，我妈妈说我睡着的时候把我弄到猪圈里面都不会醒过来，一点也没有错。我睡下去就雷打不动，别人对我做什么我都不知道了，更不会在乎风同学在我耳边拉风箱。所以，风若吹能不能在梦中发出引擎的声音，有待考证。有兴趣的女生可以找他，亲自证明，但是后果自负，山贼不承担任何法律责任。

我又得说一个不是论断的论断：世界上只有两种人，一种是我想和他同居的，一种是想和我同居的。结果还是一样，我没有把"我不想和他同居的，并且不想和我同居的人"概括在内。这说明话语有很大的欺骗性，尤其是一些看起来很肯定很有说服力的话。越是像上面的论断一样斩钉截铁越值得我们注意。比如超女何洁一直以一个性感的形象露面，我在校园里曾经听两个男生争论她的胸围，说起来的时候也是啧啧有声。再过了一阵子，我就看到网站上的报道——"何洁在福州演唱会上热舞走光露乳贴"。我忍不住笑那两个男生——为了何洁的胸围争论了半天，没想到是个假货。

其实很多长得很像真的东西常常都是个假货，只是我们没有分辨清楚（好像又扯远了）。

言归正传。

山贼、风若吹和Tong是一丘之貉。风同学和山贼睡过，而且也和Tong睡过，次数还不少，但是你不能因此推出山贼和Tong也一起睡过。我除了和tong坐在他床上聊天，就没有再对他做过别的事，我一直因此耿耿于怀。所以大家如果对他感兴趣可以追他，纯情系数比较高一些。

Tong请我帮忙的时候我通常都会用一个暧昧的词语回答——"日"后再说。据说一些当官的就是这样的：男的请他帮忙，他要"研究研究"（烟酒烟酒）；女的求他做事，他要"日"后再说。从山贼的回答可以看他的狼子野心，一直觊觎Tong的美色，可谓贼心不死。

还有一个叫作裸奔男的，也常常在我的文章里出现。我跟他也是有肌肤之亲的，想当年他住我隔壁宿舍的时候，我三天两头往他床上跑。这家伙有裸奔之名，却无裸奔之实，而我刚好相反。于是我立志勾引他裸奔，谁知道这家伙定力甚好，以山贼的绝世姿色居然不能打动他，愣是做了三年良民。但是大四刚开始就忍不住了，不知道在哪里找了个MM，整天风花雪月、早出晚归的，跟回时代公寓路上的那些暴露狂、劫匪什么的都混熟了，一张老脸也开始有了类似山贼土匪的男人味。脸上的"痘"也在爱情滋润之下慢慢退去，爱情是一方降火良药，比"王老吉"好多了。不过这也证明他晚节不保。

另外还有一些人，是我一直不想去睡的，也还有一些人，是我一直睡不到的。前面的不值一提，而后面的却是我心中永远的痛，比如张标明，还有更老的学长林清海。他们都是文学院历代才子中的佼佼者（这样的人我睡他们怕是辱没了他们，但是我愿意让他们睡我），可惜的是，张标明身边美女如云，如同众星捧月般围绕着他，像我这样的货色只能远远地看着，像吃不到葡萄的狐狸。

因为没有机会才没有和张标明睡，这只能叫遗憾，真正的痛是错过了和林清海睡的大好机会。那是2005年的夏天……

他从泉州上来看女朋友，第一次是女朋友生他的气闹分手，结果他拉着我和Tong去"欢唱"唱K唱通宵，在K房里面喝酒吼摇滚，清海狼哇狼哇地唱《我可以抱你吗》，一边唱还一边感慨"跟我的遭遇真像"。恨不得自己就是张惠妹的男朋友。他们两个人的歌声实在难听，吓得我晕倒在包房里。过了凌晨四点我们就出来坐在天桥上聊天，我和Tong帮清海感怀身世，并且建议他向女朋友认错，再续前缘。他很无奈又很骄傲地摇头。我心中感到惋惜，没想到两周过后他们又手拉手站在我面前，我什么话都来不及说就冲上去揍他两拳。那天晚上他就打电话给我，说要到我宿舍过夜。让我摩拳擦掌，早早地洗澡等他。

那个晚上他如期而至，真是如玉佳公子，翩翩一少年，看得我春心那个荡漾呀……我花言巧语把他哄上我的床，照理应该趁热打铁玉成好事。但想到"三十六计"中有"欲擒故纵"，又有成语说来"日"方长，所以就放他一马，没想到直到现在还未能一亲芳泽，真可谓一失策成千古恨矣！

曾经有一个和清海睡的机会摆在我的面前，而我却没有珍惜，直到失去以后我才后悔莫及。如果上天愿意给我再来一次的机会，我一定大声对他说三个字："一起睡！"如果非要给它加上一个期限，我希望是：一个晚上。

写完再倒回去一看，心中开始忧虑重重，因为一定又会有人怀疑我是不是有"同志"倾向。现在不仅人难做，连文章也不是那么好写……

送礼的故事

若要对人表示好感或者求人办事，最直接的方式是送礼和请客，这是中国国情。比如你外出归来，就得带点吃的玩的送给自家小孩或亲戚朋友，客家人称为"等路"，其实都是些零嘴儿，这些费不了几个钱，但是不可省，要是没有准备，旁人就要嫌你小气。街坊邻里，飞短流长，唾沫迟早要把你淹死。这种"礼"是一种惦念，表示自己远在他乡，却记挂着故里乡亲，如果给的"等路"精致味美，在乡下多少可以给你带来"衣锦还乡"的荣耀。

而客人登门造访，也得带点东西，主人下有小孩，最好捎几个玩具；上有老人，则带上几盒脑白金。广告里头的脑白金和黄金酒，造的就是这个噱头。曾在小说里看过这么一段情节：物资匮乏的年代一个包装精美的礼品盒子，在亲戚朋友间辗转传送，几经易主，但是谁都没有拆开过，到最后发现里面的食物变成四个驴粪蛋，竟不知是谁家使坏。我想到驴粪蛋被人包在精致的盒子中拎着到处跑的场景，就乐不可支。其实，访客送礼是中国传统的礼节，表示对人的尊重。最著名的故事是"千里送鹅毛"，将这种送礼的意义提升到极致。它为像我这样的穷人送礼提供了坦然的口实，当朋友结婚生子请客之时，我们不必为自己菲薄的红包而自惭形秽。

曾经在书上读过，有一个刁钻而吝啬的人，在亲戚结婚时送去一个红包，里面只有一枚铜钱，并附上一句话："一枚铜钱送礼，嫌少莫收，收则贪财。"而主人机智，回敬说："两间茅屋待客，怕穷莫来，来则贪吃。"将本来剑拔弩张的对峙变成了戏谑，被后人写进了对联故事中。这是古代人的智慧。现在结婚送礼，慢慢地变成人们的负担，请帖也被人称为"红色炸弹"。原本亲友间的祝福变成难以推脱的应酬，因为亲疏有别，礼金厚薄也开始有了"行情市价"。礼金厚薄更是事关"面子"大小，美国传教士明恩浦在中国生活二十二年，最深刻的印象便是中国人"面子要紧"。中国人很少赤裸裸地谈论利害，凡事都留有余地，所以，别人送来厚礼，一般都只收一部分。比如亲戚来做客带来价值十元的饼干，回家的时候就得给他一袋价值两元的面；参加婚宴送去贺礼总能带回一包花生糖果，这也叫"等路"，不管哪一方没有将这样的功夫做足，很容易被别人论是非。

总归这是风俗中"人情世故"的一面，也很容易把它作假了。我农村老家的邻居在一次北京旅游之后，带回来一些纪念品。刚好有外人在场，孩子无知，只知道自己翻寻"等路"解馋，不知道人情世故的难处。最后出于礼节，家长不得不给别人一件礼物。当外人走了之后，心中难免为那个价值不菲的礼物伤神，于是恨恨地啐一口痰，说："就当是被狗叼走了。"念叨之后，心中便大为开怀。因曾经听过邻居的"衷肠"，对于别人旅行回来的馈赠，收下时难免心中忐忑，生怕别人是出于无奈，反复思量之后，才敢收下来。这是我的小人肚肠。

我们的传统文化中有许多虚伪的成分，成熟地融入社会的标准之一就是心知肚明其中奥妙而不去揭穿。我们民族性中的"表演性"能把一切事情仪式化，包括送礼。古代祭神即是把牺牲赠予天神，需择良辰吉日，提前沐浴净身，披红挂彩，敲锣打鼓，鞭炮齐鸣，送给天神享用；而古代家中办红白喜事，总是要弄一块红布或白布，挂在大堂的显眼处，旌表亲戚朋友的赠送，一则表达对亲友的谢意，二来又为好面子的亲友展现大方提供平台——中国人对中国人的礼貌通常是为了证明自己懂得礼节，也就是做做样子，告诉别人我知道如何待客；至于客人喜不喜欢，那是客人的事情。我想，要把自己的心意昭告天下，便难逃虚荣的嫌疑。汶川地震之后，社会名流的捐款数目被人公之于众，哪个明星小气，哪个明星慷慨，变成了一个议题。后来有不少明星便追加捐款了。在这样舆论的监督之下，不少明星都表示了自己的"良知"——只是需要监督的良知，多少令人觉得遗憾，我总是恶意地揣度他们的心理，几成是出于攀比，而不是出于悲悯和爱。我对任何一种捐赠仪式反感，大抵是出于对作秀者的敌意。

随着社会的进化，送礼的意义也开始功利化。现在人收到礼物，常常会想这份礼物的背后究竟有什么不可告人的图谋，男人给姑娘送花送娃娃，是怀"好逑"之心；下级给上级送烟送酒，是求一骋青云之志。我们现在很难单纯地活着，总是在不同的利益关系里权衡较量，然后找到对自己最有利的方式，像古时书籍里描写的那种纯净的人际关系早已经荡然无存。许多人送礼之时便心存企图，平时小恩小惠笼络着，将来有求于人时受人礼物者吃人嘴软，拿人手软，要拒绝也没法十分干脆。正如"放长线钓大鱼"的古训，展示着中国人在拉帮结派方面的惊人才华。可以这么说，越是掌握实权的人，可以收到的礼就越多，大概都是被人当作大鱼给算计着。官者如妓，风华正茂时门庭若市，年老色衰时无人问津。大概这也是社会之怪现状。

我无意批判人们的趋利性，也无意讨论腐败的现实，只是关注送礼本身。古代的清官杨震曾留下"四知"之说，王密深夜给他送礼，企图得到照顾，杨震拒绝。王密以为杨震假装客气，便说："暮夜无知者。"杨震便答："天知地知你知我知。怎说无知？"这当是拒贿史上的一段佳话。而更多的官员以反面的形象存活于笑话之间，有笑贪官自欺欺人的：某官上任始于百姓之前立誓不收贿赂，说："若左手收人钱财，则烂左手；右手收人钱财，则毁右手。"后来有人行贿，他抑制不住贪念，便让行贿者将钱财丢在地上，然后再捡起来。因此，这是捡人钱财，而非收人钱财。大抵所有受贿之人皆可找到类似的折中之道；也有笑贪官贪得无厌的：某官属鼠，生性爱财，其生日已近，下僚铸了一只真鼠大小的金老鼠祝寿。官悦，对下僚说："明年我夫人生日，她是属牛的。"这里可以看到的是中国人在隐晦暗示方面的长处，出于贪欲，县官希望明年能收到一头跟真牛一样大的金家伙。在当代则有更绝的暗示，传某书记贪财好色，若男人有求于他，他就回答"研究研究（烟酒烟酒）"；若女人有求于他，则说"日后再说"，将语言的暧昧性发挥得淋漓尽致。

自古而今，总不乏类似的轶事，在街头巷尾的百姓口中辗转流传，变成荒诞的传奇。但是，不管如何变化，人与人之间的区别，看送什么也是能看出来——农村人送吃的，城里人送用的；贫穷者送土特产，富裕者送高档货；粗俗者送伟哥，（伪）高雅者送古玩；势利者求实惠，文雅者求品味；无所求者送礼求新意，有所盼者送礼求价值。而另一方面，送礼也存在一定的禁忌——朋友参加干部竞选或者某种竞赛，不能送书；朋友身体抱恙或者观念迷信，不便送钟，也不宜送伞；给别人的老婆送礼，别送玫瑰；如果有朋友炒股，送东西给他父亲时不能说送给你"爹"，而应该说送给你家长。如果不知道避讳，许多交际的效益会因为你的无知而打折扣。

在我的一本笔记本里头，有位朋友在扉页写着："祝××生日快乐！"然后是他翩然潇洒的落款，俨然是送礼人的做派，其实那笔记本是我选中的，也是我付的款。他"厚颜无耻"的态度让我看到真性情；后来，我与另一个朋友逛书店，我挑中了许多书，他付了三分之一的款额。然后说，他要在上面都签上自己的名字。我说："大概资本家都是如此，捐一部分的钱，便剥夺了物品的冠名权。"我只是出于一种戏谑，他却因此感到不好意思，签名的事就此不了了之。和羞赧相比，蛮不讲理更是一种信任。人的生分可见一斑，他应该感觉不快，我的尖锐常给别人带来不期然的痛，而我也感到一些失落。张爱玲说："若爱一个人到管他要零用钱的地步，那真是严格的考验。"而对于别人馈赠的礼物或者言语都泰然受之，同样也是爱一个人的极致，只是我们都做不到。他是很好相处的书友，富足而慷慨，我却为他的姿态耿耿于怀。大概是出于穷人的自尊，接受不了高贵的同情——总是有一些东西让彼此失去了信任的姿态，张爱玲还说："见了他，她变得很低很低，低到尘埃里。"可真要低到尘埃里去，又会是怎样的困难呢？

遇到像我这么刁钻的对象，总以挑剔之心看送礼，便可以想及送礼人可能的难堪；但是，更让人难受的是遇到不珍惜礼物的人，这一种更是常见——当然，也不能说不珍惜，当接受礼物的时候，我们未尝不心怀欢喜，然后把它放在抽屉的某个角落，久而久之便忘记了。随着时间流逝，收礼物时的心情便遥不可及，礼物就失去了它的光彩，所谓的"珍惜"也不知从何说起。金圣叹写过《不亦快哉》记录生活点滴，肆意畅达，潇洒从容，不断有后人模仿这样的文体，记得有这么一则：大概说的是自己送书给某朋友，书上写着"××雅正"并落上大名，但是不久以后发现这本书流落于旧书摊，然后买将回来，照着友人的地址再送一次。作者是梁实秋还是王蒙，我已经记不清了，但是我对受礼人的漫不经心却印象深刻。

文人写书如老蚌含珠，过程之艰辛非旁人所想，大概呕心沥血不算言过其实。送书给别人，就如将心托付，本是出于一番热忱，而受者却弃之敝屣，其中落差之大，非他人所能想象。近年陆陆续续有前辈师兄送书给我，收到他们的馈赠我心中总是觉得惶恐，生怕承担不起阅读的重任，我感觉有责任成为作品的知音，否则就是对作者的不敬。在古时候，每逢离别总有许多文人雅士之间互相作诗留念，大概也算是一种馈赠。我曾经为一些朋友作文，而应者寥寥，别人的评价大概都以"不错"二字结束。在我看来，"不错"一词是令人厌恶的，就如同黑白色之间的混沌色，是敷衍的评价。每次一腔热诚得到如此待遇，我便觉得悲凉。

诚然，钱钟书先生对于赠送诗文无意义有过尖锐的比喻，他说，将文章送人就如同武侠小说中用飞刀杀人，取人首级之后，飞刀依旧留在自己手中。然而我总是有不同的看法，我们互赠诗文，表达的只是一种态度，受者能在无形的赠送里收获什么，全看个人的悟性。若心中有爱，所思所忆唯爱而已。我有一个读高三的表弟，高考上榜后，亲友为他庆贺。一位当老师的舅舅送给他一本书，然后在扉页上题字寄勉。他看见书就皱眉置之不理，而对着鲜艳的红包笑逐颜开。大概这也是读书人的实用之心，读书读书，为的就是红彤彤的钞票。

读古诗，最易见离别感怀之作，吟咏之余令人动容，而现在一首"海内存知己，天涯若比邻"不如一张回程的车票实际，喜欢君子之交的性情中人孑孓遗世，早已独鸣其音，无人酬唱。我曾经收到一个浙江友人的贺卡，他在上面写道"江南忆，最忆是杭州，三月的江南最美"

然后是对我发出同游江南的邀请，他的贺卡激活了我所有对江南的遐想，这算是我短暂的人生中少有的艳遇。有个朋友去苏杭旅游，每到一处，便给我寄来一张风景的贺卡，这是我难得收到的好礼物，如果知道自己在别人心中，跟着她四处旅游，真是一件幸福的事情。世界这么大，我们能走的路、能看的风景都太少了。想到有人替我们圆梦，真是好的慰藉。所谓送礼的最高境界，应该是送到别人的心里。

自古而今，送礼的价值变了，送礼的意义变了，送礼的味道也变了，一切都迈着"与时俱进"的步伐，一起进步的还有送礼的方式。不久前一个外省的同学结婚，所有同学都因工作抽不开身，便要来外省同学的银行账号，将贺礼汇过去，少了相聚的程序，也就少了觥筹交错的喜庆，倒是让生活变得简洁起来，但是，却让人怀疑送礼的初衷。我们常说："带不带礼没关系，人一定要来。"人到了表示对这件事的重视，然而礼到而人不至，却多少有敷衍的嫌疑；转账送红包是现代化的送礼方式，而用特快专递送礼也应该成为异地送礼的首选。用特快专递送礼就像是用血滴子杀人，礼物送出去之后如果反悔，还可以电话召回，给自己的冲动留两天的冷静期。据说现在消费者协会正准备拟定高额消费保护条例，买了像汽车一类的商品，几天之内可以退货，据说是担心一些人买巨额商品时脑子发热，为他们准备反悔的机会。可以反悔的消费和快递送礼有异曲同工之妙。

很多事都不可收拾地走向功利性，也许是因为人与人之间失去了坦荡荡的赤诚之心，"礼"字也越发微妙起来，然后就有了某行政级别以上的干部不能宴请下属的规定。人与人之间的交往离不开"礼"，但送"礼"的行为却一直为人所鄙薄，甚至让当事人也赧然不已——往上送，想到谄媚之心；平等地送，疑心有所交换；往下送，则怕伤人自尊。很多原本单纯的社交，变得暧昧不明，送礼也变得遮遮掩掩。睿智如钱钟书说过一句精辟的话："拍马屁和恋爱一样，不容许别人旁观。"送人礼物和说一些讨好别人的话大概都属于溜须拍马的范畴，什么时候我们才可以不用活在相互算计之中呢？

忽然很怀念大学时光，那时候在操场散步时常常会收到某个人群发的短信，内容是他刚写的几行诗：

是诗人，别任性

像爱惜朋友一样爱惜自己

与远方的兄弟相依为命

放飞两个宠儿

一个花瓣，一片铜月亮

珍惜所有的生命就像珍惜阳光

找到自己的图腾

做自己的酋长

（作者：陈晓东）

也许，有人应和这首诗；也许，有人会叫好；也许，还有人没有读懂。但这些都不重要，重要的是，简单而富足、感伤和温暖的生活就像是上帝赐予的厚礼，都深深根植在记忆里面。

可是今天，谁还会写这样的诗，发给在高楼大厦中间迅速穿行的我？

网络作家见面会

我曾经在福州温泉宾馆参加所谓"网络作家见面会",主办方是一个网络公司。一开始我是拒绝的。不过我想想,只要有人请就是好事,没人请你和你请不来别人都是外交失败的表现。为了撑足自己的面子我决定前往捧场,一来可以一睹网络成名作家的风采,二来可以打发无聊的时间。

下午五点刚过我就和L同学到学生街吃饭,结果发现时间还多就去德克士喝可乐吹空调。等一大杯可乐下肚,我们就上路。

上了702路车以后才发现我们都不知道自己要在哪里下才可以到达温泉宾馆,而且这趟车空调奇冷,吹得我鼻塞。我以为整个福州公交车就这702还像是空调车,5号那天我去火车站接一个朋友,坐在20路车的凳子上三分钟,就感觉屁股已经被烤熟了,加上我的汗,我想可以当作一道和"佛跳墙"一样的品牌菜,连名字我都想好了,就叫"铁板烧美臀",一定会风靡全国。到时候全国人民到福州的时候可以直接坐上公交车现烤现吃——唯一美中不足的就是它有季节限制,非暑假不能,有待改进。

后来我们一路问过去终于找到温泉宾馆,我们尽量装出一副初来乍到的表情,生怕被人知道我们已经大三了,笑我们"路痴"。凡是"痴"想来就不是好事,不管"情痴""白痴",统统给人"傻帽"的感觉，而且听说男生不认得路不好，会影响他找对象——因为女生逛街需要向导，找个"路痴"会影响逛街的心情。

幸好最终还是找到了，看见温泉宾馆的大门我们就像见到自己娘，差点热泪盈眶。我想抗战时候穷苦人民看见八路军的感觉也莫过于此吧？

我们进门就领到一张关于会议议程的纸，我一眼就发现上面有一个错误，在"会议讨论专题"里头说："透过郭敬明剽窃《梦里花落知多少》看当今剽窃作品现象？"

说郭敬明剽窃《梦里花落知多少》，就好像说杜甫冒杜子美之名一般，是一个玩笑。我想发现别人的错误是需要天赋的，我和L窃笑。但是我赶紧叫他用纸挡住自己的嘴巴，生怕被大家发现我们偷笑然后告我们剽窃笑容。

说到天赋，其中一位作家说他自己写东西有这玩意儿——其实别人也说我写东西有天赋，但是我却一点都不觉得——能不能写不是天赋决定的，而是取决于自己的兴趣和刻苦程度。天赋这东西好比吹得老大的气球，一戳就破。

这里我想说的是：一个气球千万不能吹得过大，不然随时都有爆破的危险，并且破了以后怎么补都无济于事。比如韩寒，他的气球就吹太大了，结果承受不住舆论的压力，现在一文不值，还有郭敬明也是——泛一点说，所有的网络作家都有这个危险。

这年头要出名就要能吹，其他什么都不重要，别人说你的文章写得像钱钟书千万别得意，要等别人说钱钟书的文章写得像你才能开心。

人有多大胆，地有多大产，就是这回事。

当然这个我在现场是不能说的，不然一定被那群作家吊起来打。我向来信奉"软蛋哲学",决不主张和别人硬着干。

说起郭敬明,就不能不说现场有关于剽窃问题的争论。有一位海都报的大姐和那些作家们争论,这是唯一的一次高潮。作家们纷纷表示——自己写的东西好比自己的孩子,被人剽窃就好像儿子被人偷走一般。着实让那位持反对意见的看起来"可能"比没有结过婚的大姐脸红。我加上一个"可能"是因为我听见一位看起来比我还年轻的海都报的领导说他是1971年出生的,我差点从凳子上滑下来。

L说他真是驻颜有术,我说,如果让他做了皇帝他儿子会急死掉的,就好像毛主席身体好急坏林彪同志一样。

我这时候得出了今天最实在的一个结论:千万别再相信自己的眼睛。

话说回来,我也不喜欢剽窃别人作品的家伙,蛤蟆嘴大,耗子嘴小,剽窃的写手没一个好鸟。

更不用说好人。

我在郭敬明和孙睿到福州开"读者见面会"以后写了一个系列的评论文章,没想到现在还去参加这样的活动。自民国以来像我这么傻帽的人已经不多了,加上L和那一群高校文学社的代表也就是那么二十几个。

总之,吃了屎都不会这么上当。和我一起出席的那些福州部分高校文学社代表,我感觉他们都吃得很开心,后面有几位女生就表现得特别突出。有一位女生收到一本书,开心得跟捡了元宝似的。所以我和他们还是有区别的。

后来想想,好在有我们这么一群傻帽,不然他们一定会很寂寞,说话和打猎一样需要有对象。我安慰自己说,我活二十几年了今天总算做过善事一件。我这个人向来不厚道，都是左手学雷锋，右手学马加爵——看看，有谁像我一样损别人来着？

所以说，人可以惹一百个君子，却不能得罪一个小人。尤其不能得罪我。

我看那位出书的作家送了一本书给女生，于是想：我也带一本回去吧，哄哄我那个高三刚毕业的表妹。可是上去要书被拒绝了，作家抱着五六本书说："我今天带来的书不够，要的话去越洋图书城购买。"

我想了想，算了，谁叫咱长了个这么大的喉结呢？而且还带了把，还是闪人了先。

然后我和L就回来了，在等车的时候我接到那位作家的电话，叫我下回打电话找他要书。我嘴上客套了一番，说真的，用热脸贴别人冷屁股的感觉还真不好受。

我开玩笑地和L说，我们快点回去写书吧，改天我们也请他一桌子的观众，听我们废话。

L大笑。

嘿嘿，我忽然想起自己以前调侃一个兄弟的话：你丫的五行缺德！这刚好用来形容现在的我。

谁叫我是小人来着？

补后记：

我没有详细写清楚讨论剽窃问题的过程，是因为我觉得这个问题没有什么好争论的。郭敬明剽窃《圈里圈外》铁证如山，我们实在犯不着为了这屁大的事情纠缠不清。

我还得讲现场的一个笑话：一位作家把《quan里quan外》读成

《juan里juan外》，说不定，他当成这是描写养猪场故事的书了。

不过没有关系，喜欢文学的人好好把自己的东西写好就好了，谈别的都是滑稽。

笑笑而已。

七贱下长安

　　这个标题套用了梁羽生小说《七剑下天山》之名，却非为武侠小说所作——此长安也非彼长安，徒借长安之古意，所指是福师大长安山，以指代师大校园；至于"七贱"，乃昔日先农公寓403室成员之陋称也，该"贱"与阿猫阿狗类等同。效古之陋俗：小孩取个贱名字比较好养，依此类推，我们用个土名字就会长命。403室成员有七，各自称号如下：鸭子、傻瓜头头、狗荣、亮崽、鸭毛、阿川、山贼（注：本排名不分先后）。

　　在大学的最后一段时间，此七人同舍共济，度过了终生难忘的岁月。山贼，也就是本人，乃七贱下山之首，得众人夹道相送，深表感激。舍友受山贼虐待良久，自然不送万民伞以表挽留，尔等弹冠相庆之余，大有得解放而翻身做主之感，我心恻然。鸭毛作诗："贼欲乘车归去，非到琼楼玉宇。"以示山贼此去，前途难测，今已成谶矣。

　　山贼诗云："大笑出门去，不唱劳劳亭。"先堵了众兄弟痛哭流涕的念头，吾等向来提倡"仰天大笑出门去"的洒脱，又有"前度刘郎今有来"之憧憬，离别之黯然于我等何加焉？众兄弟心意与此大同。

　　待山贼上车，车下一干人等笑嘻嘻地挥手，亮崽携家眷娟子同笑，更添我形单影只之感。挥手之余，难免痛责诸人缺心少肺，视山贼多年恩宠于不顾。出得校门，便赋诗一首，聊慰离情：

临行偶感送友人

长安回望锈成堆，欲折杨柳车马催。

榕中六贱频挥手，山贼此去何时归？

　　　　　　——以此作引

重读这首诗的时候，我已经工作了好几个月了，工作的苦处难以向外人道，自然是逍遥的大学生活无法相提并论的。也就是因为这首诗，让我想为自己大学最后的光阴立碑志墓，让它永远留在纸上，留在我们的记忆里头。

403宿舍，名为"聚帅厅"，是自封的；亮崽任总书记，也是自封的。本来他的"亮"写作"靓"，不过山贼实在不忍心像《满城尽带黄金甲》一样欺骗观众，所以暗箱操作把它改回去。

其实里面住的没一个帅哥，全是矮葫芦歪枣，不过全部长得有个性，都是超级耐看型。承蒙鸭毛错爱，在山贼的床头题字，上书"天下第一丑"——这句话开始被宿舍众人公推为师大文学院2002级第一大实话，当年文学院受某思潮的影响，以胡说八道为荣，以诚实做人为耻，因此仅有的一句实话便得到掌声一片。在山贼的衬托之下，其他兄弟全部显出玉树临风的少年模样，这是山贼在403室出没的最大价值。有了山贼，他们过得更舒更爽更安心。人心大抵如此，就好比美女，总是喜欢和比自己丑的女生逛街，有了对比，让自己的美史立竿见影。

山贼有心反抗这一裁决，曾上书宿舍组织部，无奈宿舍组织部长即为鸭毛，且总书记亮崽与他沆瀣一气，不给平反。只好求宣传部的鸭子，给重写一幅字把鸭毛的书法盖上——鸭子即是我的文章中屡屡出现的裸奔男，他的字娟秀工整，不像鸭毛五大三粗，看起来会舒服一些。鸭毛的字经常写得旁逸斜出，我觉得他很有做道士的天赋，天生就是鬼画符的料。若不是一笔一画地写，谁也认不出子丑寅卯，挂在门上阎王小鬼都不敢靠近。

鸭毛字虽难看，不过题字成癖，403室门上的"聚帅厅"三字即出自他的手笔，而通往阳台的门背后，则贴着鸭毛墨宝："帅自天成。"403室一年太平，这两幅字实在功不可没。经山贼提议，亮崽、鸭子（此人为舍长）开会商议之后，特发给鸭毛"舍长嘉奖令"一张，以表彰他一年以来护舍有功。

鸭毛赐我"天下第一丑"的称号，后来引起阿川和狗荣的反对，纷纷发表对鸭毛独裁的抗议。我想：幸好历史是人民写的，世界还是存在公理。关于"帅自天成"，阿川认为我们每一个人都可以这么说，唯独鸭毛必须倒过来念。大三的时候鸭毛有一个白色搪瓷盆，盆上写着"牛津大学中文系鸭毛专用"，天知道牛津大学的校长看到会有什么想法。大四以后略有收敛，只在饭盆一边写上"贱桥大学"，另一边写着"帅哥专用"以示和我们的区别。鸭毛的意思是：我们每一个人都很帅，但是他特别帅。不过，自从他在盆上写了字以后，我们基本不允许他用那个饭盆。如果他非用不可，就让"贱桥大学"的字朝外，并责令他站在阳台上吃，以便让过路的同学看到他的傻样。

时值五月，网络游戏"跑跑卡丁车"盛行，在我宿舍则变成全民运动。彼此问候皆以"今天你开了没有"始。晚上十一点全体舍员都回窝之后，便开始同室操车，三个人上阵其余的在旁观战。加油、呐喊、呻吟、惨叫之声不绝于耳，实在刺激。我开车之时，通常是狗荣在旁观看，每到转弯，他就紧张不已，身体随着方向盘左右倾斜，我的车不小心撞到墙上他就身体重新坐直，继续观看。鸭子估计是个"马路杀手"，最简单的地图都玩不来，转一个弯撞墙以后就分不清东南西北，只知道一个劲儿往前开，结果方向都不对，一局下来，大喊头晕不止。

幸好这时候功课已经停止，只等着毕业。总书记夫人对亮崽整天参加赛车担心不已，生怕贵体违和，于是每到十一点就勒令关机，亮崽只好等夫人回宿舍之后再开机。他与夫人举案齐眉，是为典范。顿觉"相安无事最好的办法就是互相欺骗"一语真是至理名言。若我当年便贯通此理，今日亦不至茕茕孑立，形影相吊。

以前泡泡堂诞生的时候，全民皆泡；今日卡丁车上市之时，全民开车。唯一不同的就是：玩泡泡的时候，我身边有一女伴，组成杀人团伙；而跑卡丁车时，只剩一人了。人有悲欢离合，月有阴晴圆缺，实在叫人感慨。

在玩泡泡堂的时候，我与鸭毛、狗荣合作甚多，鸭毛喜欢玩小区十的地图，自称"小区杀手"，其实鸭毛跟中国的足球队一样，不成气候。总是东逃西窜躲着对方的攻击，然后等对手失误。就好像韦小宝，只有一项逃功了得。如果一不小心没躲过攻击，只能呜呼哀哉。跟他玩我都不想救他，狗荣因此评价他：生得卑劣，死了活该。而狗荣喜欢海盗十四，在广阔的甲板上放出一团让我眼花缭乱的泡，不过效果倒是出奇得好，总是能把敌人杀掉。而我技术比较烂，玩什么都好。这也说明山贼就是山贼，占山为王惯了，做不来海盗。而阿川和我在大三的时候头靠头睡了一年，经常半夜被我弄起来上网，罪过甚大。

傻瓜头头做人认真，凡事不求最好，只求更好。因此有时便过于苛求了，我以为正因为每个人每件事都有自己的缺陷所在，所以美好的一面才值得珍藏，值得留恋。比如山贼，虽然被称为天下第一丑，但人还算善良，即可为友。活着，很需要有糊涂之心。

我经常和傻瓜头头合作玩QQ游戏，通常是打八十分，彼此为敌的时候很少，作弊通牌的时候居多，我们一边看牌，还一边商量该怎样出牌，才能让各自的牌发挥到极致。因此赢多输少，分数涨得很快。如果一不小心碰到对手也作弊，我们便破口大骂，骂那些人无耻。"只许州官放火，不许百姓点灯"，这种心态自古皆然，不是我们独有，实在怨不得我们。工作以后，我们还合作过一次，不过当日牌运甚坏，几乎一输到底，一个很重要的原因是他的耳麦太差，我一直在喊，他都听不见，气得我破口大骂——工作后我住的还是集体宿舍，隔壁的老师过来跟我说，你在作弊打牌是不是？整座楼都听见你在喊"我大不了，别下分"。实在羞得没话说。

鸭子可能是403室最受女生欢迎的男性，据传他经常和不同的女生出现在不同的场合。其中不乏小道消息说他和某女在某宿舍聊天聊到半夜——"一聊还能聊一宿？中间指定插广告。"广告的内容，自个儿想去吧。这是我们比较恶毒的想法，自从我和我家那口子分道扬镳之后，和女性的外交就被判了死刑——感情的事情就这样，有了前科，就没有前途。所以我看别人这么受欢迎就恨得下半身一直痒。便怂恿聚帅厅总书记发动全体成员对鸭子同志进行思想教育，谁知鸭子屡教不改，总是像那英歌里唱的一样："你伤害了我，还一笑而过。"因此激起全体成员更大的愤怒，几乎要做出"开除舍籍"的制裁。我正想看他被我们赶出宿舍的盛况的时候，我们已经毕业了，不大不小也是个遗憾。

七贼下长安的故事到此告一段落。顺便交代一下各自的去处：

山贼，回到龙岩。龙岩是个山区，因此他更像一个山贼。

鸭毛，考研成功。继续留在长安，只不过换了一个宿舍，据说闷了不少。

傻瓜头头，平潭支教。听说那里山清水秀，花姑娘大大地有。

狗荣、阿川，回到南安。具体生活不详。

鸭子，回莆田中山，由原来做女生的陪聊，变成了小孩子的陪读，少了不少生趣。

亮崽，携夫人留福州，从此双宿双飞，为神仙眷属。

此文在舍友中广为传阅，经全体成员开会商议之后，深感此文外泄将使403室美名命悬一线，于是将此文定为绝密文件，当众密封，并给予封印。后移交任仓库管理员的山贼，责令其妥善保管。怎奈千防万防，家贼难防。山贼之名，有"贼"在先。山贼监守自盗，403室私房事遂大白于天下。

文学是一个接头暗号

最近蓝屿的文章，总是流露出将要离开的情绪，让我看见了告别的影子。每每这时候，我心中就有种兔死狐悲的感伤。我常常想象一个人拉着沉甸甸的箱子在夕阳下面走向火车站的背影，现在是风若吹和蓝屿，明年的现在就轮到我、裸奔男和瞳了。

曾经有人问我："时间是什么东西？"

我很确切地告诉她："是个畜生，和我一样。"

我总是把不确定的东西想得很恶劣，也就是说我对自己身边的一切深怀戒心，包括我自己。记得我在一篇文章里说过："我是一个比较冷漠的人，我总是想一个人抵抗所有的寒冷。""孤独和忧伤都会变成一种习惯，我只要坚持，没有什么可以伤害我。"

写作常常只能是一种自我安慰，事实上，什么都可以伤害我，比如这三年光阴。如果感恩地看待，所有的伤害都伴着温情的味道，比如三年里我遇见的一群人。

裸奔男是我同班同学，也是我在师大认识的第一个文学青年，他最擅长的是抒情，他的文字总是可以写得像唐诗一样漂亮，而且也可以像唐诗一样让人读了以后很容易忘记。比如三十六期《闽江》的卷首语，如果哪个女生能写成这样，这辈子我非她莫娶。

他长得比较温文尔雅，其实风若吹、蓝屿、瞳都是这样，这点比我好。在大一进来的时候有同学说我长得像山贼，这个评价我至今还耿耿于怀。我总觉得中文系的学生就应该像他们那样，不然就不叫"书生意气"了。

唯一让我平衡的时候就是"非典"时期，那时我们还住在万里公寓，每天得走过学生街后街进侧门才能到学校上课，当时因为"非典"学校戒严，每次出入校门都得带校徽或者学生证，门卫认真的态度让我想起抗日战争时期沦陷区进出城门时日本鬼子检查"良民证"的情景。

我是一个丢三落四的人，所以常常迟到，深恶痛绝。后来我想到一个办法，门卫查的时候我就说："我是体育系的，住在203室，吃早餐忘了带。"结果有三次过了关。后来想想，幸亏我像山贼。如果裸奔男忘记了戴校徽，只好屁颠屁颠回宿舍去拿。

裸奔男还有一个很突出的地方就是有很多白头发，这是天生多情的表现。这可见他也是情场失意的角色，我失恋一次，头上出现白发三根，但他失过几次恋我不敢算，怕自己数学太差出丑。他脸上的痘痘也证明了这一点，大一的时候我们"同痘相怜"，大二就只剩他自己一个人"逗"了。

我记得有段时间我们常常和班上的同学一起去"大自然网吧"打CS，开始我们都是做炮灰的那种，后来就剩下我一个人做了，我一边做CS的炮灰，一边做爱情的炮灰。他整天用狙击枪打雪地板，听说在宿舍还用粉笔头打蚊子，把狙击枪用得娴熟无比；而我在那段时间开始谈恋爱，我觉得舞刀弄枪的会破坏我在女朋友心中的形象，所以开始玩电脑上的玛利兄弟，和女朋友一人操作一次直到通关。

瞳是我认识的最像文学青年的人，在听哈迎飞老师讲"五四"的时候，我总是会幻想瞳穿着长袍马褂举着彩旗游行示威喊口号的样子。他是一个喜欢诗歌的人，写诗最重要的就是要保持纯真的心灵，这点我做得不好，看我对他很恶意的联想就知道了。所以我不写诗歌，我不想玷污了诗歌的清白。

蓝屿总是打击瞳说诗歌的坏话，那时候瞳就好像很着急的样子，和蓝屿理论，好像自己被冤枉似的委屈。这时候我们就在旁边笑。

瞳比较喜欢打小球，羽毛球、乒乓球都玩，这也是斯文人的体现。而蓝屿他们都很少运动，真不知道他们这么苗条的身材从哪里来。我喜欢打篮球，羽毛球、乒乓球也打，结果就成了"四不像"，凡是班上有体育赛事我都得去凑热闹，好像"万金油"，蚊子叮了抹，虫子咬了抹，想睡觉了抹，头晕了也能用。结果全是半壶水，摇着很响，其实很没有分量。

写到这里的时候我想到了我们的共同点——瘦，清一色都是营养不良的样子。其实师大食堂要负很大的责任，他们总是喜欢把男生当女生养，把女生当猪养。所以师大女生老是嚷着减肥，而男生全部瘦得像高高低低的竹竿，经历风吹雨打之后显出菜黄色。

在大学认识瞳，并且成为好朋友是一件很幸运的事情。佛说：前世五百次回眸换得今生擦肩而过。我是不赞同的。与其这么辛苦回眸看别人，还不如直接去抱着佛大腿哭一阵，或者干脆包个红包给他。菩萨其实也缺零花钱的。不知道对不对。

认识瞳以后，我还有收获，就是他介绍我认识了风若吹。

风若吹是一个不善言辞的人，记得我第一次认识他的时候，是在学校社团联合会的文化部，他是部长。瞳把我和裸奔男介绍到里面当小兵，那次，风盯着我，直到我心里发毛。他才结结巴巴地说："好，小……小东介绍来的，我……我放心！好好干。"然后我心里就松了一口气。听他说了几次话，我就一直记得他欲言又止的样子，每次他要开口说话以前我就替他紧张，就怕他突然噎住。直到我发现他只是来不及说，而不是说不出来，我才放心。

不过现在好了很多，我们下午还要和一群兄弟去KTV，这个提议很早以前风就说过，从那时我就很憧憬看见他拿着麦克风K歌的样子，最好他不是唱周杰伦的R＆B。不然被周杰伦听到了，可能会就此封喉，到北大荒放羊，并且改唱民歌。

心中窃笑。

大二下学期，风若吹放下了文化部部长的担子，瞳也走了，所以我也没有再待在里面。做事需要环境，也需要好的伙伴。后来我组阁《闽江》，清一色全是自己人，瞳很得意地告诉我："你把《闽江》编辑部开成黑店了。"然后我们很奸诈地笑。在这场阴谋中，裸奔男也是同伙。

我们虽然没有一起共事了，但是交情还在。在文化部"散伙"后的第一个情人节，我、瞳带着风若吹一起去步行街吃"麦当劳"，我们坐了很久，连冰块也吃完了。出来以后风若吹请我们吃麦芽糖，吃完以后我们开始埋怨那个老板给我们切的糖太短。

马上我们三个合作写了一首诗，瞳把它记在手机里：

因为我们穷

因为我们穷

所以一干二净

包括冰块

包括爱情

因为我们穷

所以一干二净

就像我爱的天空

什么时候飘来

我期待的云

我们啃着麦芽糖

空气里飘扬的都是食用菌

三个苦难的孩子

打着幸福的喷嚏

为什么要神志清醒

　　我保证，这是我在大学里面唯一参加过的现代诗歌创作（倒数二、三句是我写的），为此我还得意了一阵子，我丫的也是诗人了。这篇文章发表在一个文学网站上，我们看着它成为热点，波澜不惊。前不久，我们仨又坐在五楼的小阁楼里面喝二锅头，聊天。然后我撑不住先下去睡觉，第二天瞳满脸酒气到我宿舍来，说让我找个女生上去打扫卫生，我一问，果然是瞳吐了。那天瞳和风一起去开一个什么高校文社联盟的会议，我去新校区为这期的《闽江》约稿。他们在会上一直开口，但是没有发言。回来瞳很开心地告诉我说："吃水果真的很解酒。"

　　最近，原来做我们头的风若吹已经成了福建"80后诗人"里杰出的一员，现在在福建新闻出版总局做小兵，回来找我们都是西装革履的打扮，玉树临风。听说在找条缝往上海钻。他是一个有理想的人，不像我没有一点追求。

　　大一大二时，我久仰蓝屿大名。他是杨佳之前的《读书与评介》的主编，冲着他我凭借"裙带关系"进了那个编辑部。可是去了刚好参加他的告别大会，他正把位置禅让给杨佳同学，我忽然就想起，丐帮帮主上任时的仪式，然后喉咙开始发痒，我干咳一声之后，使劲把口水咽回肚子里。

后来《读书与评介》和一家杂志社合作做活动，我和蓝屿一起去搬书。听说他大二的时候凭借自己的实力考进了基地班，然后大三因为四级没有过被基地班抛弃，这是一个传奇。他四级到现在还是没有过，像我一样，每每想到这个我心中便有了动力。像和他一起去《海峡》社搬书的那个下午一样，我一个人弄三捆书也不觉得累。那天我们把书送到他宿舍，我看见了他的床铺，也和我的一样像狗窝。据说他也是很懒的那种，生活也没有规律，然后瘦得像猴。幸好我们都是男生，没有月经不调的危险。我想，从我的生活可以推出他的生活。

我一共有八双袜子，通常都是穿完了七双的时候一起洗，然后把它们一只一只绑在衣架上面晾在门口，舍友都把它叫"羊肉串"。其实我心里觉得，它们更像是学生街麻辣烫铺子里穿成串的海带结。理由是它们都有翅膀，如果羊肉串也做成有翅膀的样子，就是便宜了顾客，生意人都不会这么傻。我把它们想成海带结以后我就再也不敢去吃麻辣烫，总是感觉那些汤水里煮过我的袜子。

我搬回17号楼214室的时候，蓝屿已经去实习了。所以很少有见面的机会，只是偶尔有他的消息传过来。去《泉州晚报》笔试面试都是第一，后来莫名地没有被录用，听说现在已经签约把自己卖给三明一中。有点可惜。

在新校区他的名声旺得像N年以前兴安岭上的大火，很多小女生梦里都在呼唤他的名字。其实他身边什么都有，女人也少不了。在写东西上我不如他；在魅力上，我也不如。再认真想想，除了比他黑，真的没有什么比得了他了。

其实黑也不错，起码晚上出去可以吓唬人。

这三年还有很多人很多事都是值得怀念的。比如一起在社团共事后来一起做《闽江》的叁柒；还有收留我在《读书与评介》的杨佳，后来她也在《闽江》帮忙把评论文章的关，有了她好像我们做得特别放心；还有在风若吹生日那天给我们做饭的非黛；还有郁闷青年麦子，她是一个美女，那天我们吃完麦当劳以后就在学生街后街和她一起喝酒；还有一个读政治教育却一心要考文学院研究生的小白；现在多了一个敲了很响不敲也响的木鱼。

我想有一天，他们都是社会上难得的人才，而我，会变成某个中学校园里误人子弟的人渣。我的大学，处处可见被时间强暴过的痕迹，阿Q一点想，强暴也会有快感的。

也许，文学就是一个接头暗号，让我们远赴千山万水前来相会，然后并不用太多语言，只是问一句"你也在这里吗"？

新居小记

孙绍振老师写过一篇叫作《愧对书斋》的文章，看完后我忍不住想写写现在的居所。看起来有向孙老叫板的意思，其实没有。我有自知之明，不会做螳臂当车之举。所以，孙老的文章主要是起了一个"抛玉引砖"的作用。

孙老家"才"万贯，随便抖一下，掉根头发便是文采风流；而我家徒四壁，翻箱倒柜只能摸出一块粗糙的板砖，善且敝帚自珍。现在提倡有钱的出钱，有力的出力，我也就不惜囊中羞涩，弄个砖头唬唬人。落在地上，指不定能砸出个坑；落到水里，肯定水花四溅；万一不幸掉在谁家玻璃上，可以听见哗啦一声响——

这就是所谓的顽童作风。不过，我没想过去砸孙老的玻璃，孙老的书斋令我羡慕而神往之，或者还有点嫉妒的成分在里头，却没有破坏的想法。咱的肚子还说不上有撑船的量，但是泊个帆板应该没有问题。如果我仍在福州，倒想找个机会去参观一下，顺便讹顿饭吃。据说孙老以"礼贤下士"出名，对弟子更是照顾有加，料想不至于让我吃闭门羹。

我于今年六月底从师大文学院毕业，历尽艰苦进了龙岩学院，学校给了一个窝，心中甚为感激。虽说空空如也，却颇为宽敞，因此，我可以按照自己的意图来装扮它，这点明显要比找女友好——我们找女朋友只能找现成的，不能自己设计。如果你只瞄一个，谁都知道这是画饼充饥。

我的窝位处二楼，正是高不成低不就的尴尬状态，前后各有一扇窗户，占了大半个墙。窗大有个好处，就是光线充足；不过坏处之大，也让人难以启齿：前面的窗户对着一座教学楼，除了深夜，那边总不乏好学者刻苦耕读，若他们疲倦之余出来透透气，能把我房里的情形一览无遗；后窗正对从校门口通往学生公寓的大路，而且，路几乎与二楼等高，所以，我的房间根本没有秘密可言。如果我在房间里更衣，窗前窗后的同学一定大饱眼福，可以一次又一次地免费观看脱衣舞。为了不影响同学们的学习，我不得不花钱买两面大大的窗帘，耗去我不少银子，本来就缺少分量的钱包瞬间瘪一半，心痛不已。

既然是家徒四壁，我的居所也就从"壁"开始说起。这间房原来是一名年轻教师的洞房，天花板上还挂着彩纸剪成的花，墙上贴着大红的"囍"字。现在落入单身汉手里，这些风光的东西自然是留不得的。我至今单身，怎能天天对着属于别人的幸福熟视无睹、心平气和？于是三下五除二，就把它们扯下来，却在要贴什么上去的问题上犯了难。贴赵公明的个人照片太市侩；贴港台明星照片显得没品位；贴美女图片不端庄；贴体育明星又太庸俗；买名人字画倒是不错，正合中文系风雅的主张，不过苦于价格太贵……

从这可以看出，风雅本来应该是有钱人或者是有地位的人的事情。像我等穷书生，仅能温饱，风雅之事只能想想罢了。后来想想，其实我哥的书法也不错，虽然不值钱，可总是能充充门面——这还真印证了一句话：附庸风雅。

我认为，管他附庸不附庸，只要和风雅沾点边，就算是读书人了。

大家同为孔夫子的徒子徒孙，应该没人跟我为难，于是激动万分地向我哥索字。我哥说："你要'招财进宝'还是'恭喜发财'？"

我苦笑一声说："你干脆给我写个'六畜兴旺'吧，我正好贴在门上。"我哥大笑。后来写了三幅字给我：

其一：宁静致远。这是横的。

其二：宝剑锋从磨砺出，梅花香自苦寒来。

其三：纸上得来终觉浅，绝知此事要躬行。

后面两幅是竖着贴的。

兄长的良苦用心溢于言表。我生性好动，长了个猴子屁股，根本坐不住；好高骛远不肯下功夫；看书也是浅尝辄止。三幅字正好给我提醒。

其实我叫他给我写"六畜兴旺"也不是没有理由的。不知道龙岩的蚊子欺生还是我个人魅力比较大，我宿舍的蚊子多得不得了，只有畜生住的地方才有这么壮观的场面。我从小在乡下长大，放牛养猪养狗都干过，知道它们的住所是怎么回事。刚看到这么多蚊子的时候几乎就把自己当作猪了。

到了晚上睡觉的时候，我在宿舍点起蚊香，把门窗紧闭。一个人躺在床上，倒也没有受到多大的骚扰。这时候才确定，原来我不是猪——猪是不知道睡觉要点蚊香的。于是就高兴起来了，然后踏踏实实地睡着，就是第二天起来的时候脑袋被熏得有点涨。

白天就束手无策了，只能任凭蚊了肆虐。看着手上脚上一疙瘩未平一疙瘩又起的红印，我只能拍拍自个儿的脑门，一边抓痒一边说："没事没事，反正老子血多！"

我最羡慕孙老的地方不是他炮轰高考四六级的勇气和毅力（其实当

年我还因为他的呼吁无效而开过孙老的玩笑，只不过在背后非议别人的事，现在也不好意思再提），而是他书房的汗牛充栋让我妒忌。我记得李敖的书里面描绘自己的书房：他说他书房的四面都是书，一层一层直到天花板。然后地上也是书，桌上也是书，只剩下一块写字的地方。从此这样的书房构造在我的脑海里挥之不去。我在中文系念书的时候喜欢去晓风书屋，和这种书房情结不无关系——去晓风书屋不一定买书，进去看到书架都顶到墙上去了，我就开心。我幻想这就是我以后的书房，过过干瘾，感觉也很不错。当然这些想法是不能说的，要不然晓风书屋的老板一定骂我"神经病"，接着把我撵出去。因此我一直都觉得自己很聪明。

我卧室的摆设除了一张床，还有一张书桌，一个书架。和孙老以前的待遇比起来，不知道要好了多少，起码我不要去图书馆偷《西厢记》，也不用抄书。能生于此时此地，已是万幸矣！我书架上有孙老写的《文学创作论》，有谢有顺的《此时的事物》，还有陈晓明的《无边的挑战》，还有不少语言尖锐、思想深刻的书籍。他们都是我的师兄师长，更是我向往的高度。

这么说难逃好高骛远之嫌，不过大家都说人生如梦，不妨把它做得大气一点吧！

写到这里又看了一遍孙老的文章，忽然又有一种想法：如果孙老把他的书房送给我，那该有多好啊！哪怕只送我一半，我也可以用来挡住一面窗，省下几平方的窗帘，隔开外面窥视的目光。

其实，如果把这篇文章当作是砸孙老书房的窗户的板砖，也是不错的。在我的印象里，孙老总是顶着飘逸的长发，笑眯眯地走在师大文科楼前面，对学生更是和颜悦色。心爱的书房突然遭到顽童袭击，料想有点气急败坏。想想满腹经纶的饱学之士暴跳如雷，满口"之乎者也"地骂人的场景就好玩。

我小时候做了坏事，一般都是转身撒腿就跑，不想被人逮住了胡作非为的证据。

这次，也不例外。

【第二辑】

那些年，我们犯过的文艺病

我有个姓王的大学同学，因为酷爱写诗而闻名于校园。去食堂吃饭的时候，常踱着个八字步，摆着"虽天下人而吾往矣"的架势，仿佛是李白重生，牛逼哄哄的样子；跟别人说话的时候，眼朝45°仰望天空，愣是把身边同学瞅成了帮他研墨的高力士。我不会写诗，但是会编几个不入流的故事，有幸跟他一起发在校园刊物上，就这样居然被他高眼看中，成了他的朋友。现在想想，那时的校园真是一片净土，喜欢文学的校园诗人和校园小说爱好者能够坐在同一张桌子上吃饭，一起做白日梦，而不是互相骂娘吐口水。客观地说，比现在这个时代好多了。回头看看，我大学毕业不过十年而已，社会却像按了快进键，把生活拉扯得一塌糊涂。

你得理解，我们生活的可是当年的，而不是现在的中文系。那时候，大家本事没有，文人相轻的范儿学得透透的。王同学自诩文采风流盖世无双，目光所及之处，管你是教授还是助教，讲台之上全是傻逼，哪配跟他谈论诗歌和文学？他曾经跟我说，诗人他只佩服李贺，彼此神交已久，只恨不能相见。我当时反驳他，要"神交"你得找诗仙李白，李贺号称"诗鬼"，跟李贺就只能叫"鬼交"。他居然在这样的玩笑里读出了讽刺，很长一段时间不愿理我。说我在嘲弄他的梦想，是他实现梦想的绊脚石。要这么说，他的绊脚石可就多了去了。确实，他的绊脚石太多了，有人说他的诗不够好，是绊脚石；有人断言他不会成为名诗人，也是绊脚石；最后，身边所有的人都成了他的绊脚石。

我在大学时，一直被人称为"文艺小青年"，并以此沾沾自喜，觉得沾了文艺的边儿，好歹有点艺术范儿。一个人要孤芳自赏，目中无人，实在太容易了，闭上眼睛就行了。但现在终于明白，我和真正的"文艺小青年"中间，差了一千多个"王同学"。诗歌恒久远，一首永流传，王同学过着梦想家的日子，简单而纯粹，是真正的文艺小青年。跟王同学相比，我多了一点市侩，少了一点天真。就是这点儿气质，造成了我和他的界限。很多人认为我是文艺小青年，其实我一点都不文艺，充其量是个满肚子坏水，喜欢唱反调的浑蛋而已。等我明白过来，已经是老浑蛋一枚了，这时候不像以前玩世不恭，穷还是很穷，但是不再满不在乎。光阴之刃刻在脸上的年轮，从来不可逆。就好像我和王同学的关系，从一起粪土公侯，到后面竟成点头之交，同样不可逆。

塞林格的《麦田里的守望者》是我以前很爱的小说，但是现在没有那么爱了。在我印象中，主人公就是一个目光坚毅、脸如刀刻、棱角分明的小青年，坐在悬崖边上，看着身边奔跑的小孩，喊着："回去吧！回去吧！悬崖危险！"我以前觉得，和杀死孩子灵魂的老师、家长相比，这简直就是圣人。但是现在我的观点也得到了修正——我的女儿刚刚学会小跑的时候，一溜烟跑到台阶边上，就知道自己停下来，坐下来一个台阶一个台阶挪下去。我由此得出一个结论：规避危险是人与生俱来的本能。如果从这个角度出发，守望者就有点矫情。我的意思是，守望者未必神圣，老师和家长也未必需要千夫所指，他们和"守望者"一样，只不过是存在的某种方式而已。但是，不管在什么时候，要否定别人，比肯定别人容易多了。不久前有个小学生给老师撑了一下伞，马上就师德不存、道德沦丧了。想想我偶尔也"勒索"一下学生的劳动，叫他们帮我搬家什么的，简直是没有人伦。我们根据一丁半点的事儿，就为他人贴上了标签，偏见、仇恨和愤怒从此相随，比如王同学对我的"仇恨"，一直绵延至今。

成熟是件好事情，会让你从宽广的角度去体察事物的真相，而不是狭促地把事情的根由归结于他人的阻碍——我见过雨后春笋，冲开岩石的封锁；也见过榕树的根须，漫过钢筋水泥的地面。只有才华匹配不了梦想、内心不够强大的人，才会对别人的言语耿耿于怀。我们就这样，活得疯狂而且鲁莽，一不小心，就把自己的青春晃过去了。

耽溺往事其实并无意义，我毫无美化过去的意思。我就是想着，如果我们能有更加接纳的姿态，生活本来有许多不同的可能。至于塞林格和那个守望者，不过是年少时顾影自怜的文艺小青年。证明我们曾经年少，做过一个"把未来留给自己，把背影留给世界"的高逼格的梦境。

在这样的梦境中，首先要有敌人，不能只有一个，最好是要造成"就算千万人阻挡，我也只向自己投降"的架势。这点王同学做到了，他把一切人都当成是阻碍他追求梦想的敌人，在想象中把自己塑造成孤胆英雄的样子，如果不为自己制造出四面楚歌的氛围，怎么能显示出逼格？其实我的同学（包括我），更多只是把他当成是一个有点儿怪的人儿，神神道道的，有点不食人间烟火，但是他的梦想关我们什么事儿呀？！我又不靠着他的梦想活着。所谓敌人，很多时候都是自己造就，现在大家都这么忙，谁顾得上你呀？当然，树立起无数假想敌，然后biu、biu、biu、biu地开枪，是最好的办法。谁还没有个年轻的时候？疯狂，眼高于顶，终会成为一笔重要的谈资。

其次，当然要带点儿自私。梦想是我的，私人的，不可干涉，如果有人提出看法，那就是敌人，试图摧毁我的人生。凡是不接纳我的、不理解我的都不是好东西。这种不可一世的敏感的偏执，被许多人当作个性。王同学的气质即是如此，纯粹到容纳不下他人一点点揣测的偏执，让他有一种动人的光辉。有时候这并不是一件好事，总得多接纳点东西，才能懂得宽容。就好像我在心中终于让守望者和其他人达成和解。

最后，凄凉也是必不可少的。这是功不成名不就的遗憾，是时不我与壮志难酬的哀愁，是拔剑张望四顾茫然的萧瑟，也带着人将走茶要凉的感伤。这样的悲剧范儿是文艺青年不可或缺的药。让人在45°仰望的感觉里不可自拔。

我大学毕业之后，来这里当老师。发现同样有更多的同学像我的王同学一样，视天下老师如傻逼——随即明白了所谓的"糟糕环境"的定义：老师看学生全是傻逼，学生看老师更是傻逼。然后在互相贬低中往下滑，成了粪坑深处涌动的蛆，而有些不愿意成为蛆虫的毛毛虫，也被当成蛆。这让我倍感难过，我们本来同处深不可测的寒夜，却还要彼此仇视，像个敌人。蛆虫习惯把蛆虫当成敌人，然后踩着别人的身体往上攀登。这可不是一个好故事，可是天天在发生。我们在同类面前趾高气扬，在异类面前假装不屑一顾，如果这时给你一面镜子，你就会发现踩着别人往上爬的姿势难看透了。

大学毕业后各奔西东，也疏于联络，王同学已经多年未见。毕业十年后，我重返曾经待过的学校读研究生，发现很多东西都变了。也在这一年在省城我与王同学重逢，他已经不再是印象中野心勃勃、不可一世的神气模样，他腆着啤酒肚，满脸红光，整天喝酒，却再写不来诗歌。我跟他谈起诗歌，谈起文学，他要跟我翻脸。那个晚上，我们都喝高了，他告诉我，他大学那会儿觉得身边尽是庸俗之众，所以不愿意站在人群中间，而孑立于人群之外。但是毕业后就明白了，那些自以为高明的心理，是一种病，文艺病。芸芸众生，你有你的才华，他有他的长处，上帝根本没有特别垂青过某一个人，就算有，那也不是他。然后他抱着我的肩膀放声大哭，说，那时所有同学看他，该是怎样一个傻缺啊！我也抱着他大哭，他娘的，我现在在别人眼中，也还是这样一个傻缺啊！

不过一点都没有关系，时间终将漫过脚面，我们终将与自己握手言和，与过去握手言和，与生活握手言和，在未来的某一个时刻。

山头的花朵

　　我在少不更事的初中阶段，加入了校园的"地下组织"，跟随高中的A老大，而我的同桌跟了B老大，都干了一些欺负良善的勾当。那时正十三四岁，热血沸腾，激情无处发泄，瞧着老师不爽，瞧着家长不爽，瞧着同学也不爽。理着非主流的发型，整着非主流的穿戴，在校园里大呼小叫，横冲直撞想吸引女同学的眼光。当然也被别人欺负过，那个年纪，同学们个个精力旺盛，青春期的躁动让每个人都像一头好斗的公牛，只是因为在人群中多看了你一眼，就要打残你的容颜，这样的事儿简直是家常便饭。

　　现在都已经忘记了，我是欺负人的时候多一些，还是别人欺负我的时候多一些，应该是后者居多。看到镜子里自己那张欠修理的脸，十足的倒霉样，就知道是这个结果。而至于当时与同学冲突的理由，更是一丝一毫也想不起来，生活就是一笔糊涂账，怎么理都理不清楚。那时名之为"热血"，现在想起来简直脑残，根本就不是件值得夸耀的事儿。

　　在这里旧事重提，揭自己伤疤，不是为了犯贱，而是为了不犯贱——离当时做校园混子的时间已经过去了二十午，可这世上的事儿，就没怎么变过。工作十年，猛然回头，发现身边还是初中的状态。我等小人物，也只能"投靠"A老大，或者B老大，在里面找到认同感，有时候甚至是他说你行，你不行也行；说你不行，行也不行。然后成了一枚凶猛的棋子，跟着老大们冲锋陷阵。古人说门户之见，毛泽东说"山头主义"，而我们，都是开在山头的花朵。悲观一点说，活在中国，不就是这么回事儿吗？委身依附，渴望赏识，士为知己者死，女为悦己者容。没什么高明不高明，即使想当个例外，也不可得。

当校园混子的时候，有天晚自习后，我被A老大叫出去，说有兄弟被欺负了，要暴揍别人。到了操场角落，发现我同桌站在B老大旁边，也是袖子高挽，准备开战的样子。我就想，一会儿真打起来，我就拉着同桌，假装打起来，躲到角落里去。这时，传说中校园一哥来了。随便哈啦几句，说了一句："屁大的事，闹个鸡毛球？"就带着A和B去饭店喝酒去了。剩下我们两群人面面相觑，各自散去，哪里还分什么阵营？大家都能从对方那边找到同学，互相认识，同班不同派的多了去了。我问同桌，你知道我们为什么约架吗？他说，我哪知道啊？叫我就来了。你呢？我说，我也是啊！我们在生活中就是这么盲目，有人帮我们选择了一个山头，然后我们为了山头誓死捍卫，与别的山头打个你死我活，居然也不知道为啥。这事儿得多荒唐啊！

再后来有一次，我们学校的一哥跟隔壁校的一哥有矛盾啦！在一个周末，把全部小弟都叫上，去小河边一决高下，有些人连刀都带上了。一哥带着A、B、C、D各位老大，各位老大带着我们，浩浩荡荡地往河边出发。这可是香港黑帮片才有的场景，想想就太刺激了。正准备开战，这时候传说中混社会的一哥出现了，把我们两边的一哥叫过去，说了几句话，又成了自己人了。然后我们一哥叫我们回去，他们又去喝酒啦！剩下我们两群人面面相觑，各自散去，哪里还分阵营？大家能在对面找到小学同学，甚至是同宗的表亲兄弟，不仅互相认识，还有血缘关系。你说这算什么事儿！我问隔壁学校的同学，你知道为什么约架吗？

他们说，不知道哇？！我说，不知道你还来？！他们说，叫了就来了啊！你呢？我说，我也是哇！

那时我才十四五岁，很幼稚，不聪明，怯懦而自诩勇敢，自私却自诩仗义，脑袋空空却觉得自己已经成熟长大，想想自己当年自以为的快意恩仇，在今天看起来简直是瞎鸡巴扯。若要去追问为什么，肯定是不会有结果的。但是，关于人和人的选择，为什么会如此狭隘，只论立场，不分是非，却可以在文化和教育中找到原因。

从祖先开始，就在我们的血液之中种下了传统文化的因子，这是一个民族的基因。比如，孟子说"老吾老以及人之老，幼吾幼以及人之幼"。看起来很对，其实问题多多——当"吾老"与"他老"发生冲突，我是不是要不论是非力挺"吾老"？若我力所难及，是不是只管"吾老"，不管"他老"？——我们的传统向来只重自己、亲人和朋友，陌生人就形同异己，死光了也无所谓。然后就是"非我族类，其心必异""犯我强悍者，虽远必诛""卧榻之侧，岂容他人酣睡"；里面的荒唐与偏见，还有自大情绪，对异己者杀之而后快的敌对心理，如同幽灵隐藏在我们的血液之中。

还有就是一个人的成长环境、教育经历，都在强化着互相争斗的基因：在家族里，就以家庭为单位争；在村里，就以家族为单位争；在乡镇，以村庄为单位争；在县里，以乡镇为单位争……大家都忙着自己斗争了，什么时候想过合作，做成一项真正的事业？如果你也想到我们校园——那就对了。你会看到上空都萦绕着这样的霾。所谓"亲疏有别"，如此一来，如果学校是江湖，院系就是门派；院系是江湖，专业就是门派；学生是江湖，社团就是门派。入了一个社团，那就相当于递了投名状，要跟别的同类社团你死我活，至死方休。如果生活只是为了党同伐异，那还过个什么劲啊？

这边先听听我村里的一个故事：

村里有冰激凌店，仅此一家。以前舅舅不疼姥姥不爱，丘八因为热爱冰激凌，承包了几年，丘八用业余时间自带干粮，研制了自己的冰激凌，还引进大股东，打算卖自己的产品。没想到，因为冠名权，还有许多的原因，村委会取消了丘八的经营权。冰激凌店少了丘八当然能运转，这世界少了谁也不怕。丘八只有冰激凌配方，却不能投入生产，能怎么办呢？只能等喽，终于镇里有股东愿意入股生产丘八牌冰激凌，这是丘八梦寐以求的事儿，怎么会不干呢？消息传来，村里的冰激凌店都疯狂了，恨不得啖其肉食其骨。在新做的疯狂冰激凌上，写上了"打倒丘八"的口号，以示势不两立的决心。丘八差点儿就再也回不了村。要知道，丘八开始研发冰激凌的时候，现在经营冰激凌店的老板，都还不知道在哪儿呢！丘八要上哪说理去？

这个故事的背后，其实是中国逻辑：首先是关于山头主义的，我们村已经在做冰激凌，其他人就不能把搞冰激凌当作事业，要不然就是无耻下流；其次是关于门户之见的，你是我们村的人，当然得为我们村服务，要不然就是吃里爬外。

但换一个思路，村里做奶油冰激凌，镇上搞香草冰激凌，吃多了奶油吃吃香草，吃多了香草吃吃奶油，多个选择不是挺好的？肯德基和麦当劳，这么相近的口味，这么相近的装修，这么相近的服务，还有这么近的距离，不是也没见它们倒闭？不管是哪个口味的做大做强，别人说起我们镇的冰激凌，我们可以说，另一个口味也很好吃。

为了让大家更明白我的意思，还是说说更直接的话：我们纠结于区分福建的、北京的，其实都是中国的；我们纠结于区分汉族的、少数民族的，其实也都是中国的；我们纠结于中国的、欧美的，其实都是世界的；我们纠结于黄种人的、黑人的、白人的，其实都是人类的。活了这么多年，还不如我们初中混过的黑社会呢！他们最终团结在一起，勇敢地走向河边，去跟隔壁学校的帮派较劲。可我们呢？

如果还往深处找原因，我们可以讲得高深一点儿，会发生这样的事儿，你可以归结为"环境决定论"所致，说都是环境把我变成这样，我们无能为力；或者是"文化决定论"，说祖辈遗传加教育全给灌输这玩意儿，我们能有什么办法？这些看起来很强大的惯性，并不是全然正确，人的价值在于如何摆脱它。这也是学者们关注的都是"人为什么这样活着，要怎样活着"的问题，如果你想着造福人类，是个好事，如果图的是财色名食睡，那也没什么。问题的关键在于，自己在做什么，而不是关心别人在做什么。

窃以为这是常识，常识的意思就是"凡是有头脑的人都懂"，可认真点推敲，没头脑的人似乎也不少。当然这是我的结论——更可能的结论是：那些有头脑的人，想的都不是这些事儿。强调"我们"和"他们"的区别的，往往都是聪明人。渲染对立情绪，对于很多人而言，那可是动力之源。只有蠢人才选择站在千夫所指的位置，背后密密麻麻全是枪眼。教人互相敌视，教人彼此仇恨，教开在这个山头的花朵与那个山头的花朵为敌，这真不是大学教育该干的事儿。

世上多少的事儿，其实都是"名分之争"。比如说，搞女人和做爱，说的其实是同一件事，但说"搞"就显得低俗不上路；说做，自然就是高雅有逼格。想知道我的观点吗？你喜欢用搞就搞，喜欢用做就做。这些名词上的区别，根本无助于快感，更带不来高潮。如果喜欢文学，喜欢艺术，把门户之见放下，把身份限定放下，把针对某人的臧否放下，单纯地做（或搞）它。而不是先论出身立场，再谈高下。

我心中无山头，但总有人会把我置于某一个山头，并以此界定少林武当，善恶正邪——这是世上早已习以为常的，我们视此为理所应当的东西。也正因为如此，我们看到这个世界貌似精彩纷呈，其实难掩匮乏，那些仇恨、对立和斗争永远伴随左右。这样的匮乏，不仅仅在选择，正如弗罗斯特说，"林中有两条路，我们永远只能走其中一条，怀念另外一条"；而问题的关键在于，就算是我们貌似做出了选择，其实也是殊途同归，最后相遇在林子的尽头。用浅点的话说就是，不管是哪个山头的花朵，终有一日会归于大地。

既然如此，还较什么劲呢？

傻B的江湖

我有个大学同学，是北方某个沿海都市人，刚刚认识的时候总要介绍籍贯，我说我是龙岩人。他说："龙岩？没听过。"我说："你太不关心历史了，龙岩可是革命老区，'星星之火，可以燎原'就是在我们那儿写的。"我以为他会反省自己在历史方面的无知，没想到他接下去说的是："革命老区？那你们一定很穷了。"我心里骂了一句"去你妈的"，然后告诉他："对。我们很穷。我是赶着牛车来上学的，一千多里路，走了半个多月呢！"他又问："那牛呢？"我说："卖了哇！不然哪有钱交学费！"他摇头叹气，眼中流露出了高贵的同情。后来，我发现按他的设想，蒙古人都骑马，贵州人骑驴（他读过《黔之驴》），新疆人骑骆驼。幸亏我没说我是南方土著，要不他还以为我茹毛饮血，半夜起来吃人。

出于高贵的同情，他后来常常问起我童年的生活细节，我看他一副圣人模样，总忍不住跟他瞎编：小时候，我家里都睡稻草，只有薄薄的破旧棉被，顾了上半身，就管不了下半身，幸好在南方，不至于冻死；我们家有两兄弟，只有一条裤子，谁出门谁穿。哥俩都贪玩，天天抢着出去，所以我爸规定：逢单就我哥穿，逢双就我穿。现在北京搞汽车单双号限行，根本不是创举，我家小时候就用过了。我这人有个大缺点，就是不大正经，稍有机会，就满嘴跑火车。喜欢的人称之为幽默感，不喜欢的人称之为胡闹。不管怎么说，我看他悲天悯人，简直就是圣人转世的样子，还是挺开心的，娱人又能娱己，何乐而不为？不过，我并不喜欢他。有一次，我早餐买了两个茶叶蛋，还有一罐牛奶，被他看见，就教训我，你家这么穷，不能这么铺张浪费啊！我想，我花自己的钱，关你屁事啊！

管好自己的事儿，这是一个常识。儒家提倡"行有不得反求诸己"，后来又有人总结出"格物致知修身齐家治国平天下"的一套。要我说，"格物致知修身"是好事，这是属于"管好自己的事儿"的范畴，但是你天天想着对别人"齐家治国平天下"那可不行。我这一辈子就是短短的几十年，本来时间就不够用，干吗要听你的，做个让你满意的人？但在我们国家，聪明人这么多，可不是这么想。你点开新浪NBA里的新闻，看那些评论永远比新闻本身精彩几百倍。里面不同阵营的球迷在互相贬损、挖苦，不仅攻击对方的偶像，还攻击对方，动不动就是"傻B"伺候，只有自己是懂球的，别人不配喜欢篮球。按照常理来想，喜欢篮球就喜欢篮球呗，各自喜欢自己的明星，不也挺好？干吗看不起别人？这在人生活的世界里，叫作"友善"，但他们可不管这个。放到艺术圈也是如此，郭德纲的德云社刚刚红火那几年，全国相声协会还下封杀令；去年又开始倒赵本山和二人转，许多的外行动不动就把"反三俗"挂在嘴上。其实，上个月他看赵本山的小品视频时，笑得太嗨，不仅笑尿了，还因为笑抽时把尿拉在脚背上。一阵哆唆过后，从小姐身上下来，刚刚点燃劣质香烟，就装出圣人模样劝小姐从良，这是什么事儿呀！

其实，他们的逻辑非常简单，首先要抢占道德、正义的制高点，然后摆出一副圣人面孔，捍卫篮球的神圣，捍卫艺术的纯洁，动不动就给别人安上"亵渎篮球""玷污艺术"的罪名。他们的批判方式永远都如此粗暴，也一直这么程式化，但是却屡试不爽，身在傻B遍地的江湖，自以为掌握了篮球和艺术的"宇宙真理"就胡说八道的人太多了。一个想要追求理想的人不得不面对这样的生活真相：这些在各个领域里狂妄的主人翁，躯体里宅着平庸的灵魂，接近负数的幽默细胞，却带着高高在上的优越感，在江湖上横行无忌。

这种人在生活当中通常优越感爆棚。其实人要获得优越感也极其容易，限定一个范围，然后挑自己的长处跟别人的短处比较，就能得出有利于自己的结论。比如我的同学，因为生在大城市而尊贵，眼见都是鄙陋之人；又比如人可以因为别人而优越，我读小学的时候，我爹是该小学的校长，整个乡镇，在报纸上发表过文章的就那么三两个人，他是其中之一。那时我看其他同学，大概也是这副嘴脸。如果能坐着时光机器回到小学，看到年幼时自己那副傻B的德行，真恨不得活活把他打死。幸好我初中不是在乡镇中学，而是去县城的中学念。进去之后，发现父母牛×的人多如牛毛，有的同学的父母是乡镇领导，有的是机关干部，还有的是作家、报社电台的记者，我爹区区一个乡下小学的校长，都不好意思说出口。因为丧失了优越感，剩下的全是自卑。又比如在我们学校，以教学楼为中心，有人自认是方圆五里之内最有才华的人——这些都可以作为狂妄的资本。我因为喜欢文学，在大学当过校园文学刊物的主编。后来有师弟师妹抬爱，把我列入那五年文学院五大才子才女的NO.1。可那有什么屁用！我会写点儿东西，可是别人会画电路图，会修电器；别人不仅能用化学药品制氧气，还能制毒；别人会唱歌，能弹乐器……我发现自己除了会写点儿东西，其他一无是处，肩不能挑手不能提，不能教女儿英语，不能教女儿跆拳道……就是写点儿东西，跟那些大师比较一下，那是萤火之辉，对于这个繁杂丰富的世界，这算得了什么呢？我的意思是，在小地方我们可能是鸡头，但拿到大点的地方，连根鸡巴毛都不是。如果缺乏自知之明，谁在乎这个？就像《天龙八部》里的慕容复，用糖果雇一群小朋友，山呼万岁，那感觉照样爽歪歪。

从这点上说，人更像是一张标签，上面标注着你的各种信息：姓名籍贯血型性格兴趣爱好，但是，你永远不能成为一个鲜活的人，那种需要用心去理解、用心去聆听的那个人。拿流行的话说："开什么玩笑呢？大家都这么忙……"自顾尚且不暇，哪里顾得上别人。这也是我现在不爱与人争辩，尽量容忍别人冒犯的原因。年岁渐长，发现谦卑是人最美好的品格之一。一个长我近二十岁的基督徒，推荐我看慕安德烈的《谦卑》，这本书跟我们讨论灵修的重要性。教人谦逊，教人内敛，教人宽容，就本质而言，跟孔子的那套相去不远。可惜的是，现在大家都想当那个左右别人命运的人，却鲜有把自我成长当成追求的人。

自以为真理在握，是傻B的重要特征。如果一个人不能接纳差异，暴戾就如同附骨之疽。我在各种书里看到许多人，一旦信奉了某种学说，就把它当作人间至理，其他都是异端学说；如果身为水墨山水的拥趸，就要与油画素描势不两立；如果认为相声之类的艺术只能悬之于高雅，那就认为人间烟火气会玷污了艺术——非黑即白的思维，就是把一种东西奉为终极，其他都是旁门左道，有害物质，在此之后，暴戾与单调就如影随形。一个人的文化修养高，他对不同文化形态就呈现出足够的宽容；如果一个人文化修养低，就只有单一的评判。我一点都不喜欢单一价值，它就像一辆坦克车碾过渺小的个体，那点儿个人的痛苦感受轻飘飘的，根本没人在意。

要我说，普天之下，如果全部女人都是范冰冰，那乏味透了；如果全部都是林志玲，同样乏味透了。那时候，全部男人看到罗玉凤，估计都嘴角流着哈喇子，两眼冒淫光。说得再明白一些，那些板着面孔一脸矜贵，教训我们要追求高雅、艺术不容玷污的人，其实未必明白艺术多元的道理：你喜欢林妹妹莲步轻移树下咯血，我偏喜欢潘金莲笑靥如花俏眼含媚；你喜欢劝妓女从良满满的正能量，我偏喜欢听尼姑思凡蓬勃的人间烟火味；你觉得人生是一出正剧，理想激情，心怀天下，可我怎么瞧都像是场闹剧，卑微莽撞，四处碰壁。身边傻B四处乱窜，懂得不多，却永远不厌其烦地提供着伟光正的真知灼见。还不够像狗血的闹剧吗？你觉得自己很高雅，或许没错，但那是你们的高雅，老子干吗要尿你这一壶？

在一个缺乏常识的环境，一些缺乏常识的人自信满满，觉得自己拥有伟大光明正确的价值体系，再加上一点兼济天下的救世情怀，那可就糟透了。这真是人世间灾难一种，信口雌黄令人生厌，冲动胡来更让人担忧，谁知道这群傻B能做出什么事儿来。

这让我想起2012年的某个晚上，我正独坐阳台，仰望乌云遍布的天空，想起那部寓言般的电影《2012》，思考着人类经历浩劫后要往何处去的问题。我能够想象乌云遮住的天空是一个浩瀚的存在，可是这么浩瀚的宇宙却不知道有没有我们的容身之所。在亘古的悲伤之中，一个学生给我打电话，要我带他们上街去"反日保钓游行"。我问她："你为什么想去啊？"她说："全国都在游啊？我们也要游。"我问："就这样啊？"她想了想，补充说："小日本欺人太甚！作为一个爱国青年，我觉得自己的什么情操被玷污了。"这个什么"情"我不太理解，可是"操"我可明白透了。如果你稍有理性就知道，一个社会人人都神性十足，人性就可能缺席，比如十年浩劫，又比如新浪NBA新闻后面的评论区，还有我们生活的地方，那都是傻B们施展才能的江湖。

我提起这个故事，并不是怀疑她的真诚，而是为她的真诚感到悲哀，在身边，明珠暗投的故事太常见，一腔热血、满腹忠诚的信念其实不算坏事，但是却有人可以用它来做坏事。我想说的是，愤怒是有害的情绪，直接简单粗暴，而逻辑是迂回的，要我们穿越繁杂世事，寻找到真相。我其实不大了解，她那种被侮辱的感觉从哪里来，一个人不以没有自我、整天接受各种无理的安排为耻，却为遥远的日本的"挑衅"义愤填膺，说日本不尊重历史，先看看自己尊重不？"南京大屠杀"遗址的碑，为了开发房地产，说拆就拆了。一个连历史都不顾的人，够不要脸了吧？却想着别人给他脸，这样太奇怪了；而且这些事儿，不是有领导和军队操心吗？我们升斗小民，平日里几个人到广场上站站，警察蜀黍都会关心，还到街上添什么乱啊？所以这次游行的结果，什么也改变不了，变了的就是几辆同胞的车。三天过后，AV照看，尼康照用，料理照吃，Nissan照开。这些当时看来轰轰烈烈的事儿，啥也没有剩下。

至于我在文章开头说的那同学，我始终没喜欢他，尊重他没问题，但是，他不好玩永远都是不好玩。我喜欢有趣的凡夫俗子，却不喜欢指手画脚的圣人腔。他适合傻B的江湖，但我不适合那样的地方。我希望一觉醒来，身边少点像他一样的聪明人，而多一些像我一样追求理性的笨蛋，笨蛋总是先想着管好自己，而不是去指导别人的生活。

我常常想不明白，像他这么"一个高尚的人，一个纯粹的人，一个有道德的人，一个脱离了低级趣味的人"，天天混在我们这群俗人堆里图个啥呢？

那么，"猴哥，收了你的神通吧"！

"夜壶"传奇

现在倒回去看历史，觉得中国古人过得十分有趣，很多的人根本没把生活的心思放在"正事"上——发明了火药，用来做鞭炮，逢年过节结婚出殡轰得惊天动地，却不用来制作武器；发明了指南针，还是用树木（年轮）的朝向来分辨方向；天天煮水泡茶，总结出"开水不响响水不开"的道理却没发现蒸汽原理……以前用着世界上最脏的厕所，却没有发明出马桶；天气实在太冷了，出门尿尿落地成冰，岁数大了尿不远，最后几滴落在脚背上，跟天上下冰雹似的。所以就发明了个可以在被窝里尿尿的东西，它叫夜壶。

"夜壶"其实是男人专用的玩意儿，曾用名"虎子"，唐朝为了避李世民他爷爷（李虎）的讳叫过"马子"（把女朋友叫"马子"的请注意了），女人用的叫尿憋子——它们现在基本只出现在医院的病床上，为那些起不了床下不了地的病人提供方便，当然名字也变得俗气了，统称"接尿器"。聊起这个话题是因为有个做收藏杂志的朋友，跟我聊起古董，说"夜壶"也是个好收藏，这恐怕是古人从来都没有想到过的事儿。中国人向来是个"崇高胚"，讨论起"形而上"的东西十分在行，而说到"形而下"大多数显示出鄙夷和不屑，比如拉屎撒尿，放屁敦伦，就怕讨论这些东西脏了自己的嘴，"夜壶"这玩意儿恐怕也难登大雅之堂。

社会上人人都只能有崇高的念头，导致的糟糕结果就是：人人都只注重表面的功夫，而忽视了底子里的内涵。比如一个城市，高楼大厦是表面，下水道是底子。有人说"下水道是城市的良心"，按照这种说法，北京就没良心，下雨居然可以让人淹死在马路上。厦门的良心也不够——我老婆还没嫁给我之前去那边考试，一场大雨后，每个人都把裤管挽到大腿，真人上演"摸着石头过河"，万一有个下水道井盖浮起来了或者被哪个小偷扛走了，说不定她就直接漂洋过海到金门了；比如一座建筑，造型是表面，质量是底子。汶川、玉树和雅安地震过后，结果大家都看到了，不用我多说。还有那些号称旷古绝今的大桥，被鞭炮震塌、大车压垮是纯属正常，连地心引力都能把大桥弄垮，上帝对中国该有多眷顾啊；比如一个国家的教育，大楼多是表面，大师多才是底子。现在的大学，盖大楼比培养大师划算多了。而且培养出本科以上学历的人千千万万，社会却没有因此变得文明，国家也没有因此变得强大；比如一个国家，有钱是表面，尊严才是底子；最近网络上疯传"一千个中国大妈打败华尔街"，只有我们得意扬扬，别人都当个笑话看；很多五毛还以为这是长我们泱泱大国的脸，可是那些大妈跟我们有毛线关系？那些大妈估计五十多岁了，保养得像三十多岁；咱妈看起来六十多岁了，其实才五十岁出头，仅有的一对金耳环还是嫁妆。今天给非洲送钱，明天给朝鲜送粮食，这不能帮我们在国际上找到尊严，"有一天你坐着法航的班机到欧洲的机场，安检把你身上翻个底朝天算你好运"，连屁眼、蛋蛋都要掏过一遍才让你通过，那才叫丢脸（这是袁腾飞老师的说法，略有夸张）。这哪是对普通人的态度，而是对恐怖分子的态度……

现在真实的状况是这样的，我们每天都在大喊：中国人民从此站起来了！自强自立于世界民族之林了！回头一看，大家都在跪着，就快要自绝于人民了，而且外国好像也没把咱当人看哪！他妈的是怎么回事啊！

据说，1595年英国女王伊丽莎白一世很不高兴，抱怨自己的里士满宫殿里未倒空的便器太臭啦！后来，有人就发明了抽水马桶，几百年以后，英国人人都不用再闻臭味；这事儿如果发生在我们中国的话是这样的：1595年前后，我们中国正由明朝的万历皇帝操盘，他大喊一声："太臭啦！"我们给的主意肯定是："皇上息怒，叫奴才们把臭东西都送到你闻不到的地方去。"然后晚上就有个太监站在万历皇帝就寝的房门口等待，等娘娘把"龙尿"接下来，他们就一路小跑把夜壶送到远方（如果有爱舔菊的太监认为龙尿大补，说不定能让割掉的小鸡鸡重新长出来，半路偷偷喝了也有可能）；万一碰上皇上和娘娘拉肚子就麻烦了，得一群太监拎着夜壶深夜在皇宫里跑接力赛了——放在别的地方便器就不臭了吗？当然臭，这问题可不归我管，我闻不到不就可以了，眼不见为净嘛。表面上问题解决了，其实从来没解决，幸好几百年以后，我们的问题终于被伊丽莎白解决了。

依我愚见，中国古人的发明，很少指向"终极"要求，而是为了解决"眼下"所需，有人称之为"短视"，事事只顾眼前，而缺乏长远考虑，这大概也是中国人的通病了。西方的发明到最后都尽可能以机械代替人力，而我们的发明多数是为了弥补人工的不足，所以，中国社会进步得特别慢，如果个是改革开放，全国到处去转转，会觉得几千年没啥进步。改革开放给中国人带来更多的感受是：哇，原来还有这么多没见过的玩意儿啊！看别人的抽水马桶，就比我们的夜壶强多了。至于别人如此强大的原因——这个真不知道。

看看我们五千年留下来的东西，其实已经没多少了。尤其在文化方面，除了"经史子集""儒道法墨"之外，实在乏善可陈，连给我们的祖宗看了很多年病的中医，都弄得很没落，估计再过几十年就得失传了。多少那些在世界各地都誉为精华的东西，在我们这儿被称为"不务正业"啊！我们写本《金瓶梅》没人敢署真名，在地下流传至今变成文学史的无头公案，而且至今还要阉割了给大家看，一本《玉蒲团》至今还禁着呢；外国的那些家伙每天画裸女连大肚子孕妇都不放过写色情小说居然还得意扬扬，真是有辱斯文。法国的思想学说在世界颇有盛誉，笛卡尔、卢梭、孟德斯鸠、福柯他们就不用多说了，有个叫多米尼克·拉波特写了本《屎的历史》，居然也可以称为思想家，在里面讨论的全是我们认为肮脏的形而下的东西。

我想，一切的文明都来源于"正视"，而不是"非礼勿视"。"不去看"永远不会等于"不存在"，只有正视身边发生的一切，才能认真去讨论为什么，直到真正解决问题。人总不能一辈子都这样"差不多就算了"。阿杜在歌里唱"我闭上眼睛就是天黑"，以前我把它当成废话，现在才明白，在这个国家很多废话都有它的道理。大家都在喊"正能量"，可心里都在"草泥马"；还不如嘴里说"草泥马"，心里记着"正能量"。

至于夜壶现在变成古董的事儿，我也能理解，咱国家读书人的那点智慧全都用在怎么治国安邦吟风弄月上，老百姓的智慧就用在捣鼓这些小玩意上，所以，这些东西都变成艺术品了。更不用说夜壶有不同的材质，金银铜铁锡铅陶瓦不一而足。时间再过个一千年，如果人类还能在这千疮百孔的地球活下去，我们的子孙肯定不会把如今医院的塑料"接便器"当回事儿。

总之，现在我们是越来越不长进了。向外国学了这么多年，好的东西没学到，至今做不好一个高端的轴承。外国的那些思想的精华就更没有了，大学的门越开越大，转眼高招率已经90%以上，现在大学还在扩招，进了高中只要脑袋不被驴踢，不被门夹，基本都能上大学，可是教育理念还停留在几百年前，天天起来忙着教大家背书学概念，用3G手机上百度google一下，全在上面。我们都像义和团的团员——我们说着"教育现代化"却用人脑跟电脑比记忆，跟赤手空拳喊着"刀枪不入"跟长枪大炮打仗有什么区别呢？

　　至于我们的生活，和多年以前相比也不见得有什么改善，从进幼儿园开始一直到退休，几乎永远没有说不的权利，包括什么时候退休，别人说延长就延长了，自己都做不了主。想明白了这一点，就会知道我们生活的世界就是夜壶的世界，每个人都是夜壶，被别人拎来拎去，有了尿意就往你肚子里灌下去，不管你乐意不乐意。当然，有些夜壶是金的，接王公贵族的尿；有些夜壶是银的，接文臣武将的尿；有些夜壶是铜铅铁的，接县官狗腿儿们的尿；有些夜壶是陶的，接乡绅土秀才们的尿；有些夜壶是瓦的，接农民的尿；至于那些用不起夜壶的，锯一段竹筒也算充数了。

　　写到这里，以前有个企业家问我的问题也就有答案啦，他问我说，现在学校教育出来的孩子怎么什么都不会？我们企业缺人才啊，你们大学培养不出人才啊！如果现在我碰到他，就会告诉他：今时不同往日啦，以前的夜壶都是手工艺品，一个壶一个样子，凡是独一无二的都可以称之为艺术品，变古董是时间问题；现在的"接便器"全都是批量生产的，十万个接便器也是一个样子，还不能算上偶尔出现几个漏的残次品。你不能指望成批量生产的夜壶适合每一个大小长短不一的鸡鸡啦，如果想要找到合适的夜壶，要么请人量身定做，要么你要进行二次加工。如果你想捡个现成的，要么去找人买个二手夜壶有丰富的接尿经验，要么就只能随便搞个夜壶将就着用吧！

一个社会把人人都当夜壶看，那得是多么悲凉的事啊！我的想法是：不管材质如何，夜壶终究只是夜壶，并不会因为材质而显得高贵。盛的东西都一样是尿——皇帝拉的不会是玉液琼浆吧？金夜壶也不能把尿变成沉缸酒吧？

这么简单的道理我活了半辈子才搞懂。下半辈子的愿望就是为了不做一只夜壶，或者是做一只将来能被人称为是古董的夜壶。当然，最最希望的是我的子孙后代别再依然是夜壶。

离离原上草

我大学毕业后在办公室坐班四年，那是我不算长的人生当中最晦暗的日子。幸好领导是个人文气息极浓的人，而且也追求活得有趣，同事善良而且耐心，人与人之间充满了人情味。他们总是谦和地对待我日复一日的焦躁不安，同一个科室的姐姐甚至包办了我绝大部分的工作，给我最大的空间。我不大擅长表达感激之情，离开那个岗位快六年了，致谢的话都不知从何说起。但我心中一直把他们当成我的师长、朋友，有些甚至超越了友爱，而增加了亲情的部分。现在想来，如果不是那个部门优秀的人文环境，我应该熬不过半年。可即使如此，我还是没能喜欢上按部就班的生活。如果你也像我一样，每天心中有一万头羊驼四处奔腾，你就能理解被一根无形的绳子拴在办公室是什么感受。那阵子我经常夜夜难眠噩梦缠身，多半是对朝九晚五一成不变的生活的恐惧，感觉自己是飘在空中的尘埃，或者是断了线的风筝，因为一丝微风高高扬起，又因为同样的一丝微风坠落，飘摇不知去处，卑微而且多余。

我自觉身体内有不愿被驯化的东西，姑且称之为野性。童年时我大部分时间在农村生活，常常奔跑着穿越过小径分叉的树林，山野中自由的风掠过稚嫩的脸庞，也许这点东西就在那时候种下了。我也知道这样的自述会引起别人的不满，总有人会说我往自个儿脸上贴金。他们说，这样显得自己与众不同呗！与众不同这词儿，在我身上可不见得是什么好事儿。因为这点儿不一样，有人常常说，瞧他那鸟样！什么德行！作为尘世俗凡一员，我毫无以清高自诩的意思。我说这个的目的，只是想告诉大家，每个人都有自己的气质，有些人适合供职于朝廷，而有些人只适合啸聚于山野，并无高下之分，只是性情使然。对于我这样的人，别用大剪子把我脑门上疯长的草剪成别人喜欢的小平头，就是莫大的幸福。这也是我心中对那些领导同事深怀感激的原因：一个人能对别人做点什么的时候，能考虑到别人可能不喜欢什么，其实是宽容之要义。而这点儿宽容，常常给另一类人不同的生机。

那段经历对我来说其实是成长中重要的一环，让我明白，当生活和理想背道而驰时该做点什么，当有权力干预别人的生活时该怎么做。如今我已年过而立，再谈理想貌似有点儿癔症发作的意思。我有一个堂弟，破坏力是1，我的破坏力也是1，但是在一起破坏力就是3。小时候我们在一起学骑单车，那时的单车不像现在小孩的玩具，有附加的小轮维持平衡。都是父亲骑着剩下的，我们个头还没单车高，更糟的是连脚蹬子的板都踩没了，只剩下光秃秃的一根钢条，被磨得闪着银光。有一次我堂弟一不小心咕咚一下摔倒了，脚蹬上的钢条正好戳在大腿中间，车镫子把他的蛋蛋挤出来一个。他那一声惨叫响彻山谷，现在回乡下路经该地，耳畔依然想起撕心裂肺的声音。他父母赶紧把他送到隔壁村的小诊所，医生二话没说，把他的蛋蛋塞回去，然后缝了起来。很奇怪，自从这次以后他开始变成另外一个人，顺从安分，不仅不怎么爱骑单车了，像之前爬树掏鸟窝、下河摸鱼虾这样的事儿都很少去了，而且经常老气横秋地劝阻我下河游泳。我想不明白，一个人的变化怎么会这么快呢？直到有一次我看到村里骟牛的场面，骟牛师傅一刀子下去，把牛的蛋蛋取出来，丢在水里，鲜血瞬间染红脸盆，我看得虎躯一震，菊花一紧，下体凉飕飕的，飞快地逃离。那牛在以后也变得像我堂弟一样老实，任劳任怨。我也在那个瞬间理解了堂弟的改变。

如果我想显得自己与众不同，这时候应该借骟牛顺势聊聊弗洛伊德，谈谈性冲动的重要性，但是我更想聊一聊理想。理想就是住在心里的野孩子，他莽撞轻浮，冒冒失失，激情四射，活力无限，想做成很多事情，想去很多地方，都是冒险精神。但是有一天，生活突然把你当作村里被骟的公牛，五花大绑捆住四肢，用利刃把你身体中最狂野的一部分卸下来。然后你会因此痛苦一阵，再后来就习惯了那样的生活。2007年有部电影《黄金罗盘》里提到"切割实验"，就是如何把孩子与他们的护身宠物分离。我们生活的世界到处都是我们与理想"切割"的实验场，所谓长大成熟，不过是一位刀工娴熟的老师傅把我们身体里可以称之为动力之源的东西取走。就像那次骑车的意外，把我堂弟身上那个爱冒险的孩子带走了。除此之外，那次意外根本没碍我堂弟什么事儿，比公牛好多了。现在他生了两个孩子，健康活泼，块头还比同龄人大一圈。

后来我看到很多的比喻，比如"理想就是一截盲肠"，言下之意就是有没有都不影响生活。还有更下流的说法："理想就是处女膜"，意思是有些人天生没有；有些人原来有，但是很小就没了；长大成人，大多数人都没有了；剩下那些到死都还有处女膜的，被人称为天山童姥。不管是哪一种，总没有我堂弟一声绝望的嘶吼来得直接而富有启迪，在我理解了死亡之后，这变成了我唯一惧怕的事情。如果非要说自己跟其他人有什么不同，我就是希望保护着身体内那个见不得人的顽皮孩子，让他不被世界发现，不被其他人像割掉身体上一个无关的器官一样割走丢到脸盆里。

我对体制化无能为力，只能在庞大的机器面前落荒而逃，远离它的钢铁履带。《肖申克的救赎》里Red有一句台词："这些墙很有趣。刚入狱的时候，你痛恨周围的高墙；慢慢地，你习惯了生活在其中；最终你会发现自己不得不依靠它而生存。这就叫体制化。"归根结底，我们也像是庞大时光监狱里的囚徒，体制化如同附骨之疽，终有一天会把我们全部吞没。很多社会规则本身，也是体制的一环，身处其中规则种种总是让我们改变。我们所做的努力，不过是让改变来得慢一些。

　　老子说，天地不仁，以万物为刍狗。在亘古的时空之中，如果真有长生不死的神，看着地球不过就像是看自家后院里的一小块菜地。人之生生灭灭，不过是韭菜，春去秋来，割了一茬又一茬。哪个神会在乎韭菜的处女膜呢？

　　在这片菜地上，有些人满脑子想着成功，当上什么官儿，赚多少人民币，睡不同的美女，把这些当成自己的毕生事业；可是别忘了，还有一些人把站在角落里发呆、看着蚂蚁搬家当成自己的志趣；还有些人仰望星空，随时想着奔向远方。而我呢？与枝头的花朵相比，其实我宁肯做墙角的野草，非要有点儿故事，那就希望有一双胖胖的小手，把我从地上粗暴地扯下来，盛在瓦片之上，当作过家家时的菜肴。他们把青草捧在手上时，它的价值秒杀罗浮宫里一切艺术品，身为青草，你可以感受到源自童稚灵魂的战栗，这是世间最虔诚的供奉，是一切完美想法的总和。可只有天知道我们离这样的生活有多远。

　　我在朝九晚五的四年里所感受到的来自同事们的友善，多少改变了我对世事的看法，如一首古诗里说"离离原上草，一岁一枯荣"，生如草芥，也应该有自己的活法。一些是关于自由的，长在公园里的草和长在厕所背后的草如果都能绿油油地疯长；另一些是关于宽容的，在一片肥沃的菜地，野草能和韭菜一样疯长；还有一部分是关于权力的，当可以对他人施以惩戒却予以宽恕，比如我们能不能在为马路上瞬间迟疑的野兔踩一把刹车；还有一部分是关于文明的，比如能不能在动车站看到别人带着如山的行李搭一把手；先进门时，能不能为后面的人稍作停留，把一下门……这些细节才是构成有温度的生活的要素。

王小波在《我看国学》里批评宋儒，说他们"盯着鸭雏看能体会到'仁'之真意"，这种说法很矫情，很做作。也许王小波没有意识到，当一个社会对于弱势群体（鸭雏、妇女小孩和无权力者都在此之列）能报以善意的目光，为了这些无力反抗的弱者踩一次刹车，其实和"仁"本身已经相去不远。环顾四周，我们有高楼大厦、飞机大炮、汽车洋房，而"仁"这东西，真的没有了。

换个姿势

高一时我喜欢一个女同学，很用心追求她。但是她除了偶尔的小小感动，其实都没正眼瞧过我。我问，我长得也不难看，朋友也挺多，虽然不爱学习，但作文写得还可以。你凭啥看不上我呀？她想了一想说："你虽然不难看，可是也不能靠脸吃饭；会写作文，可写的情书都没打动我；而且你天天吊儿郎当，上课不听讲，考试老作弊，以后能做些啥啊？"我当然能听懂她的话，她想得比我长远多了，意思是不想把自己一辈子交给一个自以为是的浑蛋。我当时听了难过得想跳楼，在晚自习的课间，我一个人偷偷溜到实验楼的顶层，像个孩子一样45°仰望天空，自己抱着自己，泪流满面。半夜在梦里还跳了一回楼，下坠到半空时吓醒，缓过神来就抽了自己一巴掌。她说得一点都没错，我天天过得浑浑噩噩，可不就是个浑蛋吗？后来就发誓洗心革面，重新做人。立下三个志向：考上大学、加入作协、当个记者。

十八年后我依旧不是好汉，但三个志向实现了各自的半个，考上了不怎么好意思说的大学；加入了不怎么好意思说的作协；当了个不怎么好意思说的记者，还是兼职的。那时憧憬的世界太美好，不知道大学的学习内容是打游戏和谈恋爱，顺便考个试拿个文凭；也不知道作协主席喜欢写诗还发在网上，别人给它差评就能砸了别人的电脑；至于记者头上戴着各种紧箍咒，这个正能量，那个价值观，想调查点什么就被跨省被泄密的，多数活得不如五毛网评员，更不如一条带鱼呢！我再次站上天台，像个孩子一样45°仰望天空，回头一看，这他妈都什么玩意儿？得到的和失去的一切都不是我们想要的那样。当年一语惊醒梦中人的那个女孩已经嫁为他人妇，大学生活满是遗憾，至于另外的身份名头，连虚荣心都不能满足。不管你在做着什么，总归是不满大于成就感，人人都走在这条路上，想着另一条路上的风景。

钱钟书说"婚姻是个围城"，其实世事纷纭，哪个不是围城？面对世界上的各种组织，生活就剩下一次又一次地重复着递交投名状的事儿。进不了圈子，那就来句什么玩意儿，不要也罢；进了圈子，少不了虚与委蛇。吃不到葡萄说葡萄酸，吃到了葡萄说葡萄果然酸。前者是因为绝望，而后者也许只是害怕其他人也吃上葡萄。

去年秋天，一个姓张的老作家去世了，我们作协的群里炸锅了。大家纷纷表示哀悼，又是点免费的蜡烛，又是发免费的哭泣表情。但相比名作家，我更愿意为各种事故后无名的冤魂点上一支蜡烛。我问其中一个哥们，你跟他很熟哇？他说，没啊，他是名作家哪能跟我熟啊！我问：那你读了他很多作品，很了解他哇？他说，没读过啊。但是他是很有名的作家啊！我忍不住打岔说，除了名字一无所知，哀悼个毛线呀！我想，有时间还不如关心下那些留守儿童，因为无知被百色助学的人骗奸了；或者是校园暴力，一群人把一个人扒光了打，因为法不责众，只是批评了事。结果我就激起众怒，大家都说我冷血，不懂事，人品不行，并推论我是个道德低下的人。他们批评我道德低下时，说了某个作家的事迹，说他为了给灾区人民捐款，带着自己的书去街头义卖，然后把钱捐出去。然后质问我：你做过什么？然后我就想起这次天津爆炸之后，马云微博下铺天盖地的"你捐多少"？

的确，自从知道红十字会是郭美美的提款机之后，我就再也没向任何公益组织捐过钱，我的想法是，还不如直接给郭美美的账号，好歹我还知道钱去了哪里。如果我无耻一点，留下一张转账凭证，我还可以假装自己包养过她："你看，我给她转过钱喔！"我能怎么跟他们说，我现在献爱心都像陈光标，要亲手交给那个具体的人？臣妾做不到啊！再说我虽然也写过两本书，在写书的人比读书的人更多的年代，要我拿到街头吆喝，臣妾也做不到啊！那位作家的做法我毫无意见，甚至还有些羡慕他的勇气和魄力，但臣妾做不到就是做不到啊。

按他们的标准，他们哀悼的这位作家，道德也高尚不到哪儿去啊？这位老作家的作品我看过不少，就小说成色而言，他不算是一流，但做的几件事漂亮极了：第一件是他公开说"我这种人不可能一夫一妻"（道德够低下吧）；第二件就是老外的媒体评价他是"反抗作家"，他坚决不认，说要先保住自己的小命或老命，才能谈其他（够没有对抗体制的勇气吧）。但一点都不妨碍我喜欢他，我身边坦率的人就太少了——被改造二十多年，都被整怕啦！还给他这个帽子，不是坑人嘛？话说"反抗作家"的名头对于多数人来说，其实是一种无声的加冕，我们北边的国家早有先例。他就这样把桂冠丢了，我都替他惋惜。

对于社会制度而言，努力花时间是矫正它的恶，比花钱去弥补它的恶来得更重要。如果单纯以后者来衡量善行，真是懦夫和蠢蛋所为。令人遗憾的是，除了面对利用制度作恶的无耻之徒，我们注定也得与这些蠢人为伍。

从此在这些喜欢彼此褒奖的和谐社会，我就成了沉默的一小撮。我深刻体会到，我们要进入悲伤和感动的模式有多容易。大家好像手上有个开关，轻轻一按，那种博爱之情就随之泛起，"哀悼、惜福、死者安息、生者前行"之声不绝于耳。这不，天津爆炸声还在耳边，身边流传的尽是各种"最美逆行"之声，你名之为壮烈殉道为之泪流满面，其实不过是被无知的决断送进炸药库活活虐杀。真的要我为此发出褒奖之声，臣妾还真是做不到啊！

认真想想，这日子荒唐透了。爆炸了教你爆炸自救，被强奸了教你强奸自救，被拐卖了教你拐卖自救，被地震了教你地震自救，被抢劫了教你抢劫自救，被偷了教你怎么防小偷，买了假货教你如何认识真货……可问题是我们交了那么多税金，供奉着有关部门的各尊大神，我们什么都靠自救，这些人都在干些啥呢？

这是好问题，本来值得身边所有的人这么追问，可身边人却咬牙切齿地看着我说：关你屁事呀！

如果一个社会人人只顾着"自保"，只顾着将自己训练成求生高手，那生活环境就会越来越像丛林社会。如果在国际化的大都市里，一群读了二十年圣贤书的人还把日子过成"荒野求生记"，这肯定不是一个太平盛世，我虽无诗意和远方，却也不愿如此苟且。

世道就是如此，你想做个独立而清醒的自己而不可得。特别是于我这种头脑简单四肢发达的人真是噩梦。于我而言，如果置身于赛场，就只有能力高低，技术优劣之别，却没有身份之差。但是，有些人可不这么想。

我打小就在山野之间奔走，挑着柴火和稻谷走在山路上，练就一双好脚力，也因此在二十年读书生涯中屡屡被参加运动会。现在当老师，工作的学校也有举办运动会，我想，二十多年了我终于可以不代表任何一个集体去参加比赛了。三年前的运动会，我参加的第一个项目是一百米，身边居然看到个小外教，觉得这比赛立马有了逼格，感觉在世界赛场有没有？我跟老外一路并肩前行，刚跑过三十米，不对呀！这可是我泱泱大中华的主场，为什么耳边都是女粉丝"Comeon"和"Fighting"之声？难道我就在短短的瞬间穿越国境了？没有签证怎么办？会不会被一枪爆了头呢？就在这个瞬间我忍不住菊花一紧，脖子一缩。说时迟那时快已到终点了，就那一恍惚我输了0.02秒。千不该万不该，都怪临终点那一缩头啊！

回过神儿来，这不还在中国吗？全是一群女粉丝给洋人加油呢！小外教找我握手，比我还年轻几岁，一米八以上的个子，像死了温特沃斯·米勒。我跟郭导相比是条大汉，跟他比就成大郎了，心里满满都是嫉妒。给他加油的女生太多，这点尤其可恨，真是崇洋媚外，灭自己威风。另外一个拿了第三名的老师懊恼地说："你拿第一我认了，可洋鬼子拿了第一真是丢脸。对不起人民对不起党，我给国家丢脸了！"然后苦大仇深地对我说，"帝国主义亡我之心不死啊！"我应和说："是啊！"他咬牙切齿地说："他们美国不是号称世界第一大国，还不是向我们借钱？我们历史上下五千年，他们不过区区三百；我们修故宫的时候，他们还是史前人类呢！噻瑟！"

后来举办篮球比赛，这老外又来了！在篮球场上大杀四方，一群女生在场边摇旗呐喊，尖叫不断，就差没有晕倒在地上。这不，老外一个三分入网，双手朝天举起，伸出三根手指，像个风一样的少年骑着白马跑过，一群女生差点没疯掉。我那同事又评价了："吾有一友狂似汝，如今坟草三尺高矣！"然后往墙角吐了一口痰，"听说你们那个很大，可是比得过我们的关中驴吗？你们有好莱坞，我们有横店影视城；你们有沙漠，我们有沙尘暴；你们有马丁·路德金，我们有释永信；你们有哈佛，我们有蓝翔……"我说，别人明明可以靠脸吃饭，还在靠能力跟我们比赛。我们站一块儿，俩脸蛋能凑出一副完整的猪腰子，就别说这些风凉话了好吗？我同事急了："你怎么可以帮着外国人，长他人志气，灭自己威风！你个美狗！"

后来一打听，这老外居然是瑞士籍！他骂了那么久美国，居然骂错了。他第一件事不是道歉，而是马上诧异了，他是瑞士的？听说那边福利很好耶？我说，其实美国福利也不错。

对外国人，我们永远身处两个环境，在网上在现实中喊打喊杀，在人心之中却对外国的世界充满了羡慕和惊奇。外国人在中国的一切都得到优先照顾，体现友邦人的宽容和热情，比如他们不小心在中国丢失的自行车、皮包，总是能迅速物归原主，这时候办案的兄弟都像福尔摩斯附体；另一方面却对他们有着不一样的戒备和鄙薄，比如各种"亡我之心不死"之声，还有把一切购买外国商品之举名之为"卖国"。

这些我们都在网络上见识过啦。网络可真是好东西，哪怕只是个局域网，都能玩出好花样来。芙蓉姐姐、凤姐，小月月，还有后来的贾君鹏……对此我一点都不觉得奇怪，在媒体道德示范的年代，只要豁得出去，总有红遍大江南北的一天。这个年头搏"出位"从来就不是"会不会"的问题，而是"敢不敢"的问题。只要敢做，媒体就敢炒。反正，吹牛不用收税，撒谎不算犯罪。

网络是个江湖，到处都是幕后推手的传说。这些事貌似是典型的"炒作绑架了媒体"，不过，看起来很多媒体在被绑架的时候表现得"半推半就"，虽然心不甘情不愿，却又舍不得难得的噱头。这是媒体的难为之处，谁让"收视率"高低和"销量"好坏是评价媒体好坏的重要标准？

所以，《非诚勿扰》的女嘉宾里有专业的演员；《幸福魔方》里面也有专业的演员，感谢她们为了节目的收视率而努力表演；同时，还要感谢一些媒体记者为追求噱头而编造的假新闻，还有获奖了的假图片，这些记者们的创造力让我们见识到大千世界无奇不有。现在的媒体真相是：国家大事不得娱乐，其他都可以看成娱乐新闻。

我们遭遇的一切，都可以照见心中的无序世界，在这个世界里，真正的规则并不存在，没人为了追问真相而大动干戈，只为心灵鸡汤婉转呻吟。人心宛如宫廷大戏里的九曲鸳鸯壶，轻按阀门，要流淌出赞美之声还是恶毒咒语，那都视自己的利益而定。不光是面对各种"围城"，事故灾难，外邦人和事，甚至是媒体之声，我们大都是伶俐聪明且识得时务的。

世间百态中间照见我等的姿势种种，真谈不上好看，更与优雅无关。党同伐异，立论诛心，光顾着判断别人是什么样的人，却忘了照照镜子看看自己是什么样的人。我们的生活，多像一个无聊的笑话呀！

活过而立之年，便活得如骟过的公牛，除了应付生活的艰辛，精力已分身无暇。偶在街头遇见倾国之貌，也无多念想，只在夜深人静之时，会想起自己的年少。我在青春期的时候，早晨打开电视，有些频道会播教人跳健身操的节目，我特别喜欢看，却也特别不好意思看。领操的年轻漂亮的姐姐总是让我在崭新的一天里充满激情。所以，她"一二三四，二二三四，换个姿势，再来一次"的吆喝常常在我脑海中盘旋不去。换个姿势，让我对未来充满渴望。那时我盼望长大，今天转眼就快三十岁了，忽然很想当《铁皮鼓》的长不大的奥斯卡。

莫让风尘刻画你的样子

王小波在一篇文章里写到"我现在已经活到人生的中途，拿一日来比喻人的一生，现在正是中午"，他说"正午时分精力最为充沛，但已隐隐感到疲惫"。对于我来说，精力充沛的时候已经过去，疲惫感却深沉如午夜梦魇。精力充沛是大学时候的事情，一晚通宵打游戏，第二天环校跑还可以一口气从山脚冲上山顶；下午两点半打篮球到七点，晚上打羽毛球从九点到十点，居然一点都不累。时至今日，按照《人民日报》的说法，我应该是"暮气沉沉"的一员。他认为，80后到了三十上下，依旧应该像一头好斗的公牛，一看到红布就红眼，奋蹄向前不死不休。

在"暮气沉沉"这个修饰的背后，应该包含了官媒对"青年人"的某种期待，有一些人总觉得，集体利益大于一切，在"大利益"面前，没有人可以阻挡。所以，他们在会议室里对着地图说："在这里我们要搞个公园，这边开条大公路。"过了不久，城管保卫着铲车，轧过那里的一切，百姓呼天抢地以死相争也无济于事，谁在乎遍地哀鸿？而在"大利益"面前，个人的悲哀荣辱也不值分文，我等升斗小民，听到各种"伟大号召"的就应该奋不顾身，不分是非，按时髦的话说就是"要成功，先发疯，头脑简单向前冲"。大概他把这个世界当作是一个巨大的棋盘，他们稳坐后方帅营运筹帷幄，而我等80后，是站在前排的

"卒"子，他们一声令下，我们二话不说，埋头开拱，一直拱到自己挂掉。

这不叫生活，这是行尸走肉，美国有个系列电影《生化危机》，里面有一个坏人为了自己的私欲，放纵丧尸病毒泛滥，他们就看着这群僵尸吃掉这个世界，让所有人都变成僵尸。这些人算是这个世界上的野心家，跟德国的希特勒的某些气质相近，这世界对他们而言只是儿童橡皮泥玩具，可以随意捏成他们想要的样子。不知道是故意还是无知，"个人"在他们眼中好像并不存在，他们觉得，这个世界上的一切都是可以控制的，其中包括"思想"，比如发文件叮嘱高校教师不能跟学生讲"普世价值、新闻自由、公民社会、公民权利、党的错误历史、权贵资产阶级和司法独立"，这个的潜台词只有一句话——你们别想着做人了；当然还有更夸张的，他们准备好了替我们行使"做梦"的权利，告诉你在做"中国梦"的时候有"十大误区"。

日本大师级"暴力美学"导演北野武说："大地震并不是死了两万人的事故，而是死了一个人的事故发生了两万次。"这说法高明多了——两亿精虫里，跑得最快的那个能留下来；还得经过居委会盖章批准生证，要不然你就是黑户，一辈子不能乘飞机坐火车不能上学不能买煤气罐，如果倒霉生在昆明，还不能买口罩白T恤，不知道什么时候买胸罩也要靠它；出生以后，你得躲过毒奶粉，躲过镉大米，躲过地沟油，躲过官员的宠幸，躲过城管的棍棒……能活着的人基本可以当个励志典型，不用看《中国梦想秀》，也不用看《梦想成真》，照镜子就可以了。我说了这么多，无非是要大家明白一个简单的道理：每个人的悲欢离合对于他个人，都是至关重要的。如果想通这一层，我们就能明白："思想"和"做梦"那真是我个人的事儿，就算是上帝、佛陀、阿拉一起来，也管不着我做什么梦啊！

三十岁时能有这样的体会，应该感谢那些前辈给这世界留下的许多好书。世界上好书太多了，终我一生可能也不能读完亿万分之一。但是，从我读过的有限的书里，基本已经可以得出一个结论：不管用哪种文字书写，可以称之为好书的，要么是揭露批判丑陋，要么是追求真善美的生活。如果这些都不能讲，文学里还剩下什么？不如只教孩子们删节版的《孟子》，或者带着孩子们磕头行礼，高呼"吾皇万岁万万岁"吧？

我有个未曾谋面的朋友，在京城从事出版业，前两年，在那里苦逼地奋斗，买不起房买不起车，女朋友和他分手了。他还眼巴巴地拿了一笔巨款给女朋友买笔记本电脑当作分手礼物——如果你要我相信他今天在憧憬着冲上钓鱼岛高喊"大刀向鬼子头上砍去"，我宁肯相信这个世界的人彻底疯了。"仓廪实而知礼节，衣食足而知荣辱"，像头牛一样奋斗多年，连最基本的安居乐业都做不到，整那些"热爱×××"的调调就显得十分可笑。我至今不敢问他，这么多年过去，他是否还记得当年对女友刻骨铭心的爱，还是彻底死心确定自己当年少不更事权当这是一场春梦遗落在草原上，而今醒来了无痕。

我今年正好三十岁，美好时光已经过半，全身的东西都在慢慢变软，原来练跳高时候的八块腹肌早就和平统一变成不可分割的一大块。我依稀记得二十郎当岁时，因为自己喜欢的女孩对着别人羞涩一笑，便怒火中烧，像公牛般找人决斗的愤怒，可认真回忆就感觉这他妈的根本就是别人的故事，仿佛从来没有真实存在过。过去种种感觉可以超越生死的爱恋，更像是青春荷尔蒙泛滥时的闹剧，当时是不是在相思树下指着月亮说过永远不变的誓言，现在都已经记不清楚，剩下的只有对生活的战栗和惶恐。

如果你能体会我所说的一切，你就知道这三十年我们收获了什么。我们相信红领巾是烈士的鲜血染成的，每次带着它都觉得自己快要邱少云黄继光附体，恨不得坐上时光穿梭机回到过去，痛宰狗日的帝国主义反动派。长大后才知道，红领巾卖给我们一块钱一条，批发才三分。而以前和伙伴们在战争游戏中反复模拟这样的场景，在草垛上假装打完枪、扔完手榴弹，高喊"×××万岁"往下跳，然后一脸悲壮英勇就义的样子。脸上的稚气让这种表情变得十分圣洁，直到今天我还记得自己当年心中神圣的豪情。

而令我沮丧的是，每次我被削铅笔的刀割破了手，我就觉得痛彻心扉。在潜意识里我十分清楚，我注定做不了英雄。再到后来我知道了真相，这些所有的悲壮不过是被刻意渲染的教育材料，只有白纸一张才会愿意接受如此悲情的涂抹，缺乏真实的教育让我对身边一切"伟大的故事"都充满怀疑。

加拿大女作家阿特伍德写过一本反乌托邦小说《使女的故事》，里面写了个基列共和国，描写的是"专制政权对人的迫害和对人性的扼杀"，而它反对的就是现代文明和包含了"普世价值"的人性。听上去这样的地方怎么也不会是个好地方，可是里面的种种情节却又如此熟悉。站在而立之年，恍然明白我的生活不过是做着一件叫作克服软弱的事儿，也在这样一个年头，终于明白了，悲悯和尊重才是生活的真义。

战战兢兢，如履薄冰。有时候代表的并不是一个人的怯懦，而是一种生活态度。你可以强迫我们"七不讲"，强奸幼女也不讲，官员贪污也不讲，凡是涉及有碍于"伟光正"的话都不能讲，但是"道路以目"应该人人都知道吧？日本海啸后，大地震来袭，那些不是豆腐渣工程看起来非常结实的房子，也说倒就倒了——自然界自有规律，潮流所向，浩浩荡荡，却是没有人可以扭转，正如一江春水向东流，我们可以建起大坝拦截，可江水终将漫过脚面，奔流向前永不停息，直到真正到达我们想去的地方。西方的谚语可就简单聪明多了，"杀光天下的雄鸡，也阻挡不了天亮"。

　　开头王小波话还有下文："到了黄昏时节，就要总结一日的工作，准备沉入永恒的休息。"现在于我们而言，正是窗外日迟的时分，如果非要保持沉默，那就不要因风尘刻画而改变了你的样子。

人生净化器

　　我在十三四岁的时候，曾经在村里当过几年孩子王。每年暑假，一群比我小的孩子，跟着我下河用畚箕抓鱼，到深潭里游泳；跑到别人的果园里摘桃子李子，放开肚皮大吃，还丢得满地都是；冬天拿了压岁钱就买鞭炮，往人群堆里丢，吓得一群聊天的中老年妇女破口大骂，然后我带着大家一阵狂笑，飘然而去……类似这样的事儿，小时候干得着实不少。我父母都是老实本分的人，经常被我气得要发疯，就算把我揍上一顿，也就是收敛几天，然后恢复原样。跟着我玩儿的小伙伴的父母，忍受不了乡邻的投诉，都告诫自家的娃儿，不许再跟着我到处胡闹，干坏事。大家在背后议论我，说我迟早是要进监狱的货色，村里没人治得了我，以后自然有法律治我。

　　其实我从来没想过我的将来会这么糟。我只是贪玩，好吃，对身边的世界充满了新鲜的渴望，希望吸引别人的眼光，得到别人的认同，谁的青春期不是这样子的？在学校的时候喜欢前桌的女生，就用铅笔盒把她的长发夹住，老师叫她起来回答问题的时候，铅笔盒挂在她背后，惹大家发笑，下课以后，她就满教室地追打我，被她用扫帚打出血，心里还是美滋滋的；把前桌的女生脖子上小抹胸的带子解开，她一个多月没跟我说话……其实在我心里，她可是我最喜欢的女孩，晚上如果做起春梦，一闪而过的脸肯定是她。你说，当你跟女生正常的交谈被同学嘲笑，跟女生暧昧而单纯的友谊被老师称为早恋的时候，还有比"挑衅"更亲密的关系吗？

村里人称我为"害群之马"，学校班主任叫我为"粥锅里的老鼠屎"，这可都不是什么好词儿，有时候想想，能在这样暴力语言下茁壮成长，该有一颗什么样的大心脏啊，今天的厚颜无耻全拜当年老师乡邻所赐。后来，我在村里的小伙伴少了，但在班上，老师每次批评我的时候，哄堂大笑的同学太多了，众目睽睽之下，我得意的成分远远多于羞赧，谁把这当一回事儿呀！最遗憾的就是我的初恋女孩太乖巧，因为老师不断批评，也认定我是坏小孩，不管我怎么逗她，她也不理我，铅笔盒夹她的头发，她就用力摔在地上，正眼都不瞧我一下，再也不肯拿着扫把追着我打闹。我第一次对女生懵懂的爱情，就这样无疾而终啦！

我很能理解乡邻和老师的出发点，谁希望身边有个捣蛋鬼，天天唯恐天下不乱，专干些恶作剧的事儿？干的坏事儿都不算太严重，报警警察也不管，但又不能置之不理，每次总得花点时间去应付，实在太讨厌了。对于多数人而言，如果人人按部就班，不要干一些出格的事儿，生活秩序井然，那可就好极了。比如我的乡邻和班主任，他们就期待这样的太平日子。而他们于我们，扮演的大概就是"人生净化器"的角色——让自己的孩子或学生，能活在一个井井有条、人人循规蹈矩的世界当中。

我们中国文化的传统里头，一向不大欣赏恶作剧，喜欢中规中矩、少年老成的人，听话算是了不起的美德。如果有人喜欢恶作剧，或经常干点越界的事儿，便算是洪水猛兽了。所以，长辈们总是担心孩子学坏，在我们目之所及的地方，全都安装了净化器，恨不得孩子的脑袋是个U盘，插上电脑就可以格式化，然后想往里边放什么就是什么。这时候辩证法一点都不管用，满脑子只记得"近朱者赤近墨者黑"，而课堂上"出淤泥而不染，濯清涟而不妖"的调调就想不起来了。他们不喜欢我在村里、班级搅动一池春水，然后带来涟漪满池塘的效应。我就是在那个时候读《麦田里的守望者》，里边的主人公霍尔顿叛逆、孤独、忧郁、敏感。写的不就是我吗？里面说"人不叛逆枉少年"，我爱死了这句话，可为什么我们很难被接受呢？西方国家人见人爱的小正太，在我们国家就成了人人喊打的小流氓。

再后来，你会发现，我们身边到处都是净化器。为了让大家能活得安心活得舒心，恨不得都活在无菌实验室里头，把一切可能的污染物都排除在生活之外。所谓"非礼勿听，非礼勿视，非礼勿言，非礼勿动"，这些传统文化的惯性还强着呢！一辆连刹车都坏了的列车，乌拉乌拉奔驰了两千年，谁也不敢指望它说停就能停下来。出于某些人善良而且正义的考虑，有些火车上的随车读物也得删掉。明太祖朱元璋曾经就给《孟子》减了一次肥，前几年山东省曾禁止推荐中小学生全文阅读《三字经》，湖北省人大代表彭富春先生认为阅读《三字经》《弟子规》等古籍会毒害青少年的心灵，建议出删节本，以净化思想根源。

古籍里的许多行为不值得效仿，这点儿人尽皆知。这年头的成人们总不会脑残到要求孩子卧冰求鱼、为亲尝粪吧？退一步说，如果青少年读了《三字经》《弟子规》便按照教诲逐条执行，我也不信。我村里有个同龄人，当年也天天跟在我屁股后面干坏事，照辈分我得叫他一声哥，举手投足颇有智障儿的风范，据说五岁过了还分不清鞋子的左右之别。他爹出门时总会叮嘱他："你别乱跑，乖乖待在家里。"他无不乖乖应承，但只要他爹离开家，他转身就出来找我们玩，把他爹的话抛诸脑后，甚至挨打也在所不惜。《三字经》等对孩子们而言，多数时候只是长辈的教训，我低智商的邻家哥哥都知道长辈的教训不能全部当真，该跟着我出去干坏事，还是得出去干坏事，那比听话有趣多了。你说，人大代表不干点正事看看财政预算，居然为了删书如此大动干戈，是不是显得有点太那个什么了？说难听点儿，还不如以前跟我胡闹的堂哥呢。

何况，这些儒家的入门典籍只是些古人"诚义礼智信"方面的故事，并非行为准则。就算是行为准则，那也没那么可怕。《中学生守则》里明确说明了"中学生不得谈恋爱"，但我们在初中的时候，天天跟女生玩各种恶作剧，打是亲骂是爱的，别提多快乐。"明修栈道，暗度陈仓"，聪明人都知道。

中国自古以来，人才的定义权属于精英阶层（包含领导），他们规定好了中国的孩子学会了什么，才能被社会接受。所以家长们心中就相应地勾勒出了孩子们幸福的蓝图。在这样的背景下，青少年选择自己的兴趣爱好，是不对的；更不用说有什么权利选择自己想做的事。老师和家长都达成共识，凡是跟学习有关的，都是好事（书）；凡是与考试无关的，统统都是坏事（书）。我读中小学之时，学校视看课外书为洪水猛兽，被老师发现没收不说，还得写检讨；"不得看课外书"的训条居然还能列入校规之内。这么多年过去了，中小学开始有了"课外必读书目"，列出了许多中外名著的榜单。看起来有点进步，其实不然，因为学生读的都是删节本。删掉了原汁原味的语言，留下了故事梗概。许多人对待文化一类的事物，都有某种程度的洁癖，那些"粗话"及带着黄色的语言，大概也是敏感词之列，应该是要一并删去的。不如就学习贾平凹先生的《废都》碰到敏感词都用"○"代替，《水浒传》中的"直娘贼，老子嘴里都淡出鸟来了！"我们就把它改成"○○○，○○嘴里都淡出○来了！"读这样的书，不知道能否读出美来呢？这样的书还不如不读，读书本来是个慢活儿，却硬生生地整成了快餐。

像这样打着为了孩子好戕害孩子的事，天天都在上演着，比如担心网络上有不良信息，就说要推广绿坝工程；而且，那些高居庙堂的人，把乌泱乌泱的成人也当成是幼儿园里的小宝宝，怕我们活得不够单纯，就给互联网建了个巨大的围墙；电影里来点儿刺激的镜头，删掉，小说里有点儿露骨的描写，也删掉。要我说，若是社会清明，人人彼此亲爱，几本书，几部电影，能把人带到阴沟里去？

在青春期的末段，我终于洗心革面，努力做个他们眼中的好人，可是终归没有做成，当一个人在大家心里留下一个固定的印象，想要改变它就难了。后来，我不再努力做他们眼中的纯粹的好人，相比起来，做一个胡闹爱折腾的坏孩子，还是容易一些。真正让大家改变观感，是我一不小心考上了大学，进了一所在校时骂、离开学校之后却念念不忘的二本。收到通知书的那个暑假，之前预测我会进班房的叔叔婶婶，赶着牛经过我家门前，看到我总会问一句，你现在怎么不来找我家二牛狗娃玩了？我笑笑，说大家学习都忙呢，有空我就去。

现在我已经成家立业了，想起那些事，也觉得不太体面。可体面与否都是我亲身经历，即使想起来偶觉惭愧，我也一点也不想改变它。没有谁像林妹妹从天而降，或者像孙悟空从石头缝里蹦出来，过去的意义在于那是我们人生的旅程，没有过去的我，就不会有现在的我。有人说，生命的本质就是一场华丽丽的冒险，是非好坏，得自己亲自尝试才成。

不是吗？

杀死一群知更鸟

我读高中的时候，人人都说，大学生是天之骄子，考大学是千军万马过独木桥。我考上大学那一年，村里的大学生屈指可数，心里还有过春风得意的喜悦；等我毕业那年，大学生数连脚趾算上都不够用了，我就知道现实残酷。文凭估计是近十年贬值最大的东西，没有之一。大学生一下子从奢侈品变成街头货，如果没有上个好的大学，都不好意思说自己读过大学。

这是2008年的惨烈景象。在整个社会都疯狂追求学历的时候，在福建某市，某些政府官员居然异想天开，能想出从初中招收一批优秀学生，委托当地高校培养，"培养'有志于长期从教，终生从教'的优秀小学教师"的工程。民间传得沸沸扬扬的"包分配"，让第一年招生火爆异常，在之后几年某高校有个"包分配"的专业也让当地许多拮据的家庭怦然心动。我们都知道，在中国能吃上"公家饭"意味着什么，"铁饭碗"的诱惑如同伊甸园的苹果，让不少人艳羡。

中国一直以来是缺乏"契约精神"的国度，官方在推进这一工程的时候，肯定往最好的方面宣传，所以人人都知道"包分配"，有关机构并没有详细说明其中的利害关系；另一方面，中国的老百姓的"天真"是举世皆知的，也因为缺乏"契约精神"，他们不会事先去了解这一政策的负面后果。直到要面对的时候，才会感觉到悔之晚矣。

还有一个原因，可能是因为太重眼前，而不能未雨绸缪。世代与土地打交道的人民，怎么会想到，当今这日新月异的中国，五天已经可以沧海桑田——甚至短短十二秒，也可以改变一个人的一生。五年意味着什么？意味着你重新回到一个城市，会找不到原来的路；见到以前的朋友，找不到共同的话题；心里一直惦记的美艳无双的初恋，会睡眼蒙眬蓬头垢面耷拉着乳房拉着孩子去街边买菜。

我们日子过得匆匆忙忙，猛然间一回头，会发现过去的恍若春梦了无痕，你甚至会怀疑自己是不是真的活过，还是睡了一觉，世道人心全都变了。我不知道，那些高居庙堂的肉食者，会不会觉得五年时间太久，但是，这群以"包分配"的名义培养起来的"未来的优秀教师"，一定会觉得五年的时间太久了。用一生最美好的时光来准备从事一项事业，然后却被无情的现实拒之门外。

作为老师，很多时候我不敢面对他们天真的疑惑。我甚至不敢告诉他们生活的真相，那些看起来冠冕堂皇的法律规定，更多的时候难以信赖，潜规则才是重要的，比如说，当年极力推进这项"利民工程"的领导功成身退之后，后来的领导基本不会再把这事儿当作事儿。古时候叫作"一朝天子一朝臣"，新的社会会把这叫作"历史遗留问题"，他们的事，五年还没过去，已经变成了历史。高居庙堂之人期待着这些事情也变成某些难以见光的历史一样，埋葬在历史的垃圾堆中。

对于孩子们，如果他们再深入了解这个时代，他们会更加明白自己悲剧的根源。上海大楼起火，抓了几个无证电焊工；蒙牛牛奶有毒，归根结底是奶牛乱吃草的错；河南大桥塌了，鞭炮爆炸是罪魁祸首；还有漂亮的女孩儿没有配合强奸，而且弄伤强奸犯的鸡鸡被判重刑的，轮奸的时候第一个上的算强奸不算轮奸的；睡了未成年的初中在校生，算是嫖宿幼女的……相比起来，这些孩子所面对的，不过是鸡毛蒜皮的小事。可是，九十个人的五年青春，对于他们每一个人来说，都是性命攸关的大事。如果稍有良知，怎能对这样的伤害无动于衷呢？他们在初中时成绩优秀，可以轻松考上高中，然后也不难考上大学，拿本科文凭，有本科文凭能做什么且不计较，起码可以作为公务员的敲门砖。他们花了五年准备当一名教师，在即将毕业的时候告诉他们你们得自谋出路——如果要继续选择当老师，得和那些经过系统训练的本科生在考场上见真章。因为没有系统的高中学习，没有经过"二次函数、三次函数"的系统训练，甚至高数的知识也一知半解。而且，那些考卷基本不以考量人的素质为目的，也不会在乎人的梦想，甚至，他们连这个岗位需要的素质都可以忽略不计，除了那些教条式的"知识点"。他们跟经过系统训练的本科生一起参加教师招考，结果可想而知。

这事关另外一种残酷，我读大学的时候，身边有一群才华横溢的人，坐而论道，仿佛天下尽是囊中之物，俨然是中国的拿破仑；等到大学毕业时，才知道我们如果没有好爹，很多人只能去车间里拿破轮。到今天，这些身边的牛人渐渐都失去了当年的牛气，变成庸俗时代里庸俗的一群。

在这样错乱的时代，许多美好的东西注定要蒙尘。我亲自接触过这群可爱的孩子，二十出头，风华正茂，对未来怀着美好的憧憬，一如当年的我和那群风华正茂的同学。时隔五年，当年那些指点江山的同学一个个变得务实起来，以前坐在一起喝酒，现在坐在一起喝茶，各种应酬已经让大家见酒生畏；以前坐在一起谈音乐戏剧，现在坐在一起聊一夜暴富，窘迫的生活已经让我们变得见钱眼开；以前碰到有理想的人，会心怀羡慕，觉得一个人能够为了自己的理想勇往直前是很美好的事，现在看到有后台的人，会心怀怨恨，觉得他们仰承祖荫，或者有个好干爹，便可以飞黄腾达……直到我们死去之前，我们再也找不到当年纯真的模样，作为知更鸟的生涯到这里就戛然而止。

我曾经到过一条受到污染的河流，河边有数不清的鱼尸，我站在河边，亲眼看见一条接着一条的鱼儿跳上岸，然后挣扎着死去，一只只发白的眼珠子直勾勾地看着天空，你能想到的形容词只剩下"怨毒"二字。如今的中国，就像是那条污浊的河流，越来越多的年轻人像是跳上岸的鱼儿，从苟且偷生到最后只剩下死不瞑目的惨烈。

美国有一本很老的书叫作《杀死一只知更鸟》，台湾把它翻译成《梅岗城的故事》，改编成电影也是赫赫有名；自此之后，那些心怀天真、心怀梦想的人有了一个圣洁的名字叫作"知更鸟"，他们把杀死知更鸟当成是一种罪恶，而我们这个号称有五千年文明古国却至今把知更鸟的尸体当成是建筑起社会大厦的材料，以各种名义，或者高尚或者卑劣，或者用他们想都想不到的社会潜规则，把这些知更鸟引进牢笼，慢慢折磨至死。

他们告诉我，他们想为了自己最基本的权益跟当年做出承诺的政府做抗争，我听到之后，觉得其中有说不出来的悲壮。九十个人，九十个家庭，在庞大的社会洪流里，就如同精卫口中的一截断枝。今天他们在争取的，跟昨天另外一些人争取的东西，其实没有任何分别。只是昨天事没有直接利益，我们没有把它当成自己的事，自己要争取时却发觉势单力薄。这也是杀死知更鸟的另一种手段。我甚至很想告诉他们，等他们毕业之后，等待他们的是各种各样的"改造"，绝大多数的他们，会从知更鸟变成那些准备杀死知更鸟的人，直到最后满手都是知更鸟的鲜血。

被杀死的知更鸟其实并不可怕，可怕的是，从知更鸟变成杀害知更鸟的转变。这种转变在我们这个国度循环往复，前仆后继。那些死去的知更鸟和活着的已经变异了的知更鸟，是我们能遭遇的一切。

你们说，这是一个多么悲凉的时代啊！

我们不能永远热泪盈眶

我父亲是小学老师，他上岗的时候"臭老九"的味道还没有散得很干净，虽然全国上下都哄老师们说"这是太阳底下最光辉的职业"，但我知道，他在这个岗位上受了不少委屈，钱少活多责任大，这个问题至今没有得到解决。他在我从小到大的生活里，不断地劝我别走这条路，开始希望我去当医生，他认为当一个医生很幸福，不畏风雨，高薪，退休以后依然可以开诊所挣钱——当然，那时候医患关系还没这么紧张，换到现在他应该会改变主意，叫我想法儿去当官（知道我高中选择文科，从医无望之后，他曾经希望我能从政）——事实上，在今天在中国已经没有什么人活得很容易，官员、商人、医生、老师、孩子，大家都非常艰难地活着，没有谁比谁更开心。

有时候觉得对他颇为愧疚，从小到大都没按他的期待活过。时至今日，自己已为人父，孩子尚在腹中之时，就会跟妻子聊聊孩子的前程，然后想象孩子幸福的生活是什么样的。我慢慢就更理解父亲了，当年我所不屑的父亲对我的种种期待，可以叫作"幸福的想象权"，这是多数家长的美好权利。

涉世渐深，总会懂很多新的道理，也会理解一些以前不能接受的东西，比如父母的"幸福想象权"。而在中国，这种幸福的想象权也属于领导。我从小到大都在校园待着，经历了20世纪90年代以来的所有校园的变革，读小学时大学免费，读大学时小学免费；一会儿要我们乖乖听话，一会儿要我们有个性能创造；一会儿说要我们有高素质，最后却要我们会考试——我所遭遇的这一切，都是由那些教育系统的领导的"幸福的想象权"造就，他们每一个想法，都能在我身边掀起巨大的波澜，开始时都是轰轰烈烈，仿佛"人人变成全才"指日可待，一年半载过后便销声匿迹。今天我肩不能挑，手不能提，上不了厅堂，进不了厨房，爬不了高山，下不了海洋，全仗他们的功劳。

有段时间，我特别反感我上过的学校，尤其是大学，它没有给我象牙塔的感受，而是让我一直活在破大学的阴影里。等到毕业以后，才发现比它更烂的学校还有很多——把问题放在更大的平台上才知道，这是制度的问题，而不是学校的问题。没人能在硕大的粪缸里找到一粒能吃的米饭。

我这三十多年的人生，过得就像是生物实验室里的小白鼠，我的外号是"鼠坚强"，这么些年经历各种摧残居然挺到了今天。有时候就特别想这样凑合着过吧，按部就班，干到六十岁退休。我不知道，这个学校有多少老师怀有这样的心态。我只知道，身边的同事对很多的事无动于衷——开会缺勤要扣钱，好吧，我人到心不到，每次开会，只有散会的掌声最响亮；说学校要发展，大家要多提意见，开始时人人欣欣发言踊跃，后来也变得找人开会都困难。人人觉得无所谓，就把这个地方打造成"凑合着"的世界，什么都"差不多"，而且还要长久地"凑活下去"。人人心知肚明，"凑合"并不是长远的抱负，但人人也都明白"凑合"是生活的一种常态。

过去这一切"幸福的想象权"属于我们见不到的上级，晋升聘任的裁决都属于他们，人人都觉得自己很努力，也很委屈，对于未来，"幸福"只剩下"想象权"。所以我们就凑合吧！忽然听说学校可以自行负责晋升和聘任，可是，因为很久不敢想象幸福，今天已经变得不会想象。或许，每个人都异常清醒，所谓的改革，不过是屌丝眼中某些岛国动作电影里的失败片段，主角的姿势换了一种又一种，合适的姿势总是找不到，而高潮也迟迟不来。

人人都把"听从上级指示"当成生活中重要的法则，却不去考虑这一"指示"是否符合实际，有没有可行性，是否能真正解决某些问题。台上大手一挥，我们就往指的方向冲，冲了好几年才发现"此路不通"，然后又把上述场景再演一遍。抗美援朝（我看的资料告诉我，连彭德怀都不知道当年不知道为何开战）、"三反""五反""文化大革命"，我们的祖辈父辈们就成了历史的炮灰。即使到了今天，也依然是别人负责高瞻远瞩，我们负责奋不顾身。比如去年的"保卫钓鱼岛"大游行，人人都走上街头喊"打倒小日本"，然后砸了属于同胞的我们买不起的日本车，然后拿着佳能卡片机拍照留念，身上穿着自己唯一的名牌，是打折的"背靠背"；第二天听别人说要"理性爱国"，然后人人忽然都一本正经，仿佛什么都没有发生过。

在这个世界上，最难建立的是信念，而最容易毁掉的也是信念。五年前汶川地震，我和几个年轻老师围着一台破电视，一边吃饭一边流眼泪，到处打听龙岩什么地方收志愿者。后来听说捐款援助灾区，都把钱交给了红十字会。谁知道，一个郭美美就把红十字会毁了，从五年前的数以千亿计到今天的三小时以百万计的"滚"。而在这个更小的世界里，我悲哀地发现，原来那些对未来充满了激情与热忱的年轻人，已经失去了曾经他们拥有的事关学校前程的东西。他们剩下的只是满不在乎，一副吊儿郎当的姿态。要重建他们对学校的信任，得花多大的功夫啊！

程万军先生写了一本书叫作《逆淘汰》，讲的是中国社会里坏的淘汰好的，劣质的淘汰优胜的，小人淘汰君子，平庸淘汰杰出，等等。看完了就会知道，年轻人为什么对世道如此失望，往往是因为年龄的关系，年轻人想要得到认可非常艰难。我不知道，这次"聘任改革"会让学校出现什么样的壮丽图景。但可预见的是，在不久的将来失望的群体会占更多数。

不管是企业还是学校，想要良性发展，必须建立起一种公平的机制，确保每个人能得到平等对待。这里说的平等不是指"待遇平等"，而是指"机会平等"，在这种平等面前，有才华肯努力的人能获得该有的机会。可是，现在看这个"评聘合一"，应该不会是一个公平的设计——在职数已满的情况下，别说聘任，连评审的大门都关上了，不出三年，年轻人的晋升就只能是个梦想——这倒也应了现在人人高呼"中国梦"的景。一次改革，如果让原本就存在"逆淘汰"的环境有了公开的"逆淘汰"秩序，这也太没设计了。

当然，也有些小白鼠很乐观，他会认为，"每次改革都是试验，要允许失败。失败是成功他妈，只要一直试验，总有一天我们能找到适合我们自己的"。改革要"允许失败"固然没错，但是在试验之前，至少也得有个相对可行的论证吧？比如，做一个"小白鼠喜欢什么环境"的试验，总不能把小白鼠丢在水里，丢在浓硫酸里，丢在真空罐里……有些用脚指头都想得到的事儿，还乐此不疲，这不叫改革，这叫虐杀。如果虐杀小白鼠时还要求小白鼠欢欣鼓舞，未免太过荒唐，好歹每个小白鼠都是一条生命，再贱的生命也是生命。

每次变革都源于光明的理想，但伟大的理想未必都会成为伟大事业的起点，虽然我对改革充满敬意，但我却对这些"幸福的想象"心怀畏惧。三天两头听到改革，每次都配合着群情激昂，改着改着我们都快老了，可是千辛万苦奔走千里，谁知道就兜了个大圈，又回到原地踏步。对于像我这样的小白鼠，最大的悲剧即在于此，我们以为自己是孙悟空，翻了几百个筋斗，谁知道还是在别人的掌心里闻到自己的尿骚味。每念及此，就觉得沮丧不已。

我忽然有这个感慨，不过是因为我已经三十多岁了，身边食物、空气万般皆是毒，常常觉得时日无多。奔走在"四十不惑"的路上，特别希望很多的怀疑都找到靠谱的答案。年轻时我曾经活得糊里糊涂，现在却非常渴望过明白的日子，等闺女长大以后，不至于摸着我的脑袋，满口戏谑地调侃："老爸，这么些年你过得是啥日子呀？"我不想因此瞠目结舌，不知所措，决定从此能过一些"不凑合"的日子。

我一直记得20世纪90年代初，在一所乡下小学的旗台下，我仰望蓝天之中的五星红旗，昂首挺胸站得器宇轩昂，老师把红领巾拴在我的脖子上，我心中充满了"解救全世界受苦受难人民"的豪情壮志，激动得泪流满面。今天耳边还是常常听到各种各样的口号，比如"多快好省，加快步伐，打好神马攻坚战""落实神马指示，快速实现神马宏伟目标"……一切类似的口号让我心怀警惕。

我在生活中学会的最重要的道理是：没有什么事可以一蹴而就，罗马也不是一天建成。人生短暂，总不能一辈子都当不畏死的小白鼠。还有，我们不能永远都为了虚幻的"愿景"热泪盈眶。

莫让感动掩埋了真相

每次灾难过后，总可以在不同时间、不同场合听说举办"祈福"活动，表示感恩或者悼念。人们手捧鲜花蜡烛大声呐喊，"加油、挺住、雄起"之声不绝于耳，然后人们便沉溺于感动之中。我们为脆弱的生命受苦的灵魂感伤，因那些辛苦救援的人们而心怀感激，甚至领导吃一碗小米粥配榨菜都让人感动，似乎这是"同甘共苦"的写照，然后心中油然而生一种同仇敌忾的斗志，似乎找到了共同的敌人。

时间流逝，待尘埃落定，各种所谓的纪念晚会、慈善晚会便在各地活跃起来了。你会相信灾难是不能娱乐的吗？且不说电视里那些指鹿为马、神话一般的抗战剧，就说这些说不清道不明的晚会，主持人满怀深情，演员们倾心歌舞，就像是岛国动作片里苍老师们婉转的呻吟，让领导和观众各种爽。我们是在"庆幸"自己还能享受高潮，还是在"庆幸"亲人尚未死绝？或者干脆只是把苦难当成娱乐，随便发一笔民难财？从地震到洪灾，从城市内涝到西北干旱，这种模式没有变过。

那些看起来更小的事故呢？幼儿园的小朋友在懵懂无知的时候死于车祸，开车过桥结果自由落体掉进水里淹死，喝了几个月的死猪肉高汤也不知道是谁给我们下的料，十几岁的小姑娘上个学因为官员的"宠幸"沦为妓女，半夜睡梦正酣被人从床上拎到门口看着自己的家被夷为平地……这些事日复一日在我们身边上演着。每次看到这些灾难，都是微博里义愤填膺，然后官媒沉默悄悄删帖，然后官方含糊其辞或者保持沉默，直到另一件荒唐事代替这一件荒唐事，最后所有的荒唐事都不了了之。遗忘就变成了民族的一个习惯。

判断一个人是否强大，并不是看他有没有跌倒过，而是看他会不会一直跌倒在同一个地方，这个规则同样适用于判断一个民族。如果我们因为同一个问题不断跌倒，所谓"多难兴邦"只能是个意淫。在生活当中，有太多让我们习以为常的东西，我们认为它们的存在理所当然。当我们把身边的一切归结为"国情""初级阶段"时，我们一切恶心的遭遇就有了冠冕堂皇的解释，而那些遭遇了噩梦的人们，变成累累白骨依然得不到应有的尊重。

对于这样的国家和民族，追求真相比寻求感动更重要。

汶川地震已经五年了，那些豆腐渣工程的施工者、监管者没有受到问责，而那些致力于追求真相的被关在监狱里；官方和民间都说"要给灾区的人盖上抗震八级以上的房子"，可是，今天七级的地震可以让99%的房屋倒塌；灾区重建，最气派的不例外是政府大楼。红会的捐款支出从来就没有清清白白过，一会儿养干女儿，一会儿巨额公款吃喝，一会儿团购路虎，一会儿买高价帐篷……我们如果不对这些事追究到底，下一次地震来袭，就是往事的循环播放。感动最终不过是一部分人的消费品，让他们觉得自己有一个瞬间活得像一个人。

我并不是漠视生命，而是觉得在我们这样的国家，生命太没有价值。"一将功成万骨枯""近来长共血争流"，那么多鲜活的生命逝去，连名字都未曾剩下——最无法接受的是，这些鲜血并没有给我们留下哪怕一丝一毫的警醒。

在我们这样的国家，所谓成大事者，基本要学会视生命如草芥，好像是《水浒传》里抡着开山斧的李逵，劫个法场一路砍将过去，不分青红皂白，无数的无辜百姓遭殃，杀完之后只觉得痛快；今天坐在办公室里喝茶翻报纸的许多都是新时代的李逵，腕戴名表，朱笔轻提，在他们眼里，那些曾经活蹦乱跳的生命只是两种数字，死了××人或者要赔××钱。人间哀鸿于我何加？任尸横遍野，血流漂杵，我自岿然不动。而且，还能给自己找到最高尚的理由，称之为"壮丽的事业，光辉的历程"——甚至那些光鲜亮丽的办公大楼，也都是白骨堆成，为了鸡的屁，不惜牺牲子孙后代的福祉，疯狂攫取属于所有人的资源，留下一个水不能喝、饭不能吃连呼吸都要小心翼翼的环境。我们每天纠结"要不要开窗户"这个有趣的问题：开吗？雾霾满天小心肺癌；不开吗？禽流感危险要通风。得多有才华的作家才能想到这样的情节设计啊，我们就这样活在令人左右为难、啼笑皆非、悲愤不已的小说里。

当你看到一个青年因为身患绝症选择溺河自尽，而不愿意拖累贫穷的父母时，你能不能体会"小病自我诊断，大病自我了断"的无奈；当你看到一个绝望的母亲把三个孩子绑在腿上一同投江时，你能不能体会"活不起，死不起"的悲哀；当你看到跟我们一样的人，因为自身遭遇不公正的待遇而"上访"，结果被关进看起来不同其实一样的各个"马三家"，受着但丁也不能想象的"地狱"折磨时，能不能体会"求天不应，叫地不灵"的痛苦；当你看到那些山区的小孩寒冬腊月却衣不蔽体光着脚丫子上学，官员们却坐在四季如春的办公室喝着拉菲睡着女明星们时……你能不能明白我们到底活在怎样的世界中？你能否理解权力作恶给人的痛苦？能否明白那些人的无耻的底线在哪儿？

断子绝孙的勾当被渲染成经天纬地的事业，所有参与这些渲染的人都是共犯。那些人不断地说着发展中要允许"不合理"的存在，所以，这种不合理就会一直存在。权力之下丑态百出，金日成种下的树要立碑致意，再盖个玻璃房子养着；金日成用过的东西抢到手，仿佛就能飞黄腾达；金日成喝过的水抢过来跟着喝一口，就当是跟他亲过嘴儿了；在救灾时，向总理问好比救助伤员更重要——如果要他们把老娘送去当小老婆，应该也是义无反顾的吧？

诸如此类的种种，是生活里无耻的另一种常态。如果你偷偷躲着给领导舔菊，我们眼不见为净，但你要把舔菊当成是接吻，吸得吱吱作响，满怀深情，而且还要求我们也跟你去舔菊，我就会犯恶心。

在这些作恶的人尚未得到应有的惩戒之前，请大家先把可怜的感动收起来，莫让感动掩埋了本该属于我们的真相。这些看起来跟我们的生活无关的东西，其实跟每个人息息相关。西方有个十分有趣的类比，人的权利就像是头发，今天被拔一根，明天被拔一根，人迟早会变成一个秃子。我们就是顶着一个瘌痢头，嘲笑别人长着漂亮的金色长发不够健康的蠢货。

当然，关于那些晚会，有些人还有更好的解释，比如表彰先进，比如鼓励生者前行。把那些苟活下来的人当成一个励志的典型。我觉得，我们国家最重要的不是表彰先进，也不是塑造典型，而是要反省自身的苦难，并争取别再重蹈覆辙。可是，最重要的事轻而易举地被遗忘了。当那些人把灾难当成是一种关怀，来转移我们应该关注的重心，是无耻之举中的一种。

小时候，爷爷奶奶没少在我们面前忆苦思甜，他们的故事放在这个时代，都算是励志故事。或者，每个中国人从生到死，都是一个微型的励志故事。再看看我们身边，人与人之间的关系早已剑拔弩张，从小教育大家你争我抢，从学校到社会，各个场合的人都像打了鸡血似的奋力拼抢，甚至不惜背后痛下黑脚，斗志之旺盛令人咋舌。上个大学，稍有不慎就会被舍友下毒，被同学出刀。生存如此惨烈，你觉得我们还需要"励志"吗？

我一向对权力没有好感，觉得在世界上诗意的栖居应该是毕生的追求，而这种诗意只能根植于人性。而在这个现实的社会，把心怀诗意的生活、理想的人当成2B铅笔看待；我们寻求人性的生活，却被当成是一个可笑的怪物。如果我们不承认自己是傻逼，都不好意思大胆地笑出声来。

我大学有个诗人兄弟，他跟我说"爱惜名誉就像是爱惜自己的羽毛"，我很能理解他的意思：在世上要追求体面的活法。再把它简化一些就是"人要活得像一个人"。这得谈到价值观，如果把一辈子能赚多少钱当成价值的话，也无可厚非。只是对人而言，钱只是身上的首饰名表，而尊严和自由是底裤，你可以不当表哥，但是你不能裸奔。

令人遗憾的是，我们看到无数的人裸奔却神态自若，那些穿着底裤还羞答答地捂着私处的人变成了异类。这个星球上民族很多，不穿底裤的民族已经少得可怜，那些"忘记"感动而寻求真相的人，正在为我们民族找一条合适的底裤而四处奔走。

千万不要因为旁观者做久了，就忘了自己是谁。要知道，在污染到连水都不能喝的地方，地震过后能就着涪陵榨菜吃上一碗稀饭是多么幸福的事情啊！

中国时间八点二十分

我读小学的时候，常常有些老师被上级听课，不知道出于什么原因，那些老师总会预先做好准备，最不济的把上过的课重上一遍；稍好一点的先给出题目和答案，准备提问；再好一点的会告诉我们，不管你会不会，都要把手举高，表示踊跃参与，但是碰到会的问题举右手，不会的举左手；至于事先不跟学生沟通的老师算是凤毛麟角。每逢这样的课，效果都不坏，上课的高兴，听课的也高兴。小时候觉得这样的课堂很好，我只要举对手，就没任何负担。那时候，我把回答不了问题当成丧失尊严的一种，而把能得到老师的表扬当成是得到尊严的一种。

直到上了大学，我慢慢发现，那个时刻的课堂不是课堂，是一个演出场所，老师是演员，领导们是观众，而我们是一群"跑龙套"的，大部分人没有台词，那些观众都看不见我们的脸。我们被安排好了，什么时候能high，什么时候不能high，能high到什么程度，都是被安排的。最后只是为了让台上的演员和台下的观众感觉到爽。想到了这一层，我对生活中许多的事都失去兴趣。

我在大学时"被参加"过许多各种各样的活动：三月里来学雷锋，去敬老院扫地，去福利院献爱心，去过一次之后，就忘记了那些人的痛苦；有外面的专家来开讲座，明明是我不感兴趣的话题，还得跟一群同学在礼堂呆坐，最怕听到的一句话是"大家好"，因为我一点都不好，最爱听的一句话是"散会",因为我可以离开我最厌恶的地方;还有参加"唱歌给党听,唱歌给人民听"的歌咏比赛,其实我们都知道,听的不是党,而是那些领导。我心不甘情不愿地在场上对表情、对口型,跟着那群不知道是真high还是假high的同学一起假high,那些观众也不会记得我的脸;还有很多时候,各种各样的场合需要观众,总是让我们变成背景板,我们经过不同程度的训练,非常快就能进入角色。

时代在进步,许多东西都在"职业化",包括观众也在"职业化",这些"职业观众"(请参阅百度百科词条),他们经常出现在各种节目中,尖叫、鼓掌,或是大哭、大笑,配合着台上的演员,表演着超级默契的喜怒哀乐,为活跃现场气氛做出巨大的贡献。听说"日薪大概五十元起步,形象好、表情生动、卖力的最高可拿到八百元。"可是我却做了多年义务龙套而不自觉。

涉世越深,发现中国就是个巨大的舞台,人人都在演,有些人在台上,有些人在台下。演员们在台上,说的比唱的好听,看不见脸的群众演员训练有素,举手、鼓掌,然后拍照、吃饭。多年以前的苏联也这样,伟大的斯大林在台上,咳嗽一声就掌声雷动,二十分钟不敢停止,直到伟大的那一位下达停止的指令。有些群众演员转身进入厕所,在完事之时浑身激灵一下,往便桶里啐一口浓痰,嘴上骂一声意味深长的"他妈的",然后回去继续表演。

包括昨晚的3·15晚会,让四个月的婴儿吃出D罩杯的奶粉没事,让上海人民顿顿吃高汤的死猪没事,全国各地雾霾让肺癌遍地没事,往地下注入工业废水也没事。但是,黄金有事,苹果有事……在遍地假货的地方,黄金的成色还有99.9%以上让我非常欣慰;在衙门做出承诺都可以不用兑现的地方,苹果手机还可以保修也让我感到欣慰……

再说明白一些，作为升斗小民，我不在乎有没有汽车，有没有"爱疯死"，我只关心我是不是能安心地呼吸，安心地吃饭，这才事关我们的生活。每年都看见那些记者们"出生入死"采证，好像是上演中国版的"007"，如果再来个美女相伴，飞车追逐，就更完美了。要动员这么多人把狗血的剧情演得逼真，得花多大的力气啊！

我开头写的那种事在我读初中时还是经常发生，有次市里的领导来听课，讲课的那位老师是我遇见的好老师之一，她没有上重复课，也没有预先给我们问题，只是叫我们会的举右手，不会的举左手。那一天，我一个胖胖的同学把他的右手举得很高，老师就把他叫起来回答问题。但是那个胖子起来说，对不起老师，这个我不会，我举错手了。他就是3月15日那天的何润东。"大概八点二十分发"，是我同学小胖子举错了的手。

在我们这个时代，最好的镜头叫"穿帮"。比如那个被鬼子轮奸后，裤子自动还原，飞到半空"箭死"所有敌人的女英雄。日本鬼子应该强奸自己国家的姑娘，把她们都变成女超人，很快就能统一地球。万里迢迢过来给"箭人"加油充电，日本鬼子真是傻到家了。

那些同学的长相，我基本忘光了。但是那个小胖子的脸一直在我心中挥之不去，他在失宠后的沮丧表情像是刀刻的一般清晰，跟我在电视里看到的许多人重叠，在网络上看到的许多人重叠，在生活中看到的许多人重叠……转眼我就要老了，呼吸着不太敢呼吸的空气，喝着不太能喝的水，吃着不太能吃的食物，好像已经过去了很多年。

但是我心里无比清楚，中国有个时间一直停在八点二十分。

斜眼看闲书

读书人容易"斜眼",陶渊明就是绝好的证明——他写的"采菊东篱下,悠然见南山"的诗句,从人的生理构造上探究,东篱下采菊同时要看见南山,肯定是个斜眼(这个不是我发现的,我只是拾人牙慧)。这个观点还被写成了论文,发表在刊物上,我看到的时候,大笑不止。我还不算做学问的人,本科学历现在根本不值钱,满街都是。不过我还是知道艺术的一些规律——艺术是不能用绝对真实来衡量的。很多艺术都经不住"真实"的拷问,用绝对真实来衡量诗歌的价值,未免拘于无趣,太小家子气了。

但是,我认为陶渊明是"斜眼"这个观点并非全错,只是斜的方向不是左右,而是朝天方向45°,若非如此,他就不会有"不为五斗米折腰向乡里小儿"的傲气了。由是观之,"斜眼病"患者前不乏古人,有桀骜如嵇叔夜者,《与山巨源绝交书》至今还是遥远的绝响;后还有来者,有孤标如李氏太白,"宰相磨墨力士脱靴"的故事在众口相传中早已是一曲绝唱,叫人反复吟咏。我想,45°的仰望最是虔诚,可以看见心中的上帝。

我常常幻想,自己有双眼睛和陶渊明的一样,长在内心深处。套用鲁迅先生的话说,我本来不是斜眼,读的书多了,也便成了斜眼。这样的想法自然有往自己的脸上贴金之嫌,但我想到自己以后眼都斜了,也无所谓要不要脸。

为了这个理想，我去了离斜眼前辈们最近的地方——中文系，如果大家不计较我自大，我还想说我看过的书不少，可惜的是，书读得越多，就会发现没有读的书也越多，因此我迟迟不能对自己满意。我一直想要的"斜眼"至今也没有长出来，这让我感到遗憾，矫情地说是感觉悲哀。

但是想想也便释然了，看书看到眼睛上斜，这个工程过于巨大，倒是往左右斜大有可能。

我四岁随当老师的爹住在学校，大概是我八岁那年，"素质教育"的口号响彻全国，连我们很穷的闽西山区也听到了。于是破败的小学有了自己的图书馆，虽然书不多，但已足够我使用，那时我不过是一只小小的青蛙，有一口可以看见天的井便觉得幸福。不过，"雷声大雨点小"的古训早就预言了"素质教育"的出路，这还是一个以成绩论英雄的时代，直到现在依然如此。所谓的"分数"决定了我的去向，包括我去读三流中学，上二流大学，就是这份让不少研究生垂涎的工作，也是在试卷上龙飞凤舞鬼画符打下的江山，幸好这个世道打江山容易，守江山更容易，我不担心被别人打下来。

在这样的大环境下，我爹当然害怕《水浒传》里层出不穷的"鸟"字磨灭了我的上进心，还有《金瓶梅》里面的数不清"口"，更让他畏如蛇蝎——同样，那本也有许多"口"的《废都》也在禁书之列，我爹把它收起来，大箱锁小箱，小箱关小匣，保护得严严实实。倒是那时更加缺乏的人民币，常常放在未锁的抽屉里，让我偶尔偷个一毛五分钱买冰棍解馋。

从上面可以看出来，我当年读课外书有如新中国成立前上海的地下党活动，环境极其恶劣。我爹管课外书叫"闲书"，视它如封建时代的闺女，不能见我这样的汉子，否则要割鼻挖眼、五马分尸浸猪笼。我天生反骨，喜欢跟别人对着干，因此，我爹的手段越是"白色恐怖"，我便兴致越高。按照我爹的规定，我必须在八点半睡觉，俗话说胳膊拧不过大腿，我只能乖乖就范。然后我爹在书桌前备课，而我在被窝里加班，被窝里看书不仅光线不好，而且不好翻书，常常因为动静过大而被我爹"捉奸在床"（本雅明说："书和妓女都可以带着上床。"），这一说法料想也能说得通。他收走一本书，往往就不会再提防我有后着——谁也不敢想象，有人一次带着好几个"妓女"上床。后来偷偷摸摸的次数多了，也就驾轻就熟了，很少被发现。

被窝里看书还有一个大困难，我总是无法直视书本，只能侧着脸看，这时候眼睛就得斜着，因此我的眼睛坏得很快，特别是左眼，小学六年级之后坐在第三排便不能看清黑板上的字。便戴上了让很多小伙伴羡慕的眼镜，后来每年要换一副眼镜，浪费了我爹不少银子——我一点都不感到内疚，把它当作是他当年不肯支持我读闲书的惩罚。

等我到县城的一所三流中学念书，便离开我爹执教的乡下小学，成了独立的住校族。离开了老爹的压迫，我看起课外书来更没有节制。可惜的是宿舍总是按时熄灯，有灯的地方就只有厕所，我的同学大多数年轻气盛，阳火很旺，而且吃食堂的饭菜很容易上火，把整个厕所拉得骚味熏天，每回拉屎都得屏住呼吸，吸气重一点就有刺激性气味杀进眼睛，叫人泪流不止，这时候味觉倒退居其次；病人吃药基本上都在饭后，而在我们的厕所里大便则必须在洗澡前，因为在里面蹲一分钟，身上就会带上恶臭。拉屎除了定时还得限时，一般人会在三分钟之内解决战斗。这样想要拉得畅快难如登天，所以住校生脸上难免带点青灰色，这是便秘的症候。因此我还对欧阳修先生读书"三上"（枕上、马上、厕上）的真实性产生怀疑，在这样的厕上读书若没有防毒面具，实在待不下去，因此断定欧阳修先生是海豚转世，没有嗅觉。或许，出现以上现象只是因为学校领导的良苦用心——他们不希望我们学生把大把的时间花在拉屎这样没有意义的事情上面。

我在这边蹲坑，会用心相印纸巾过滤空气。即使这样，也不敢轻易呼吸，老是把一口气憋得很长，肺活量从初一的两千六涨到初三的四千二，体育老师知道了特别喜欢。在这样的环境里读书是对知识的糟蹋，如果一不小心把书掉在地上，更叫人无法接受，因此我把看书的战场转移到课堂上。

"应试"是中国教育的灵魂。呼唤"素质"了几十年，它始终阴魂不散，在读书人的心头纠缠不去。而且，每个老师都和我爹一样，视"闲书"如洪水猛兽，深恶而痛绝之。我们读书考大学那叫作"双手劈开生死路"，老师们灭闲书是"一刀斩断是非根"。我至今记得，当年"班级公约"里有不许看小说的条款。老师和我们约定在先，闲书一经发现，马上充"公"——其实都充到了老师们的书架上，还有一些上了别的"战场"，被该老师的小孩拿去折成纸飞机，搞得满操场都是废纸。坦白说，好几次我想把班主任的公子抓到厕所里"谈谈心"（有些拉帮结派的同学管找同学们的麻烦叫作谈心），如果不是孔孟圣贤总教育我应该"与人为善"的话——对书本不够爱护，知识就不会帮助他，果然，这个老师的小孩连大学都没考上，现在在电脑城帮别人装配电脑，但是问起高精的计算机行话，还是一问三不知。

被没收的书还有更惨的下场，我曾经被英语老师没收了一本《少年文艺》，过了三个月，我去老师家交作业，发现它垫在老师家八成新的饭锅底下，封面少女的脸和白色连衣裙被锅底的黑灰荼毒，一片狼藉惨不忍睹。这让我对英语老师很有意见，后来英语成绩便像是金融风暴下的股市，日益走低。拿我爹的话说，分数犹如"王小二过年，一年不如一年"。

更让我痛心疾首的是，为了这次"犯错误"，我还写了一千五百字的"检讨书"，本以为声泪俱下掏心挖肺地忏悔，能博得老师同情，而书也能得以完璧归赵，谁知道只是上帝打盹——好大的梦。我白白浪费了类似"洗心革面""浪子回头"这样庄重的词汇，还有我在作文上开始洋溢的才情。

这样的事情还发生过许多次，老师们进教室都蹑手蹑脚，好像是鬼子搞偷袭，叫人防不胜防。后来我便学得精了，常常一只眼看书，另一只眼则瞥向窗外，看看有没有老师驾临。久而久之，我的右眼能看到四点钟方向的东西，被同学惊为天人。而左眼缺乏这样的锻炼，只能看到九点钟方向——如果两边都能得到同样锻炼，估计现在我的眼会更像青蛙。到了高二的时候，我听脚步声便能辨出来者何人，因此又锻炼了一心二用的能力，如果有幸师从老顽童，学会双手互搏应该不成问题。

因为从小看闲书便如做贼，偷偷摸摸的姿态肯定长不出斜上45°的眼睛，只能长成一棵看起来中规中矩，其实一肚子坏水的树。

——我自小斜眼读书，但是现在却毫无斜眼迹象，肯定有人奇怪。其实道理很简单：因为我八到十三岁时，看书眼睛朝左斜（床上看书书在左边），而十四到十九岁眼睛朝右斜（课堂看书门在右边）。如果一直朝右，那陶渊明"悠然见南山"之眼就真的长到我脸上了。不瞒大家说，我生得艰巨，长得荒凉，每次照镜子都会吓自己一跳——我脸上都是青春痘，如果抹平了五官，就像是武大郎做的炊饼——幸好眼睛还算有神，而且至今未朝左右斜，当算是生理学上的奇迹之一。我只是遗憾，我的眼未能像嵇康李白那样向上长去。

等我上了中文系，看"闲书"变成了专业，读书的兴趣却慢慢地减下去，现在工作已经两年，买书的钱多了，书架也越来越满。但是读书的时间日少，兴致也如江河日下。眼睛也一点一点地耷拉下来，如同惶惶丧家之犬。

如今深夜依然读书，只是不用再斜眼，也不用担心背后有一只手伸过来，把我眼前的故事打断。只是，常常在读书之时感到悲凉——书里书外，斜眼仰天的人越来越少，顺眉垂目的人越来越多——更让我悲凉的还有自己，我竟不敢抬眼看心中的上帝，陶渊明们和上帝并排站立，他们身上的炫目光芒让我不敢抬头——我也不知道，有多少人因为"斜眼"得到欣赏，或者，世界上斜眼的人多了，大家都看不见45°以下的人和狗。

我现在只在深夜读书，偶尔也胡思乱想。曾经有人问过我：你觉得最浪漫的事是什么？

这个问题我一直没有答案，歌手唱过"和你一起慢慢变老"，这个答案我很不满意。我不愿落入流行歌曲的俗套——"慢慢变老"的结果是显而易见的，谁都无法避免，为了取悦心仪的女子，实在没必要冠以"最浪漫"的由头——我从来不喜欢这样煞有介事般郑重其事。

刚刚还挑灯夜读，在凝神专注之余，忽然觉得身后有个温婉绰约的女子生起一炉红彤彤的火，而在半年之前我想到她轻摇蒲扇扑流萤的样子，也许，在某个清秋之夜，她还就着窗外的明月光，用葱白纤长的指拂出《春江花月夜》。然而回过神来，好像是当了一回南柯太守，便忍不住哑然失笑，笑自己酸腐——不过，台灯的光也不过一平方，与古人案上跳跃的油灯相似。我想人的悲欢或许是可以相通的，就好像我们在历史的河堤上，看到的那些相似的斜眼。因此，我一直很好奇，是否有古人如我，在台前枯坐，口中呢喃着"之乎者也"时，也有这样缠绵的梦？是不是所有的文人在"兼济天下之心"以外，都藏着这样"红袖添香"的情怀？

　　"书和妓女都可以带着上床。"第一次看到这句话的时候我哑然失笑，本雅明是个可爱的老头，把神圣和世俗一起带到床上。我一直无法将后者带到自己的床第，只好带上让我欲求斜眼而不得的"闲书"，在沉沉的睡眠之前，景仰前人斜眼朝天的样子。

红袖添香伴读书

"爱君笔底有烟霞，自拔金钗付酒家。修到人间才子妇，不辞清瘦似梅花。"这是清代才女林佩环写的一首诗，题在其夫张船山为她画的画像之上。张船山随后和诗一首："妻梅许我癖烟霞，仿佛孤山处士家。画意诗情两清绝，夜窗同梦笔生花。"他们和明代黄蛾与杨升庵一对文坛佳偶，还有北宋李清照赵明诚共享"红袖添香夜读书"的佳话。其中的文采风流，不知道羡煞多少读书人。

或者，对于大多是喜爱读书的人，红袖添香也不过是梦境而已——纪晓岚和蒲松龄两个人一朝一野，写的《阅微草堂笔记》和《聊斋志异》，里面许多关于红袖添香的情节，大多是妖狐鬼怪所为。也许，寄情于鬼魅，多多少少说明了他们对世间女子的失望吧？若负魏王之才，而无宓妃留枕，举目天下，尽是庸脂俗粉，该是何等悲凉呢？想到这层悲凉，没有八斗之才，是否应该暗自窃喜？

可是不能否认，我一直对抱着书本穿梭在校园中的优雅女子心怀好感，在图书馆里邂逅一个温婉的姑娘，胜过在断桥上碰到三个貌美如花的白娘子。令人惋惜的是关于去图书馆或自习室苦读的记忆，我从未有过。对那些能捧着砖头状的典籍咬文嚼字的同学先生，我总深怀敬佩之心，因此，不敢去清修之地扰人好梦。

听说，现在的图书馆早已经不是学术的殿堂，漫画开启了视觉审美的读图时代，财经股经诱惑着渴望快速致富的神经，皮厚心黑的处世哲学让我们预习不择手段，而无聊的青春小说消费着我们日益干涸的眼泪……失去了历史厚重感的畅销书像是工业垃圾举目可见，而那些足以影响人类灵魂的著作堆砌成墙，互相挤压着发出霉变的气味，退守到图书馆一隅，像一个绝望的老者坐在墙角，风霜浸染过的眼神寂寞而苍凉。偶尔几个诚心的读者在这里徜徉，拂去书籍上呛人的灰尘，便让人感动。

我想，若书籍有知，是否也会对为它拂去尘埃的女子心怀感激？这样的感触起源于我偶然一次在图书馆翻书，身边一个书卷气十足的女孩，在书架上取下一本陈旧的《傅雷家书》，然后轻抚书面，浏览几页便把它和手中的《中国文学史》相叠，抱在怀里。她的举动让我倍感亲切，我很想替傅雷老师谢谢她——我不知道自己算不算爱书的人，只是每次借书给别人，总是与借阅者约法三章：一不能弄坏书籍，二要及时归还，三不能乱涂乱画。说完这些，我仍是不会放心的，所以还会从书里翻出一张书签来，告诉他们说，读到哪就用这个作标记，不要折页，会影响书的美观。现在想起来，向我借书就好像是娶了我家闺女，我总怕他们亏待了她。听说，做女婿总有很多难处。我后来喜欢自己买书，大抵也是出于当女婿的畏惧，若碰上善于刁难的婆婆，应该极难伺候——就像是图书馆里的阿姨，从来不曾给过我们好脸色，也没见她们给过图书好脸色。

学校图书馆的书架边上，有十几张桌子，供同学们读书之用，但是，现在的大学中愿意待在图书馆学习的人少之又少。在家读书，独处书房，犹如僧侣清修；然而进了图书馆，便多了和别人交流的可能，俨然夺席谈经。我读书一向不求甚解，断章取义是家常便饭。上不了学术的殿堂，只能在门口景仰别人著作等身——然而，著作等身终究是梦想，在我心头挥之不去。有时候感觉自己是一只猫，抓老鼠还行，但不是拉车的命，如果非要给我上套，也只能把车拉到床底下去。好书于我，不过是画中美人，可远观而不可亵玩焉。

读一本好书就像是谈一次高质量的恋爱，彼此眉目传情而能心领神会，是世间所有恋人的梦想——认为书如美色，自古有之。《聊斋志异》中有一则《书痴》，其主人公有云："'书中自有颜如玉'，我何忧无美妻乎？"后来果然一美姝藏于《汉书》之内，袅袅婷婷，自称为颜氏女子字如玉，令人羡慕。古人语："性痴者则志凝，故书痴者文必工，艺痴者技必良。"独独忘了痴书者得美妻，如果有这样的古训，那在浩瀚书海孜孜以求者，应该数不胜数吧？只是人的好色之心依旧，而好书之心却所剩无几。若非如此，诸多典籍也不至于被堆砌在尘埃之中，犹如闺中怨妇，听着嗒嗒的马蹄黯然落泪。

那天，我坐在图书馆二楼靠窗的桌前，阳光斜斜地照进来，暖暖的，让人慵懒。这样的氛围很适合怀旧，也适合读书——无论是怀旧还是读书，都容易催人入睡。如果让我父亲看见我趴在书上睡觉，少不了一顿责骂的，小时候我常常在看书时睡着，他责备说："你真不是读书的命，一读书就想睡觉。"而我哥睡觉时，他总是教育我："你要向哥哥学习，睡觉时候都抱着书。"想起当年父亲恨铁不成钢的样子，不禁哑然失笑。

张爱玲的《银宫就学记》里有说到袁随园极受人羡慕，是因为女弟子诸多；又有无聊如郑康成者，便当丫鬟为门墙桃李——自家的夫人太太，大概不会有陪你读书的雅兴，除了新潮的衣服首饰，只会抱怨婆婆的不是，或者催你就寝。有袁随园《寒夜》诗为证："寒夜读书忘却眠，锦衾香尽炉无烟。美人含怒夺灯去，问郎知是几更天！"而董桥先生的《藏书家的心事》也说：瑟帛有一幅漫画，画中四壁皆书，妻子手指丈夫怒道："这屋子里有老娘就不能有文学，有文学就没老娘！"看到这里时我暗想，如果找个这样的太太，一扫帚打将出去。隔天再想，如此对待糟糠未免陈世美了一些。有人说过："完美的婚姻在于瞎眼的妻子和耳聋的丈夫之间。"这句话背后隐藏着彼此绝对的包容，而棒打老婆让我失去了耳聋人应有的风度。

从这里也可以看出，找到爱读书的夫人的概率大约等同于中了五百万体彩，若非祖上积德，恐难如愿。不过，在图书馆邂逅一个爱读书的女子倒非难事。正当我昏昏欲睡之时，忽然一阵香风盈面，令我为之振奋。抬头看的时候只见一倩影在身边窈窕而过，头发湿漉，背影曼妙，走到角落背我而坐，平添许多想象——时代进步给我们许多好处，其中之一就是可以男女同学，和刚走过的曼妙女子同读，想必也是羡煞古人，然而却让我一不小心碰上了，再不必像蒲松龄和纪学士一样寄情狐魅。虽然，把与和女生在图书馆共读称作"红袖添香"，难逃自欺欺人的嫌疑，该被称作21世纪的郑康成，但是聊胜于无，没有希望不如多个想头，也算是慰藉。

我常常感觉自己正在老去，是因为难得有人让我怦然心动，而这个背影让我魂梦系之。我和一个书友谈及此人，他大笑。我们聊及校园读书之风，常常有叹：美女都上街去了，只有见不得人的女生自匿于书中。因此他问我所见是不是"两条人命"（注："两条人命"的意思是"看背影迷死一条人命，转过来脸蛋吓死一条人命"）？我也笑了，说："她是两条半人命，剩下的半条是她的胸部救回来的。"——读书人最大的毛病在于他无事生非的刻薄，因此作践起别人个个是一把好手。其实，我自始至终都未曾见着那个姑娘的庐山真面目。也许是害怕见了真面目之后，便失去了幻想的可能，这是读书人最美好的天真，我们身处其中自得其乐。社会的矛盾和竞争离我们太遥远，生存的艰难于我们如同隔靴搔痒，而我们在不痛不痒中醉生梦死——校园生活安逸从容，没什么机会让我们大彻大悟。

那天为了一睹姑娘芳容，我破天荒在图书馆待了两个小时，仿佛是做了半个世纪的梦。今日再想起往日的痴态，不忍讪笑。孔夫子在论及德与色之时，说："饮食男女，人之大欲存焉。"又说"食色，性也"。然后由此感叹"吾未见好德如好色者也"。从中可见，孔圣人对自己的道德也不是很有信心，因此，我的好色之心算是祖师所赐，不算唐突佳人。我不过是将孔子的好色之心发扬光大——念及此处，倒是该怀疑柳下惠是不是个伪君子，或者同性恋。几千年的文化被后人胡乱解读，自相矛盾之处甚多，也不知道该信谁——有人说："文章如食物，个人思考是胃，慢慢咀嚼便可吸收营养。"按照这个逻辑，营养是自己获得的，无法与人共享；写成的论文则是经过消化之后的产品，就是大便。张爱玲散文中有别人对画作《蒙娜丽莎》的说明的评价，她说，她憎恶那篇说明，说那是"有限制的说明""那样华美的附会，似乎是增多，其实是减少了图画的意义"。我想，所有评论对于文本本身，也不过是画蛇添足的附会——书如美人，而评论是美人的粪便。一想到仙女也要吃喝拉撒，那真是煞风景。

有我如此恶劣的读者，大概那些评论家是不会高兴的，粗俗的比喻也注定了我难登大雅之堂。古人的"书痴者文必工"，我想我也尚未达标，三天打鱼两天晒网的本性已经决定了我难以"凝志"，至于工文良技，更是天方夜谭吧？不过虽不能说我手不释卷，但却可以说我床笫之间无书不欢。在我凌乱的床头，伸手可及之处，一定有几本内容不一的书，内容或庄或谐，但都能让我安然入眠。

我想，这多多少少跟我对时间的敬畏有关。"哀吾生之须臾，羡长江之无穷"的感慨让我不得不正视年华流逝。而书籍总在记录历史，保存心情，能让一切记忆在字里行间定格。作者的心灵如同一簇珍宝，被埋藏在汗牛充栋之间，有一天，在后人虔诚的追寻中，重新焕发神采——这是关于我们的生命来源最神秘的段落。打开尘封已久的典籍，总能让我心神安宁，当他们在KTV嘶吼着"死了都要爱"的时候，我在书里寻找永恒的意义，在这样的寻找中，我找到了和时间对抗的勇气。若能在故纸堆中找到寄托，总强过粗鄙的灵魂无处安放。

人在有生之年有书能读，是幸福的事，读书的过程无疑是让所有记录在案的人生重来一次；而最幸福的事情是，在图书馆的书上看见只字片语的感悟，深入人心——就如同手边的《流言》，偶尔间杂两行纤细的字体让我欣喜。在读书时，知道某一个女子和我一样，读过这本书，也因此心绪难平，已是最大的安慰。

也许，这是另一种意义上的"红袖添香"。

男女同学请读书

我小时候性格顽劣，凡事喜欢和别人对着干，为此父母没少操心。而我父亲是老师，他觉得我应该有个好的前途，希望我去当医生，我喜欢和别人对着干的品性注定了我不肯配合他的梦想。幸好我爹算是文化人，不会挥刀子舞拳头地逼我就范，不过，即使我爹很有涵养，但是我顽劣的本事超出了大家的想象，有几次他还是被我气得吹胡子瞪眼，偏偏他读了一些书——四书五经教人格物致知，也教人修身齐家，还教人治国平天下，就是没教人怎么骂儿子。他连"他妈的"都说不出口，顶多干吼几声"不肖子"就草草了事，倒是把自己憋得面红耳赤的——每次我爹骂我的时候我就装着没听见，国学有很多观点不怎么样，但是尊敬父母这一条却很值得去做。

可能就是这样，他对"四书五经"教诲人的本事产生了怀疑——如果学得满腹经纶，连自己的孩子都教不好，换了我也会对自己的知识产生怀疑。后来，我爹就开始和我玩捉迷藏的游戏，他把自己的文学书全部锁起来，然后把钥匙藏到我不知道的地方去，不过对我都不管用，无论他把钥匙藏在什么地方，我都可以找到——就算找不到钥匙，我也能把书柜后面的木板卸下来找自己想看的书——这是我偷看书最得意的一桩事，颇有曲线救国的味道。就这样我把他书柜里的古今中外的宝贝全看完了（虽然很多没看懂）。但他给我买的数理化练习题我几乎都没做，后来都折了纸飞机，改头换面送给了收破烂的阿姨。

到现在，我也没有帮我爹实现有个医生儿子的理想，一来是因为我对福尔马林的味道反感；二来是因为我想到自己拿着手术刀，就想起"磨刀霍霍向猪羊"的诗句——这样的想法对医生来说肯定不好，对病人来说也不是什么好事，如果病人知道主刀医师把他们当成牲畜，不知道会有什么想法，为了照顾病人的情绪，文理分班的时候我没敢去读理科。我的坚持让我爹骂了我好几声不肖子，但是最终还是妥协了，向我敞开书柜，但是我对他的藏书已经不感兴趣了。

高考结束后，我顺理成章地进了中文系，一到这个学校我就对这个专业恋恋不舍——学中文的女孩子很多，有不少长得很漂亮。我喜欢欣赏漂亮的女孩子，并且不惜被别人当作坏蛋。而他们把我当成坏蛋是因为他们觉得正人君子应该对美女无动于衷，而我不肯这么做，我们的传统文化就有不能和美女接近的训条，说那样"近乎禽兽"。但我不这么想，我偷偷读了我爹的藏书，学到的第一桩本事就是如何欣赏美，而欣赏身边的美女无疑是最直接的一种。

我在校园里碰到过一种美女，她们五官端正，眉清目秀，就是头发有点凌乱，衣着简朴，走在校园里毫不起眼，行色匆匆的，而且常常搞得神情枯槁，看起来就像是吃不饱饭的佃农——如果读书是为了把自己整成校园里的农奴，我是无法接受的。事实上，这样的人还不少，我高中有位同学，为了考大学拼了命地念书，大热天也几天不洗澡，身上的味道很浓厚，老师单独为他解答问题的时候都要捂住鼻子。他每天晚上躲在厕所门口记单词，只有数不清的蚊子陪他，如果蚊子大一点，他看起来就像是个移动的蜂箱。在茶余饭后他也背诵单词，躲在一个角落里面谁也不理，但是嘴角一直动，好像是念经的歪嘴和尚。有时候因为记不下来烦躁，在角落里急得手舞足蹈的，又像是跳大神的神汉——那段时间刚好"法轮功"被定为邪教，我们都对他产生了怀疑，对他敬而远之。

就是这位同学让我去思考读书是为了什么，然后我才意识到，读书很重要的一个目的就是要让我们学会辨别什么是美，什么是丑——光知道了这些还不够，我们还要尽可能向美靠拢，远离丑恶，通过自省不断地完善自己，这才是我们读书的目的。上面我说的那两种人读书就很没有意思。这个逻辑还可以推广到人生一切的遭遇——人活着就是为了感受人生的各种滋味，不管经历了什么，都不是我们放弃美的理由。

我们看书，知道圣女贞德、艾斯美拉达、西施和罗敷的美丽，就应该把她们的美当作典范，让自己向美靠近——我们不能改变自己的长相，但是可以改变自己的内涵，有了内涵，就有了与众不同的气质。"腹有诗书气自华"，读书是很能改变人气质的活动。用眼影粉底、胭脂口红将自己的脸面粉刷一新，也是达不到这个效果的。

陶渊明写过一篇文章叫作《五柳先生传》，里面有一句话很有意思："好读书，不求甚解。每有会意，便欣然忘食。"我喜欢他，是因为欣赏浪漫，一个穷困潦倒的老头儿，在四处漏风的屋子里念着"之乎者也，君子固穷"，也不去当什么彭泽令，这种做法本身就是浪漫的一种。读书不该是尽什么义务，也不是什么责任，而应该当作一种兴趣，然后我就学会了浪漫——通过读书学会浪漫也是一条便捷之路。

据我所知，每个读书多的人都会比较浪漫，我读中学的时候在厦门大学住过几天，每个华灯初上的黄昏，总有几个男孩在宿舍楼前的草地上弹吉他唱着歌，上面住着女生。大学是最浪漫的地方，这和数不清的恋爱的学生没有关系——真风流也好，真浪漫也好，是藏在唐诗宋词之间的，是藏在汗牛充栋之间的。《世说新语》里头讲了个"雪夜访戴"的故事：一个叫王子猷的人，大雪天乘船去访问一个叫作戴逵的隐士，到了他的门口却不进去找他，掉头回家了。他的理由是：我乘兴而来，尽兴而去，何必见戴？如果现在还有人这么干，肯定被别人当成神经病，送到精神病院里面去。但是我却很喜欢他的活法，做事只求满足自己的兴致，而不要求达到什么结果，也是"好读书而不求甚解"的另一种表达吧。

《世说新语》是一本很有趣的书，每个故事都是教我们浪漫。我再说一个西晋才子嵇康的故事，他被绑上了刑场，马上就要杀头，"神气不变，索琴弹之，奏广陵散。曲终，曰：袁孝尼尝请学此散，吾靳固不与，广陵散于今绝矣"！还有个读书人也不怕死，他叫金圣叹。据说他将死之前，请狱卒送封信给儿子，狱卒把信呈官，官以为内有谤语，便打开看，里面写着："字付大儿看：盐菜与黄豆同吃，大有胡桃滋味。此法一传，吾无遗恨矣！"

我觉得这些才是浪漫的极致。跟这些浪漫相比，玫瑰花和巧克力的层次太低了。一辈子都能有这样浪漫的活法很难，医院病危患者的房里，大多数人都呼天抢地，跟炼狱似的。我很同情他们的遭遇，但是我觉得，对于不能改变的事情，应该有一种更自然的态度——死之将至的时候，要保持浪漫非常难，但是我希望自己也可以这么从容。他们的活法正是奉行着一种"活在当下"的行为准则，把自己的每时每刻都过得浪漫，这是值得奋斗一生的理想，我正从书里学习这样的气质。

除了美和浪漫，读书还有一个很大的好处就是可以让你拥有幽默感。我在书上看过这么一个故事："文革"时候，有一个老先生常被抓去批斗。有一天他刚起床，在拉宿尿，就被红卫兵揪住了，要去游行。

刚扭到门口，一直都很配合的老师居然死活不肯走。红卫兵们都很奇怪，那老先生红着脸说，出门之前，能不能让我把裤子的拉链拉上？因为这件事，我就喜欢上了这位老先生，如果他现在还活着，我愿意认他当爷爷，我可以想象他的样子——在十八岁的时候就有了沧桑，但是到了八十岁的时候还很天真，这些让我觉得亲切。能在一些让人难堪的环境之中保持优雅，全靠了幽默感，而幽默感全来自智慧。智慧这东西，一部分是来自生活实践，更大的一部分来自书籍。要想想，我们的书籍包含了上下五千年的思想，还有全球五大洲人的不同生活，在别人的故事里面，我们可以学到很多，只要用心读书，总会有所得。

写到这里，我又想起一个故事，依然是我看书得来的。故事说有一个乡下人进城，看见城里明亮的电灯，很羡慕。于是也买了一个灯泡回家。他把灯泡用绳子拴了挂在屋梁上，等到晚上，便破口大骂："操××的，灯怎么不亮？又被城里人骗了，卖了个坏的给我。"看到这个故事我开始觉得很好笑，然后觉得很惭愧——因为我也是乡下人，我也很容易被归为无知的一员——我不害怕无知，害怕的是，自己失去了求知的心。不过我可以肯定的是，发明电灯的爱迪生听说了这个故事，肯定不会感到好笑，更可能觉得悲哀——这个世界上许多值得我们了解的知识，值得我们学习的优雅，都被我们忽略了，我们的生活被物质上的攀比榨得没了灵性。这些东西，只有诚心的人才能从图书馆里找到它。

如今我依旧顽劣，但是跟以前比好了很多，不至于无药可救，我以为这些都是读书的结果。现在再想起我爸当年气急败坏的样子也不觉得他讨厌，就觉得他很有趣，一点都没有乡下人的粗鄙，更没有市侩人的恶毒，偶尔还能说一些幽默的话（骂我不肖子），这就是读书人的可爱之处吧？我感谢我的父亲，以自己为榜样，带我在书里寻找浪漫，寻找神奇，寻找真善美。这是一条抵抗无聊和庸俗的路，也是一条孤独的路。

我将在这条路上奔跑至死，我还希望，有更多的朋友跑在我的前面。

刘项原来不读书

最近越来越怀旧。总觉得从前有大美好，而现在一文不值。

小时候，跟着当老师的父亲步行三公里去隔壁村上学，路上无聊，他常问我："你以后想做啥啊？"我说："除了读书，干啥都行哇！"他说："不读书可不行！"然后教我背古诗文，什么"三更灯火五更鸡""少不学老何为""耕读传家远，诗书继世长"一类的，满满的都是教训。我关心的都是路边的蜻蜓、树上的知了、稻田里扑棱棱飞起的长尾野雉鸡。春天采初绽的花捞开春的鱼，夏天吃蜂蛹抓知了，秋天爬山摘野果，冬天捕鸟烤地瓜，哪一件事都有趣。读书？太没劲了！

母亲大字不识一筐，对知识倒是崇拜得很，跟父亲结婚后，生下俩孩子，父亲才考上师范。二话不说，力挺父亲上学，一个人在家扶老携幼，熬到父亲毕业当上老师。当然她对父亲也崇拜得很，父亲一辈子清高耿直，靠着菲薄的工资拮据度日，她也毫无怨言。按照她的想法，父亲可是方圆十里最有文化的人，上课堂会教书，能全程使用普通话，其他同龄老师多半是一半方言一半普通话，回农村能撰对联，能看懂皇历，又写得了论文，据说好多同事朋友的职称论文都是他代笔。我母亲觉得，像我出生在这样的人家，堪称"世子"。世子不思进取，只知玩物丧志，那可是亡国之兆。只要我在家待着，每天至少三次对话跟好好读书有关，跟着父亲耳濡目染，"吃得苦中苦，方为人上人"之类都脱口而出。

但我可从来没让他们满意过。买个闹钟让我按时起床念书，三天后只剩下壳，里边的齿轮满抽屉都是。上课见着书就打瞌睡，小学一年级的语文老师，还往我嘴里杵过红粉笔，我当场口吐红沫倒地痛哭，我父亲也无动于衷，换现在早吹响集结号，动员全村到学校闹去了。看到电影《霸王别姬》程蝶衣嘴里被师傅杵烟灰缸的那段，吓出一身冷汗，庆幸自己没成为别人的好基友。下课调皮捣蛋全有我的份儿，在村里也没过干什么好事。可见我从小不是个读书种子，据母亲说，她在我小学五年级时去问过卦，报上生辰八字，先生倒吸一口冷气，说："这小子是员福将。"

母亲问：何解？

先生：藏不住钱。中午有钱一定先痛快花完，绝不考虑晚上的事儿。

轮到母亲倒吸一口冷气：那他晚上吃什么？！

先生：有什么吃什么。

母亲再吸一口冷气：没饭吃不得饿死？

先生：他都不担心，你担心什么？

母亲忧伤而去。几天之后，再来问卦。母亲说，回家想着先生说我家兔崽子，一副败家德行。翻来覆去几天没睡安稳，今天想问问他的前程。

先生轻描淡写：比上不足比下有余。

母亲不甘心：那读书可行？

先生：读书不行！初中毕业送去学门手艺，保他衣食无忧。

母亲：家中没有读书种子。

先生不悦：读书？哼！能混就行！

时间已经过去二十多年。先生的谶言有些失准。如果用裤衩子套着脑袋，我可以觍着脸说自己是个读书人。是不是且不做定论，至少我从心里希望如此。因为每每回到故乡，总觉自己像个异乡人；我不能像沈从文先生一样，以乡下人自诩，又不能如满清遗少，以贵胄为重。在城市与乡野之间流离失所久了，当然希望在这世间找到一点存在感。

不可否认，他总体上是对的。我一直保持败家子德行，也一直没有饿死。在我不适合读书适合学手艺这一点上，先生尤有见地。读书那么多年，不见什么长进。但家里的电器出了问题，基本能自己解决，会拿个电烙铁焊电路板，能扛着冲击钻电动螺丝刀安装一些家具，偶尔也能修个摩托换换零件，至于修理儿童玩具那不在话下。偶尔与初识的朋友猜专业，都是从体育专业开始，到机械、化学、物理和计算机，没人把我当个正经的文科生。

最让我感觉他的神秘之处，是他的结论：能混就行。"混"字应该是在这等人间活得滋润的不二法门。和领导在酒桌上混着混着，就升了官；老板在夜总会跟官员混着混着，就拿下大项目；官员在政府里混着混着，就拿到博士文凭；老师在大学行政部门混着混着，就拿到了科研课题。竹条在水泥里混着混着，就成了钢筋；皮鞋混着混着，就成了酸奶和胶囊；老鼠肉混着混着，就成了羊肉串……

按照先生的观点，这等人间能"混"的是一等人，读书人不在此列。我母亲费尽心机让我读书，简直是破坏了我一生福祉。这里我得分享一个段子：

一人去算命，算命先生摸骨相面掐算八字后，说，你二十岁恋爱，二十五岁结婚，三十岁生子，一生富贵平安家庭幸福晚年无忧。此人先惊后怒，道：我今年三十五岁，博士，光棍，没有恋爱。先生闻言，略微沉思后说："年轻人，知识改变命运啊！"

知识改变命运人人都说，从小到大老师耳提面命，至今言犹在耳。他们给我们列举了无数的名人事例，什么凿壁引光、韦编三绝，告诉我们读书的重要性，几乎所有同学对此深信不疑。直到自己大学毕业才知道，读书给了我黑色的眼睛，而我却只能用它来找碴儿——知识就是知识，命运还是命运，知识改变不了命运，却能改变了人。我们知识愈多，便愈不满足；愈不满足，便愈不快乐。我的一个不久前离职的同事说："最大的乐趣就是每月10号把工资换成十元的新钞，然后在咯吱咯吱响的床上，一会儿摆成S形，一会儿又摆成B形。"确实，每个月三千块不到的工资，在城市里除了维持温饱，不能再做他想，而学习让我们对城市里的生活满怀憧憬，所以想在城市里有自己的一亩三分地。令人悲哀的是，在这个瞬息万变的时代，只有工资以不变应万变。存钱的速度远远赶不上物价飞涨的速度。我们只能说：知识改变命运，命运却握在别人手中。就这么混吧混吧，混出一个美好未来。

"混"的世界必然有它自己的逻辑，逻辑之下是个运转不休的动力场，那么动力源是什么呢？有人归咎于制度，有人归咎于人性，更多的人是没把这些当真，我们才不在乎自己是不是"混"的问题，我们只在乎能不能混成人模狗样的问题，至于那些达成目的需要的手段，当你成功以后都是光荣的，比如韩信钻人裤裆，孙膑吃屎喝尿，至于互相倾轧，彼此为故，那都是小事，为了成功采取任何手段都是允许的。这跟孔孟圣贤教我们"君子爱财取之以道"，又说"君子有所为有所不为"可完全不一样啊！不一样就对了，孔孟之道可以称之为规则，而社会运转的动力原则是潜规则。那些真正的读书人可从来没有真正得意过，要么抑郁不得志，如李白、陆游；要么佯狂装傻当个弄臣，如东方朔、纪昀。

这就是读书人要面临的真相：一极是如同我的父母对知识有绝对的崇拜，另一极却充满了对知识分子恶意的嘲弄。老人摔倒没人扶了，老人上车没人让座了，路遇歹徒没人拔刀相助了……怪谁呢？当然是知识分子，对社会正能量缺乏引领，教化无能。一切精神的堕落都会归咎于知识分子缺乏最终的坚守，这就有点儿无耻了。大家都是人，欲望丛生，卑微懦弱如影随形，在面对强权和暴力的枪口时，恐惧就如同大坝决堤不可收拾。凭什么要求其他人可以在枪口下苟活，而知识分子却应当守节至死？有人把中国的知识分子分为四类：迎合的、反抗的、变通的、往上爬的。史海钩沉，那些发出不和谐之声的读书人，日子从来没好过。得意与洒脱只藏在戏文与想象之中，成为文人聊以自慰的精神家园。一个国家如果把维护道义的使命归于读书人，就意味着大家都在逃避责任，而集体逃遁的结果，就是每个人互相挤着往洼地滑，成为粪坑里的蛆，你踩我我踩你，活得热热闹闹的，仿若盛世。

当然也有人想像陶渊明一样躲起来，在我的心里就很想做一个体验派，在天地之间御风而飞，感觉自己是一个逍遥的人。沉重的肉身是如此笨拙，我还从来没有飞起来过呢！另外一个问题是，我应该往哪个地方飞呢？看看现在，哪里还有隐者的天地？也听说有人在终南山上修行，以我的工匠才华，带上必要工具去荒野求生，应该不成问题，但是你总该看到过隐士被那些拿着单反和iPhone的人追着拍特写吧？最最关键的是，人难免有俗气的一面，财色名食睡，好事儿都归上头管着呢！话剧《茶馆》里吴祥子说："瞎混呗！有皇上的时候，我们给皇上效力，有袁大总统的时候，我们给袁大总统效力；现而今，宋恩子，该怎么说啦？"宋恩子补充说："谁给饭吃，咱们给谁效力！"时光悠悠，我们不一直都这样过来了？

和想着蝉鸣鸟叫的童年相比，我肯定失去了一些至关重要的东西，但这些到底是啥？我也不甚了了。

偶尔回到阔别已久的乡下，路遇那些曾经很熟悉现在却很陌生的人，听他们说话，声音洪亮而放肆，穿过小巷，越过土墙，钻进别人的家里，他们从未想过隐私为何物，别人家养了几只鸡，晚上吃什么都彼此熟知，偶尔还能彼此呼唤着干几杯老酒。然后乘着夜色归去，拥被而卧。习惯深夜不眠的我偶尔还能听到来自邻居的鼾声，那时我感到无尽的空虚，伴随着令人绝望的憎恨——因为自己早已不配拥有这样的酣眠。给自己说点好听的，是因为有梦想，让我们不愿意沉睡在床上，可也是因为梦想，让我们在流年似水中无以依托。"人生识字忧患始"，从这里我们就和那种纯真擦肩而过了。

我再也无法与乡下二叔看着炒菜的或者天线宝宝的电视节目，探讨今晚六合彩开的是狗还是猪，也不会为了自己花了五块钱下注换回来几十倍的利润而和老婆摇床庆祝；如果也不能在书中的世界找到慰藉，那真是无处安身。此时此刻，我觉得人生的幸福在于我们身处于匮乏而不自知，当然这个结论会被我在一小时以后推翻掉。我相信读书能找到令人心安的事物，却也总是在某个瞬间对所有的真理心怀疑虑。

就比如现在，我相信那些经过大学系统教育的人回家卖猪肉开饭馆，或者去扫厕所收破烂有他自己的道理，可也还是会心生明珠暗投的惋惜。一个社会的文化惯性就这样操纵着我们的生活，包括意志本身。无一例外这些人的事迹都会成为某日的新闻，成为人的谈资，这出于社会的一种评价机制：工作是分了三六九等的，让读书人从事"不体面"

的工作，变成了新闻。如今这些事情早已不算新闻了，也有越来越多的人质疑"知识改变命运"的可靠性，和"百无一用是书生"的感慨形成遥远的应和。曾经盛行的"读书无用论"又抬头了，而且有愈演愈烈的趋势，很多学子放弃高考、放弃大学学习的机会，选择在社会上磨砺。

跟原来一味贬低知识相比，新的"读书无用论"毫无疑问带有更多理性的抉择。也许，这是社会进步的体现，当社会不再把读书当作是人生唯一的出路时，意味着对职业的评价会越来越宽容；当社会消除了职业的优劣评价时，就是意味着平等——这是文明的标志。

可是，这个世界并没有教我们这些书读得不够，又缺乏"混"的才能的人足够多的时间，学习安身立命的技巧。许多人读书，是为了替上帝管理那片菜园子，他们想拎着别人的头发上天，却不知人们总要根系着大地。我想的是，这大地能给我们提供什么新鲜的动力呢？

我的父母都年过六旬，他们终于也开始怀疑读书这件事：连签名都歪歪扭扭的二叔前不久在城里买了套房，一百六十多平方米，全款一次付清；然后又全款买了一辆SUV。父母不无羡慕地说，你什么时候才能也这么豪气？我可是透支了自己二十年的青春，买了一套八十平方米，正在哼哧哼哧地还债呢！时间就这样洞穿了他们对知识的信仰，这让我感到遗憾，又感觉这样挺好。如果，我是说如果，当年我成了先生口中的手艺人，如今的生活又是怎样的光景？

唐诗说：坑灰未冷山东乱，刘项原来不读书。世间的路千万条，干吗非得往一条路上挤？

论"资格"

两年前我曾经去一所高中参加教育实习，第一天就碰到学生们上体育课。素有"头脑简单四肢发达"美誉的我，便借体育课之机和同学们拉近距离。体育老师吹哨让学生们集合时，我站在边上，忽然听见他一声怒喝："那位同学，我吹哨子集合半天了，你还不过来？"于是同学们哄堂大笑，说："这也是我们的老师。"

体育老师很不好意思地看了看我。但是事后，他跟别人开玩笑说，这小孩子，毛都还没有长齐，居然也当上老师了？！

当这些话传到我的耳朵里的时候，我已经离开了，所以想跟他急也没机会——当然，我想跟他争论的重点不是自己毛长齐了与否，我没有向他展示自己有多少毛的必要；但我倒是觉得可以就我能不能当老师的问题和他商榷，这个问题和我们经常说的"资格"有关系。

钱钟书在《围城》里说，科学家就像是美酒，越老越香；但是科学就如女人，越年轻漂亮越值钱。从我的长相来说，虽然满脸的沟壑让我添了许多沧桑感，但是，总体还看得出来是很年轻的。并且，我的发展方向不可能是"科学"，我和漂亮也一点都不沾边，走青春路线是万万不行的；从我的理想角度来说，我希望自己可以当科学家。但是因为我读了中文系，这个理想也破灭了，所以只希望自己能做一个好老师。

其实，我不管是当科学家还是当老师，总归要受着"资格"的束缚，说起"老资格"自然该是受人尊敬的。自古以来，中国文化就教育我们要尊老爱幼，《三字经》里面有很多这样的故事，里面说到了一个九岁的女孩香，大冷天的时候，先焐暖被窝再让老爹去睡觉。这样的人我非常欣赏，我也愿意做这样的人——任何在科教文卫领域做出自己的努力的前辈，不管有没有做出巨大的贡献，都值得我们尊敬。

但是，在我们国家还有这么一种观点，尊敬一个学术界的前辈，就必须连他的所有观点和成就一起尊敬了，不然我们给的尊敬就好像是专卖店里面的特价物品，是打过折扣了的。这样的事情有很多。我同事曾经告诉过我这么一个故事：他在某大学念研究生的时候，有一位同学写了一篇关于城市如何规划的论文，刚好与导师的看法相左。结果，导师自然心里不痛快，拒绝为这位同学答辩。也许他认为，作为学生，没有资格批驳导师的观点。不过更可能的是，这件事还关乎"脸面"，如果同意了学生的观点，就等于抽了自己的嘴巴子。我想到这里的时候，脑海中就出现这么一个场景：一个白白净净的老头儿，戴着眼镜，对着学生吹胡子瞪眼生气的模样，平时的优雅全无——我一点都不觉得这老头有什么不对之处，只是觉得他很可爱。因为"人要脸，树要皮"也是中国传统文化的一部分。

我有个朋友也碰到过类似的事，某中文系的一位教授在上大一新生的诗歌导读课时，过于推崇李亚伟的《中文系》一诗，并且以模仿这首诗为作业。朋友写了一则评论对这种做法表示质疑，结果这位教授就大骂朋友不懂规矩，不会做人。后来，他的某位学生出于自己的立场，对老师的做法大有微词，也得到没教养、忘恩负义的一顿教训。

和前面一位硕导相比，我觉得他不够有趣，我不喜欢这种类型的人。首先，这件事不像是硕士论文答辩，还没有达到学术分歧的高度，作为研究学术的教授，犯不着这么较真；其次，因为晚辈提出质疑而骂人，这更是要不得，学术界需要的就是百家争鸣，而不是一言堂；最后，学生不同意你的做法，大可以一笑置之，没必要上升到否定学生人品的高度，更不能因此抹杀了其家长和高中以前的各位老师的辛苦培育。

后来这件事情是这样收场的：晚辈们看到教授将争论的重点从课堂教学内容上转到了自己的人品上，觉得很无趣，于是都闭嘴了，教授以老资格的身份获得了胜利。我大学同学曾经就这个问题发表过自己的看法，他说：老乌龟打老王八——咬在一起不知道谁是谁。我不知道这句话说的是什么意思，但是它却让我冷静下来认真思考——在这个故事里面，我的朋友和教授的学生明显处于弱势，按照道义我应该支持他们；但是教授是老前辈，顶撞他好像不符合"尊老"的原则。我觉得做人真的是很为难的事。

聪明人很容易发现，我这样的说法，有两个必要的前提：

1. 前辈说的话，都是对的；

2. 如果发现前辈说的话有错，必须按第一条执行。

这个前提很有意思。王小波说过一句话：从一个错误的前提出发，什么事情都可以推论出来。这句话也说得很好。坦白地说，关于这个问题，我无法和教授争长短，更无法论是非。中国的传统文化有些是很不错，但有些也很糟糕，比如排资论辈。一些权威或者是自认的权威，总喜欢自己身边的人听命行事。我实习的学校里就有这么一个语义组组长，不管是个人的事情还是语文组的事情，她要别人做事，就不许人拒绝，不管别人有没有苦衷。一旦被拒绝，便将晚辈打入大逆不道的冷宫中。还好我只跟她共事了一个多月，如果时间再久一点，要么我疯掉，要么语文组组长疯掉，没有别的出路。

当然，一切能够成为专家、学者、教授或权威的人，必定有过人之处，我们不能抹杀他们过去的成就。但是，我也认为尊敬长辈和观点分歧没有关系，中国古代宣扬的"尊老"楷模里面，有些内容也是不值得提倡的，比如卧冰求鱼、为亲尝粪。不管是出于什么原因，要我去吃粪，都做不来，而一些前辈强加的责备给我的感觉和吃粪差不了多少。

我曾经想过当科学家，但是现在只想做一个好老师，至于能不能做好，做得好不好，我希望别人在教学能力和知识水平上评价我，而不是用我毛是否长齐来衡量我教书的资格，这样的说法让我觉得很不舒服。

我想，没有谁会喜欢别人把自己毛发多少和是否有做某事的资格画上等号，包括专家、学者、教授在内——会觉得痛快的应该是猩猩，和我们相比，它的毛发多了许多，应该比人更有资格。

我看儒学的传统

　　说起儒学，人人言必称孔孟。我是中文科班出身，谈不上对这门学问有多深的了解，但《论语》和《孟子》我都看过一些。如果要我投票选大师中的大师，我会毫不犹豫地把票投给孔子——我投票给他并不是因为他胡子比较长，而是因为这老人家可爱。

　　我最喜欢他说的那句"吾未见好德者如好色者也"，这句大实话在薄薄的《论语》里出现两次。我看到这句话就可以想象他说这句话时的场景：一个漂亮的小姐站在阁楼凭窗眺望，他带着学生在阁楼下经过，正在"学而时习之"说得"不亦说乎"，突然发现，身边的孩子眼神全都到楼上去了，接着便数落他们的不是。他恨铁不成钢教训学生的样子总让我想起我爷爷，可爱极了。但孟子我就不是那么喜欢，他在书里提到墨子杨朱，就咬牙切齿地骂："无君无父，是禽兽也。"骂人禽兽而不能证明别人是禽兽，让人觉得他做学问的态度不端正；另外，他和淳于髡论"礼"，说"男女授受不亲"，但是嫂溺叔援就是道，应该"从权"。这个词看起来没什么问题，其实十分含糊，可以说，"从权"作为借口，可以适用任何事情。所以，我认为孟子不如孔子有趣，我喜欢孔子自我解嘲，三分狼狈，七分优雅；却不喜欢孟子开口谩骂，气急败坏，风度全无。这也是我读《论语》和《孟子》的感受，在《论语》里有一位谦和的老者，《孟子》里是一个激辩的斗士。

我喜欢孔子是因为他像个老天真，并且说话和颜悦色，点到即止，不会对人指手画脚，动不动就给人贴上"禽兽"的标签，我可以感觉到一种自由主义的气息。罗素说："参差多态是幸福的本源。"这个世界上有许多不同的人，可以为我们提供不同的活法，我想，他们在孔子的学校里都可以和谐相处。而且他因材施教，如果我是一头猪，他一定会让我好好长肉，而不是教我唱歌或者逼我拉车。在我们这个时代，最需要这样保持人个性的教育。推而广之，大概可以想象，在他管理的地方，知人善任的可能性极大，在我们这个社会上，麻雀都往往登台歌唱，黄莺却为了生计无奈地偷田里的谷子。在他的地盘上，应该不会有"严师出高徒"的信条，更不会有"万般皆下品，唯有读书高"的教训。这些是我最喜欢他老人家的地方，如果他也喜欢我，我愿意当他的小书童，帮他擦桌子研墨，但是我不愿帮他提鞋端尿盆，因为这是折磨人的礼节，夫差就是这么羞辱勾践的，不到万不得已，我不愿意身受其辱。

他老人家留下的话很多，流传甚广的有一句"学而优则仕"，这句话本来是讲学习与做官的关系，侧重点在学习，但是许多断章取义的阅读者，认为这是学习好了就可以做官。所以后来有了"书中自有黄金屋，书中自有颜如玉，书中自有千钟粟"的训条。怀着一种功利之心去读书做学问，就会把学问做到死胡同里去。众所周知，"仕"在古代代表着读书人，甚至还包含着道德高尚的人之意。所以，我更倾向把它理解为"不断学习能成为道德高尚的人"。道德高尚也就是儒家常说的"仁"和"礼"。民国时有一个被称作文化怪杰的辜鸿铭，认为儒学影响下的中国人多"温良文雅"。这四个字把握住了儒家教义的核心，孔子的《论语》说的只是一种人生态度，它教导人们寻找精神上的富足。

不过，我依旧不喜欢辜鸿铭，他鼓励留辫子，称颂封建女性的三从四德，十足一个老顽固。

或许可以这么说，孔子提倡自我修炼完善道德人格，而历代儒家学者却乐衷于在儒学中找到一种生活法则。所以，有人说："天已生仲尼，万古不长夜"；又有人说"半部论语治天下"；也有人说"格物致知"可以"修身齐家"，归根结底是为了"治国平天下"。可以说，说这些话的都是孔夫子的不肖子孙。当儒学从一门自我修炼的学问演变成了经世致用的方法，便脱离了孔子的初衷，后代的理学家热衷于为人们制造出许多行为规范，大概就是将这门学问弄到穷途末路的做法。

古人评价美女时常说"环肥燕瘦"，这说明女人之间存在着差异，各有各的美。但规定了衣着服饰的款式，则是取消女人之间差异性的体现。想到全国上下女人的唯一区别就在脸上，就觉得十分怪诞，如果某女长得抱歉，真恨不得像是钟馗那样一头撞死终南山。出于审美的需要，我还是喜欢现在女性的衣着打扮，欣赏美女可以赏脸；如果无脸可赏，可以赏身材；连身材也没有，至少还能欣赏她穿衣的品位——这样不至于要称赞女性时觉得无话可说。

电影《子夜》开头，那个吴老太爷初到上海，下车便看见一个时髦女郎身着旗袍露出大腿，慌得把眼睛遮住，跺着脚直骂"万恶淫为首"，恨那个穿旗袍的女人用大腿强奸了自己的眼睛。吴老太爷的故事其实还有个类似的古代版，一个寡妇与一个独身男子是邻居，某夜风雨大作，吹坏了寡妇的屋子。寡妇求独身男子收留避雨，男子拒绝。寡妇说："子何不如柳下惠？"男子答："柳下惠可以坐怀不乱，但是我不可以。我就是以我的不可以，学柳下惠的可以。"

这两个故事的相似之处可以推出一个不好的结论：儒家为了完善自

我道德，就需要远离诱惑。因为不能抗拒诱惑，只好远离诱惑，这样的远离并不是发自内心的。因此，常常为了自己看起来更正人君子一些，便说一些虚伪的话，做一些虚伪的事。当失去了孔夫子类似"吾未见好德者如好色者"的坦诚心态，后代的儒学家便开始有了伪道学的痕迹。

古代像这样的狂热者很多，现在都死光了，这是女性之福。要不然他们看到满街的短裙热裤、露脐露背装估计就得发疯。他们会制定出许多的规矩来拒绝诱惑，举古人对女性的观点为例：他们规定女子要穿包得严严实实的衣裳，走路要迈多大的步，笑不露齿等等。所以，就把一个个女人都包得像粽子，里里外外衣服裤子穿了七八件，衣服上面纽扣星集，几条裤带锁腰。若古代夫妻行敦伦之礼时，女子还想保持害羞优雅的鹌鹑样，半推半就，刚脱完衣服天就亮了。想起来便性欲全失，只能说幸好古代没有电灯，夜生活缺乏，长夜漫漫，有的是时间解扣子。

这就是儒家学问的核心之一"礼"被具体化之后的问题，古往今来，大儒们整出了许多极端的花样，当作人们的生活准则。"三纲五常""三从四德"，甚至后来还有"二十四孝"，这些都是"存天理，灭人欲"的东西，不是教别人怎么活，而是教别人该怎么死。儒家的学问做到后面，就有了一些让大家把痛苦当作幸福，把摧残当作价值的东西。比如"君叫臣死，臣不得不死"，依我看，后面应该加上半句话："死了也白死"。当然，这些都是后代的儒家搞的鬼，跟孔子没有关系。后代的儒学家总在刻意地营造一种受虐的美学，让千千万万读书人沉浸在忠君爱国的悲壮感之中。许多读书人在朝廷上据理力争，获得死刑之后，依旧毫无悔意，并且期待名垂青史，便是明证。久而久之，许多读书人就成了偏执狂或者受（自）虐狂，最典型的是明朝的海瑞（详情参考《大明王朝的七张面孔》）。

我认为，无论是老子的无为而治，还是儒家道德，从理论的角度考虑治理国家都可行，但这些都是建立在理想化社会的基础上的。无为而治的前提是人人不会有贪婪的欲望；以儒学为政治纲领的前提是人人都是谦谦君子，如果有人捣乱就坏了，礼崩乐坏在所难免。真实的情况是，就算没人捣乱，人不可能如出一辙，也不可能步调一致，更不可能要求人人思想高尚。这是大儒们整出这么些变态规矩的原因，让人不胜反感。

总的来说，儒家的仁义道德还算不错，糟糕的是那些教别人怎么仁义道德的规矩。规矩是孔子之后的儒家定的，所以不影响我喜欢孔子，我对他不满的地方就是他"述而不著"的做法。所谓"述而不著"就是说他自己只管研究整理前人的文献作品，自己不去写书创作。如果儒学是个诱人的苹果，那么研究的人可以当作是一群形态各异的虫子。它们从不同的角度去啃苹果，有的虫子爱吃皮，有的爱吃果肉，然后便开始大发议论，告诉别人苹果应该吃什么。比如，孟子自称得了孔子真传，十分讨厌告子"生之谓性"和"食色性也"的观点，他坚决认为仁义是内在的，它是超越人的自然生命的心灵生命；后来荀子比告子更极端，干脆提出了性恶论，说孟子是孔子的叛徒罪人；到了宋代，朱子和陆象山兄弟也各成一派，互相攻击对方是孔子教训的叛徒。大家都引经据典，言必称孔孟，很难分辨出是非高下。但是，看上去他们和那些争论苹果的皮好吃还是果肉好吃的虫子像极了。我猜辩到最后也分不出高下，朱家和陆家说不定就闹掰了，老死不相往来，还留下祖规，不得与对方的后代通婚。我想到几个学究见面吹胡子瞪眼、谁也不理谁的模样就觉得十分好笑。

幸好，现代搞研究的人都十分聪明，要么专门研究那些死掉的前辈，反正前辈再生气也不会诈尸（孔子看后代把儒学糟蹋，也一直没出声）；要么研究外国的作家，语言不通不至于吵起来，顶多隔着千山万水骂几声"Fuck you"或者"他妈的"，谁也碍不着谁；要么研究自己的祖宗，占天时地利人和之利（俗话说"知子莫若父"，也许父子颠倒也通用）；当然，也可以投机专门骂现在的成名作家，别有用心的炒作者都这么干。所以，现在学术之争很少，一有论争全都是针对人品和道德，问候别人的亲属女性的事常有。

关于批判儒学说法很多，不管怎么说，这些人和支持儒学的人一样，都在吃着祖宗的老本儿，都是属于"述而不著"的行当，也算是个儒学的传统。儒家讨论的问题无非是伦理道德，自孟子以来，至董仲舒，及朱熹等后代儒家大师所悟，多沿袭古人，难逃贩卖"二手货"之嫌。在世人看来，原装货总比二手的好一些。所谓伦理道德，就像是口香糖，被那么多人咀嚼过几千年，我们还吃得津津有味，想起来便十分恶心。如果要我投入这样的是非论争，我宁肯去跟小狗抢地上的骨头。

曾经和一个从事出版业的朋友聊天，他说，最好是每年都出版大部分实用类的书籍，比如学校教材、食谱、旅游手册，甚至是《厚黑学》，也能很实用地教为人处事。他说它是一本很实用的书，教人怎么玩弄权术，怎么不择手段达到自己飞黄腾达的目的。但我一直不喜欢，活在钩心斗角里面，人迟早要失去纯真，我的目标是天真活着，一直到死；对于食谱，我觉得有需要，但是没必要把它当作主流，饕餮之外，人应该还有更高的追求。出版界的朋友是从工作业绩方面去考虑自己的选择，这点无可厚非。但是，人不能光看着实用的东西过日子，这样会把自己的生活越过越窄。从读者的角度考虑，我希望可以看到更多耐读的有意味的作品，拓展视野，或者启迪人生。

像类似实用类的书籍，有许多都是属于"述而不著"的范畴，即使有利可图，也应该稍加节制。倒是一些独创性的，可以标榜一种人生态度，或者是探讨人性，反映时代变迁的作品，应该更多地发行，让一些有诚意寻找自我的读者有所收获。曾经收到过这样的短信：两只屎壳郎对话，其中一只说：等咱有钱了，我就买下一个粪池，天天都有大便吃；另一只说：等咱有钱了，我就包下一个活人，天天吃新鲜的。

这只是个笑话，却可以当作是一种生活态度，作为文化人，我觉得应该多向后一种屎壳郎学习，常吸收一点新鲜营养；如果觉得当屎壳郎恶心，不妨试着做一个为屎壳郎提供新鲜食物的人。创造出自己的东西，远远比嚼别人嚼过的口香糖美味得多；写出属于自己的新鲜作品，比捏着鼻子搅和别人陈旧的东西有趣得多。

以愤青之名

我对生活总是不太满意。

我的理想是能过上"不役于物"的生活，除了吃喝拉撒睡，能谈谈文学和艺术或者理想，再不济聊聊大胡子哈登与大屁股卡戴珊也成，可我害怕那些被名之以"伟大事业"一类的东西，听到"众志成城"准备"复兴"什么，我就感到毛骨悚然。我的志趣仅限于此。这种感觉常常无法向人言说，涉及别人会怎么看你。

我就想着能不能活得跟别人不一样，或者说像个人，过着有自由、有尊严的日子。我在新浪博客上和某个网友也聊过这个问题，他说："你在体制内生计无忧，可以随便说自己想说的话，还无自由？还不尊严？"我跟别人相比，貌似确实自由一些，可是不应该有的束缚还多着呢，而且就算我有自由，也不等于大家都有自由，跟一群不知自由为何物的人活着肯定不如跟一群自由自在的人活着有趣，在我心里，一百个克己复礼的孔子也比不上一个逍遥游的庄子。他假装不知道，我们有张身份证，去哪里都要打卡，前几年进出政府大院，要各种登记，把你当成潜在的敌人，这些年算有所好转；为了小孩上个好学校，膝盖跪出血。那些学校可都是纳税人的血汗钱筑就，凭什么有钱有权就有优先权呢？这些事儿扯起来没完没了，不可收拾。按照他的理解，一头猪有吃有喝能睡有发情权交配的自由就可以满足了，可人能跟畜生相提并论吗?

又比如有领导在场的时候，你总能看到许多人一副与有荣焉的模样，说着让主上欢喜的话，聪明的脸蛋谦逊文雅全是满足的谢主荣恩的表情。可是私底下呢?满腹牢骚、不满，说起自己的状况就是咬牙切齿，骂领导眼瞎的大有人在，我们早就习惯了如此人格撕裂的生活。我有一回在座谈会上跟领导说，希望年轻人有更多机会。有位同事就在旁搭腔了："他的意思是嫌工资太低呗!"如果你以为每个月给我的薪水就能让我闭嘴，那可就大错特错了，这就是所谓"明月沟渠"。可是我该跟她说点什么呢?可能她也在想，这家伙脑袋被驴啃了还是被门夹了?除了工资值得关心，还有什么东西值得关心呢?如果人人都只盯着钱可就糟了，我不想成为这样的人，就成了别人眼中的"愤青"。我倒真想以愤青的名义说点什么，可发现那些打打杀杀的口号，比如"打倒美帝国主义、踏平东京"之类的，怎么也喊不出来。

和身边人相比，我一向属于悲观的那个群体，常觉世间事如白云苍狗，生命如一片浮萍归大海，被裹卷着往前，找不到自己的存在感。别人眼见繁华盛景，我却盯着消极迷失，看到孤苦的流浪老人衣衫褴褛，就容易心生忧惧，又或者是听到旁人罹病难以自救，就会引发自己的无力感。这些都是满满的负能量，在人人打着鸡血高歌猛进的年代，我这样实在糟糕透了。但这不是最糟糕的，最糟糕的是这个社会类似的悲惨事件总是没完没了，我常常在想，我们一直嚷嚷着要建设的大好世界在哪儿呢?

从前我看到不合理的事儿，爱说上几句表明态度，不管支持还是反对，总是要说点什么。但现在开始对自己的做法感到厌烦了，这种厌烦不是来自世故，而是来自无力感，无力感的起因却是因为挫败——比如，你知道自己的意见是对的，别人也知道你提的意见是对的，但是却告诉你如此种种无力改变。金石铿锵之声，却在广袤的深渊里没有半点回响，即使动听如贝多芬之《月光曲》，也有人把它当作噪音。而立之年过后，这些体验堆叠起来，积重难返，久而久之，就感觉自己像是飘浮在空中的小气泡。鲁迅先生写《秋夜》，别人总觉得暗示着一搏之心，可我却总读到力不从心的凄凉。一个人的情绪到了极致，反而会觉得无话可说，只剩下"今天天气哈哈哈"之类的废话，我以为《秋夜》在此之列。

我当然不是一天就变成这等模样。要知道我已经参加工作十年了，如果还指望我像个风一样的少年，青衣白马，萧剑江湖，肯定是异想天开。我年轻时也曾不知天高地厚过，跟朋友聊起未来，都是"天下英雄唯使君与操耳"的姿态，比如要去西藏背包流浪，去贵州大山里支教，这些不同的幻想会占据我们许多的时间。身边的长辈和过来人，就送给我一个"幼稚"和一堆的生活指导意见，我也毫不吝啬地在心里骂个"傻逼"作为回礼。我们都习惯了身处不同的阶段对别人的生活下结论，什么年轻人应该努力干点啥，什么阶段应该做什么事儿，不要谈恋爱……至于到了中年，就该老老实实结婚生子买车买房哼哧哼哧地还贷款。可为什么大家的生活都必须是一样的呢？我就不能活得像一条狗，沿着铁路线一路从福建走到云贵高原，然后躲在雪山脚下看桃花？人这一辈子反正都是浪来浪去，在哪儿不是浪呢？他们说人要努力才有未来，现在猛然一看，我已经浪过而立之年，未来却茫然不见。

庆幸的是，我很快就要加入其中，成为骂年轻人"幼稚"的一员，年龄给了我给年轻人提忠告的资本；不幸的是，从此年轻人眼中的"傻逼"军团里也有我不太起眼的身影。身边的朋友说，你现在算是成熟啦！可成熟是什么呢？就是认同了这个世界的一切，并且认为它们不再改变，还是适应了这个世界的一切，并且努力让自己身处其中如鱼得水？

我忽然想起以前玩的传奇游戏了。大家退出官服以后，我还玩过私服。从光着屁股挥舞拳头在道观门口揍小鸡小猪，后来用火墙在猪洞里烧猪……我跟几个同学每天练级守教主，熬红了眼熬坏了胃。有时候异想天开，觉得如果社会像是一个大型的传奇游戏，我们每个人都按照游戏规则玩儿着角色扮演，打怪升级，逐步迈向人生巅峰，那应该也是不赖的生活。

玩了一个月，有一天站在安全区，发现身边几个都是全身极品装备的大神。他们逮到机会，就把我们哥们几个追得满世界乱跑，我们几个PK一个，都只有被屠杀的份儿。后来我明白了，在游戏的世界里，有一种玩家是和我一样的普通玩家，还有一类玩家是和他们一样的人民币玩家。他们打怪升级速度是我们的三倍，装备是特供的。自从知道这个真相，我们决定对他们敬而远之，忍气吞声打游戏。问题是在现实世界里饱受欺凌也就算了，玩个游戏还得夹着尾巴做人，那也太窝囊了。

正准备删号退出游戏，忽然看到其中一个大神在安全区刷屏问候别人祖宗十八代女性。据说是因为在杀教主的时候，被一个新人一刀秒了。不一会儿我们就看到那个新人，一身顶级装备，在那儿嘚瑟呢！两个人骂了会儿街，那新人就不见了，GM（游戏管理员）发公告说，那人利用游戏Bug刷元宝刷装备，已经被删号。过了几天，那人又找到一个新的Bug，再一次入侵游戏……这个游戏就黄了。

我发现，社会与游戏世界是完美契合的共同体。一个良好的社会（游戏）在于事先预设好规则，人人不分出身贵贱按规则办事，打怪升级获取装备全靠自己。而一个不好的社会（游戏）则是，为一些特殊群体（比如亲人、权力、金钱）大开后门，提供刷级刷装备的服务。还有一个是更糟糕的社会，有人利用社会（游戏）的Bug，刷钱刷装备，并改变游戏的规则；或者干脆GM（游戏管理员）参加游戏，制定适合自己的规则，又当运动员又当裁判，这才是最大的Bug。如果社会（游戏）管理者无法处理或者处理不了这样的状况，就是秩序失范的开始；人人都想尽办法刷钱刷装备，却不把规则当一回事，游戏就要崩溃了。可我们不就是身处这样的游戏场吗？

看透游戏的本质之际，就是我心生聊赖之时，都这样了还玩个什么劲啊！游戏说不玩可以不玩，可生命不易总得认真活着。可为什么我们想要玩一个良好的游戏会这么难？

那些教我们应该以成熟的姿态去适应这个操蛋的世界之人，肯定不会想着大家齐心协力去创造一个世界，大家都选择这样混啊混啊混成一个老浑蛋，然后教出更多的小浑蛋，子子孙孙无穷匮也。以我眼下的见识，我觉得人追求的应该是这世界理应如何，而不是这世界事实如何，前者作为美好的理想在人心中构建着天堂之路，而后者像一坨屎让我们变成一堆绿豆苍蝇群魔乱舞。我们到底应该选择哪种活法呢？从现实而言，当然后者容易一些；而从人应该追求什么的角度出发，前者有价值一些，这是逆流而上的生活。用《诗经》的话说是"溯洄从之，道阻且长"。

归根到底，我们只想去玩个游戏，却不想自己去创造一个游戏，想创意编程序做试验都太辛苦了，听别人安排挺好的，每天该吃吃该喝喝该赚钱就赚钱该娱乐就娱乐，眼睛一睁一闭，一天就过去了；眼睛一闭不睁，一辈子就过去了。我们天天辛辛苦苦写码，却得不到眼下的好处，但是却能让子孙受益，这笔账是不是很划算，每个人心中都有算盘。但我就是不想凑合着过日子。

那些在背后嘲笑我是"愤青"的人，其实有不少还是我的学生，他们年纪比我小了许多，可是比我精明多了，钱理群先生说"精致的利己主义者"，说起来人人有份。用脚趾头想想也知道，迎合别人会让别人爽一些，要不男人们为什么喜欢东莞特区无微不至的服务呢？我一直以来都认为少年人总比成年人勇敢，敢于冒犯，敢于否定一切，就好像是我少年时候痛恨平庸，希望能玩转这个世界一样。可现在这些怎么都变了呢？是什么让这些少年学会迎合体制在其中婉转承欢，还一边对那些保留了天真和信念的人发出肆无忌惮的嘲笑声？

我常常在校园里听到意气风发的少年在讲台上慷慨激昂，陈述自己的报国情怀，可是有多少可以当真？看着他们，我总是想起《西游记》里的六耳猕猴，它假冒孙悟空时人神莫辨，也一样上天入地无所不能，可一万个六耳猕猴也抵不上一个真正的美猴王。

我大学的笔记本的扉页有一句话："我想知道谁是错的，是这个世界，还是我。"现在早已忘了出处，我也不复是当年那个少年。那个因为不满玉帝安排做弼马温，就闹着要做齐天大圣的、无所不能的愤青孙悟空，就这样在我们心里永远地死掉了。

怀念偷偷摸摸的年代

这个世界变太快了。

如果不赶紧回头看一看，都会忘记自己是从哪里来的。

我上小学四年级时家里有了第一台电视机，黑白的，只能接收一个频道。外面要把几根铝制的天线用木棍撑在屋顶上，还得调整好方向固定，才能确保图像画质清晰。遇见刮风，你就只能一会儿看雪花满屏，一会儿看着人儿扭着S形，歪着嘴扯声说台词。这时候需要有人上去把天线扶好，我跟我哥分工，一人扶天线一人看，每人看半集。当时正热播《封神榜》，这边正看着妲己撒娇呢，一阵风吹过，就看见比干失魂落魄一言不发地走向郊外。年纪尚幼的我自然不能明白，中间到底发生了什么让比干变成了空心菜，这个悬念一直延续到我成年以后才得到解答。换作今天，我只要在网上用点播功就能把最新的剧集看个遍，有些院线电影还没在国内上线，我们已经看完了。

前不久野夫《1980年代的爱情》改编的电影上线，我没看成，在我们这小城市连片都没有排，一点也没有《山楂树之恋》时的热闹。我的确喜欢《1980年代的爱情》多一些，可也没瞧不起《山楂树之恋》，毕竟它是第一部拍年轻人恋爱，还把堕胎加绝症当作桥段的电影，这两年青春校园电影挺红的，可看来看去，都是山楂树的克隆版。看了那么多青春校园电影，其实只有一部；看了那么多抗战连续剧，其实也只有一部。这是多么可怕的世界啊。

可我还是不反感《山楂树之恋》，故事说在"文革"时候，男孩（三哥）女孩（静秋）彼此相爱，却因为时代的原因只能偷偷摸摸，两个人来不及相守到老，男孩因为白血病离开了。这是一个相当俗套的故事，但因为怀念偷偷摸摸的时代，我爱死了这部烂片。

我读高中时，我同桌和三哥一样单纯，有洁白的牙齿和天真无邪的笑容，但是，运气比三哥差一些，喜欢前桌一个女生三年未果。高中毕业的时候，我同桌掏出一叠笔记本，里面除了因为恋爱未果写的日记，还有心仪的女孩的一百多根头发，夹在日记本里头。他哭着对我说，童话里都是骗人的，我不可能是她的王子。如果拍成电影，丝毫不逊于开着红花的山楂树，应该还是可以感动不少人的。

不知道为什么，我们在现实里已经不会感动了。我们只能在别人或真或假的故事里消费自己仅剩的一点情感。比如《唐山大地震》上映，冯小刚导演明示说，谁没掉眼泪谁就不是人。我不喜欢被人绑架我的眼泪，所以，进影院时我没有哭，走出影院我如释重负。

在中国，电影越来越像生活，而生活越来越像电影，我们不需要花钱买票，身边有的是好戏看。想看暴力片，就看抗拆迁自焚；想看官场斗争，就看农村娃子考公务员考赢了官二代被通缉；想看恐怖片，就看喂奶粉把婴儿吃出大乳房；想看喜剧片，就看用洗发水把自己洗成秃顶；想看科幻片，就看交通违章包年制；想看激情片，就去看娱乐圈的摄影爱好者玩自拍……当然会有不少好人，我们天天都在微信、短信投票选着呢。好戏连台未必是好时代，未必就能衍生出美好的未来。

想起我的高中同桌，才知道原来我们也如此单纯过。看一眼就脸红，牵个手就怕怀孕，约着去看电影都是一前一后走，到了电影院门口一见面还说："这么巧！你也来看电影？！"接着各自进场，然后在里面的角落会合。可是后来，你看到初中生在公交站牌后面打kiss摸下体，大学食堂里现场直播的激情戏码……也就相差不到十年而已。

早些年春晚有个小品的台词说："男人靠得住，母猪会上树。"听到这句话的时候，全国的观众都会心一笑。在经济飞速发展的三十年，男女老少的中国人都忽然变得成熟起来。以前在读书时不敢跟女生说话的男孩，现在可能有好几房的姨太太；十多岁的小男孩会偷了母亲的珍珠项链，在教室向女生高调地表白。实利主义变成了社会的普世价值，她们说："宁愿在宝马车里哭，也不在自行车上面笑。"大家都满足于自身的"成熟"，而不再珍视类似"纯真""理想""爱情"这样充满魔力的词汇。

看看这些年流行的书籍，大概可以知道社会的心理，有一类是玛丽苏，在隐喻着少年幼稚的怀春；另一类是成功学，在构筑着时代激情的春梦。我曾经被迫参加过一个讲座，一个看起来三十多岁、身份证上是五十多岁的女性在台上畅谈养生保健、驻颜之道，台下一片惊叹；然后她把功劳归于她正在使用的保健品，最后引导大家要参与她们厂家的保健品推销，一群大叔大妈青年男女在台下跟着她喊口号："加入×××，年薪二十万不是梦""誓当高富帅""做不了有钱人的儿子，就做有钱人的爹娘！"看着一群人在赌咒发誓，全是一副要钱不要脸的模样，我赶紧从后门溜了。

不难发现，这样的场景充斥着生活和电视里的各个场景，各种素人选秀节目，那些素人经过粉饰修辞的"梦想"，不过是这些成功学的翻版。《西游记》里菩萨要考验唐僧师徒取经的决心，化身女子勾引他们，猪八戒欣然入彀。以前我只知笑话八戒丑态，但后来才发觉，菩萨才是最高明的。她们"欲迎还拒"的媚态是勾引的最高境界。姜子牙渭水垂钓，冯谖弹铗而歌，诸葛亮高卧隆中，此类种种，可以看作是古代高人逸士的自我炒作，全是美人儿"欲迎还拒"的情态。相比现在一切都是赤裸裸的炒作，我爱死了他们犹抱琵琶半遮面的样子。

即使在大学校园，许多人在做的事儿，都是在追逐着电视节目里素人的脚步。他们天天在想着怎么成功，怎么赚钱，人生之路道阻且长，赚钱这等俗事着急个啥？有时间干吗不多读几本好书，谈场纯粹的恋爱呢？说到谈恋爱，现在叫"约吗"。据说成功的方法有三种：一是坚持；二是不要脸；三是坚持不要脸。

校园处处都是一张张迫不及待的面孔，大学生张口即来的都是世故之声——学长教诲学弟的经验之谈，都是该如何在校园里利益最大化；再看看少儿节目，连儿童都熟透了。比如前几年很红的童星武东博，在台上挥洒自如的样子太成人了，别人认为是明星范，可是在我等自由派看来，他在小小年纪便失去了世界上最可贵的东西，那就是童真。大二时，辅导员问我："我觉得你表现不错啊！有没有写入党申请书，下届积极分子培训班你来吧？"我说，我觉悟还不够哇！又比如我的另外一个同学，被安排去听一个学术大拿的讲座，他说，我不去。我们学习部长教训他："你要知道这大神多牛吗？一辈子估计只能见这么一回！"我同学翻翻白眼说，他很牛跟我有什么关系——我打心底认为各种学习汇报太烦琐，与我生活志趣相悖，而我的同学呢？他觉得每个人都是奥特曼，一生修为即在打怪兽，作为一个奥特曼，打好自己的怪兽就好了，干吗要去听别的奥特曼讲怎么打怪兽呢？

这些气质大抵可以列入天真的范畴，你富甲一方，你权倾天下，你倾国倾城，在我眼里不过是一只小怪兽而已，顶多也是一头跟我一样的奥特曼，我虽然不成功，可还是奥特曼啊！做一个不想成功的奥特曼，又有什么错呢？

现在可以算作是成功动力过剩，过去的三十多年，中国从一穷二白变得世界瞩目，人民从衣衫褴褛到现在西装革履，但人们利益至上攀权附势，哪有文明容身之地呢？看着现在比房比车比爹的生活，我就怅然若失。

"君子远庖厨"，说见不得杀生，可是又舍不得不吃肉，还可以看见读书人羞答答的模样。可现在的节操在哪呢？屠狗的，虐猫的，保姆老师虐待儿童，初中生扒衣殴打女生，大学生给同学下毒……从前我唱着"太阳当空照，花儿对我笑"跟同学结伴上幼儿园；现在我牵着小孩战战兢兢过马路，幼儿园门口站着拿防暴工具的保安，盯着我们刷卡进校园，盯着我们刷卡离开校园，"哦，对了！家长一定要牵着孩子的手。"至于那群大妈大爷排队接孙子孙女的，从来都是插队，而且还插得泰然自若，谁还在乎千夫所指啊！我想，我们都习以为常了。当年那个被同学说一声乱丢纸屑就会面红过耳的少年，再也遇不到了。

这令我倍感遗憾，憾我们不能永远停留在过去那个偷偷摸摸的年代，那个做好事要偷偷摸摸怕人知道、做坏事更要偷偷摸摸怕人知道的年代。我那个收集喜欢的女生头发的少年同桌，现在成了老板，天天"万花丛中过，片叶不沾身"，家里一个老婆，外面还有好几个女朋友。他跟我说，我们没赶上一个好时代啊！看着现在的年轻小姑娘满街乱窜，真想回到从前。他肯定不像以前那么傻，就盯着那个胸部平平的前桌，一定挑那些发育早的下手。他的样子十分陌生，跟我想象中的那个少年完全不同；可又十分熟悉，我们身边游荡的都是这样相似的灵魂。

从开始到现在，他到底丢掉了什么？而我又能好到什么地方去呢？

借我一双慧眼

　　不久前，学校组织"闪亮之星"的比赛，出现一个让人苦恼的问题："要在美貌和智慧当中做出选择，你会选哪一个？"大家都毫无悬念地选择了智慧，理由也一如所有人的期待——人生短暂，美貌更短暂，而智慧却可以是永恒的。

　　我觉得他们的选择都很好，就是有点儿不够诚实。因为我长得很抱歉，我就会觉得美貌对我很重要，如果真的有这样的机会，我愿意先在容貌上改变——如果不去整容，这副臭皮囊就会伴随我们一生；而智慧这种事，只要足够热爱，我们还有一生去寻找它。

　　有人会批评我的想法太不切实际，贪心不足蛇吞象，可我一向觉得人生来就应该追求美好的事物，至死方休。歌德说"十全十美是天的尺度，达到十全十美是人的尺度"，大概说的就是这种意思。只是在"容颜不可变，时光催人老"的事情上，我们只能选择随遇而安——我不反对有些人通过整容来改变容貌，只是易地而处，我自己不会接受而已。

　　"美貌与智慧"的选择，其实并不是我的故事，也不是我们学校的故事，这事关整个社会的进程。那些受"标准化"教育的人在许多事情的选择上，终于呈现出可怕的一致性——不管你来自东北的旮旯，还是新疆的吐鲁番，或者是一直浸润着烟雨的江南，都像是大棚养殖的瓜果，不分季节地成熟起来。尤其是在说话时，无可避免地选择了如何

"取悦他人"的动机，只要说出来的话对自己有利，说的话是否诚实，是否出于自己的内心就不再重要了。社会规则的强大惯性让人身不由己，真诚的声音湮没其中，渐不可闻。

判断自己有没有"被标准化"很简单，你只要站在文虎楼前看盛开的桃花，心中除了"美""漂亮""好看"等词汇，你还能想到什么语言来描绘它？或者说，当别人问你"美在哪里"的时候，你要如何应对？如果你答不出与众不同的答案，恭喜你，你已经长大，达到合格零件的标准了。

现代人总是以个性自居，似乎每个人都有自己的故事，让生活精彩纷呈。其实人人的故事大同小异，再怎么热闹嘈杂也难以掩盖其中的贫乏。就像是日日无休的电视剧，《亮剑》火了大家就搞战争片，《潜伏》火了大家就玩谍战，然后开始婆媳的那点事儿，接下去是夫妻那点事儿，没什么可拍了那就一起穿越吧！你爱四阿哥，还是十阿哥？让雍正忙了一年多。大同小异的故事轮番轰炸，这些都不足以证明我们是如何匮乏，除了春晚。好几年了，相声节目像是新闻联播，今年的小品《面试》稍微好看一些，可那是在小日本那边剽窃的。节目里到处都是粗制滥造的东西，最好的东西居然是山寨。在电视上录节目的儿童，都用老气横秋的姿态说话；而生活中许多人，过了而立之年依然搔首弄姿地卖萌。

我厌恶肉麻当有趣，可是耳目之所及，除此之外，再没什么值得一说。我只觉得："人如果要追求高尚，这条路一定永无止境；而人如果要追求无耻，同样也永无止境。"在做坏事的创意上，中国人的才华更是超乎人的想象。皮鞋做成胶囊，一次性筷子泡成笋干，塑料烧成灵芝……在货架上一切光鲜亮丽，而内幕却令人瞠目结舌。这些怪事层出不穷，远远超出人类想象的极限。我们都不知道还有什么值得信任。

久而久之，我们目之所及，一切都充斥着无聊。我们厌倦了这些剧情，但是没有人问为什么；我们厌倦了某种生活，也没有人问为什么。就这么得过且过吧？老师在台上点名，我们来教室点卯，大有"生活于我何加焉"的架势。我们失去了生命最独特的那一部分，意义不再重要，姿态也不再重要，重要的是我们如何在标准化的生活之中找到一席之地。

在缺乏智慧的生活中，没有什么经得起追问。在床上醒来，走在美丽的校园里，任凭时光飞逝，感觉自己是庞大牢房中的囚徒。有时候，我会很羡慕《铁皮鼓》里长不大的奥斯卡，永远保留着纯真的样子。对这个世界有着简单直接的认识，喜怒哀乐，清新扑鼻。最好是停留在九岁，我住在某个经常停电的山村，没有自来水，没有电视。在夏天的夜晚，我躺在地上，虫吟鸟叫在身畔彻夜不绝，仰望浩瀚的星空，仿佛洞悉时光的奥秘。

而如今，面对这个越来越看不懂的世界，谁能再借我一双慧眼？

【第三辑】

从容赴死，犹如一场盛宴

一

我应该是属于早慧的一类人，六岁时便有感于死生。对于人的喜怒哀乐、悲欢离合，我总能够敏锐地感觉到，仿佛是人世中早已注定的痴缠。

昨天晚上，我又梦见自己披麻戴孝，满脸戚容，跪在一个阴森森的灵堂里，惨白的招魂幡飞舞着诡异。灵堂正中放着一个朱红金漆的骨灰盒。纸钱烧过的灰堆在一个破盆里，夹杂着一些未曾烧尽的纸头，几炷灭了的香杂乱无章地插在香炉里，还有一根特大的香在寂寞地燃烧着，没有一点声音。只看见一圈隐约的红色，我看着那红圈上的灰越堆越高，越来越高，终于不堪重负，使劲一跤跌在香炉里，变成一堆粉末。让人无法想象它刚才高耸的样子。除了那盏十五瓦的白炽灯，就剩下骨灰盒右边的一截快要燃尽的白色蜡烛还在跳跃着，不甘寂寞地挥霍着它的热量，一直要到油尽灯枯。左边的已经烧完了。地上放着几个草织的蒲团，我就跪在那里，安静地泪流满面，还拉着长长的鼻涕虫，旁边有时候有一个女人，有时候没有。她在的时候也是没有声音的，她就是这么一声不吭，默默地陪着我。

这是一个梦。我常常做这个梦，这个梦清晰异常，并且一成不变，就像是一幕黑白片短剧。我怎么也想不明白这个梦意味着什么，但是我坚定地以为，这个梦有它不同寻常的寓意，只是我们无从知晓。

我贱名叫作狗蛋。这是我不喜欢的名字，但我只能接受它，我们在生活中总是被迫地接受一些我们自己不喜欢的东西，这是很无奈的事情。人生不如意事，十有八九，哪能尽如人意？所以说，做人不能过分挑剔，这是人生快乐的本源。

我很怀念被奶奶叫作"狗蛋"的日子，小时候我总是忘了回家吃饭，这时候奶奶就会站在家门口扯着嗓门吼一声"狗蛋！——吃饭咧——快回咧！——"整个村庄都会撕心裂肺似的颤一下。我的学名是叫不出这种威慑力的，结束于阴平的声调，让再大的嗓门都无济于事，都像是蚊子放屁，最大限度也就是一头大蚊子放一门大响屁。和"狗蛋"相比，简直是萤火虫的光亮与十五的月亮争辉。"狗蛋"这名字一度让我的神经亢奋不已。只可惜奶奶已经去世了，在多年以前的秋天。

奶奶一生受尽了穷苦的折磨。我相信，贫穷也是一种疾病。因为贫穷给人带来的绝不单纯是物质生活的拮据，同时还会给人们带来精神世界的匮乏。所谓人穷志短，正是如此。安贫乐道绝不是生活的主张而是对生活最孱弱的妥协。退一步说，就算它是一种生活的主张，也只是在有充足的物资满足人的物质需求条件下的主张。要一个有上顿没下顿、从来不知道饱是什么滋味的人满足于他的生存状态，有点像痴人说梦。

我父亲讲起他小时候上学的故事时总是感慨万千。读小学时他中午是留校的，每天只有二两米做的饭，盛在一个小小的瓦盆里，在早上上学的路上，饥饿的他就把那点饭吃完了，还把碗舔得干干净净，直到晚上才能吃上一点稀得不能再稀的粥。中午同学开饭的时候他就躲在角落里假装自己吃过了。中学的时候住校，从家里带一点腌菜就要吃上一星期，那腌菜也不是像我们现在吃的那么讲究，奶奶连切的时间都不够用，就这样长长的一条，一端已经到了胃里，另一端却还来不及嚼烂，这时喉咙就有说不出的难受，眼泪忍不住就流了下来。然后只好扯住嘴里的一端，硬是把那根菜从胃里拉出来。食道里像有虫子爬过，胃酸都差点要呕出来。有时候，日子是很痛的。我父亲在现在回忆起来还是潸然情动。我小时候因为嘴馋曾经吃过没有切断的腌菜，对于那种难言之痛感同身受。

我家当年的困窘由此可见一斑。在父亲长大以后，生活已经好起来了，那时候正赶上改革开放。但奶奶对粮食的态度仍然几近吝惜，菜馊了也不舍得喂猪，总是自己吃下去。到了她七十八岁的时候落得个老年痴呆，认不得人，分不清昼夜晨昏。后来干脆大小便也不能自理，整天卧床不起，苦熬了半年多，然后撒手人寰。我以为她变成这样与我爷爷的去世有很大的干系，在我爷爷去世之后，我奶奶就像是丢了魂似的，老是一个人跑到我爷爷原来的卧房里发呆，父母怎么劝也不管用，后来就把门锁上，那以后奶奶就一天一天地见痴了，一天到晚在家里游魂似的晃悠，从客厅到厨房，然后从厨房到卧室，又从卧室走到客厅，走个不停。医生说，她老年痴呆了。最后卧床不起了两个月，大小便也失禁，在一个寒潮到来的晚上，走上了黄泉寻夫之路。

奶奶把一个人一生的荣辱祸福归结为四个字：命中注定。邂逅了幸福就对上天感恩戴德；遭遇了苦难就沉默着逆来顺受，毫无怨言。在她眼里，一个人的一生都是在他（她）刚刚出生的时候就被一种冥冥中的力量设计好了宿命。而我却不相信，世界上可以有一种力量能设计好所有人的归宿，比方说，上帝要为上吊的人安排好某棵歪脖子树的长法，要为溺水的人安排好某个漩涡的转向……这样的工程未免过于艰难了些。

　　我的观点是，任何事情都是偶然发生的，只是当所有的偶然堆砌在一起，就有了宿命的味道。这与佛教"苦、集、灭、道"的禅理相通。所谓的宿命感，就是说，当你在回忆的时候，觉得什么事情都必须要像已经发生的样子发生似的。其实，我们都是自己给经历定义成宿命而不是宿命定义了我们的经历。特别是对自己的得失而言，把它们说成宿命的安排，就是把一切的过错推脱给命运，从而减少了自己的责任。为了不让自己受良心的谴责，在生活中心安理得，这无疑是一剂良方。

　　奶奶的死我并没有流太多眼泪，而是觉得沉重的感伤。我觉得死亡对奶奶来说是解脱，因为她的最后一段岁月生不如死，也可能因为那时候我已经把所谓的死亡当成生活的一部分。每天都有人死亡，有人出生，我对此习以为常。对世界而言，生死是一种生理需要，就像我们吃喝拉撒一样，是一种新陈代谢。但爷爷的死却给我难以言说的悲痛。

　　在奶奶去世的半年之前，爷爷猝死，死因是高血压，其实爷爷在六十岁开始就每天都担心自己会看不见明天的太阳。他有一本很珍贵的小本本，他把村子里所有老去的人的名字、去世日期、时辰一一详细记录在案——像是传说中阎罗王的生死簿，当然，我爷爷充其量也不过是一个事后的阎罗王。遗憾的是，这样并不能主宰自己的生死，他这样的举动让人觉得生活是个悲剧——在他眼里，六十岁以后的人，只能活在等死的状态之中。现在想到他，总是能感觉到生命的脆弱，还记得在书上看过这样的一句话：人在死之将至的时候，连放个屁都很难。实在让人难受。

　　在我十四、十五岁的时候，他常常找我说话，每次都是这样开头的："唉，人这一辈子！（中间有很长的沉默）不过如此罢了。"然后是一声长叹。接着就说一些像极了遗言的话——我那时候特别害怕听到这样的独白，我觉得，要我亲历一次生离死别，就像是壮士断腕。每当他开始这么叙述的时候，我就借故躲到自己房间里，听音乐看书，没有听众的他自然不会再有说话的欲望。于是一个人摇头长叹一声，怅然若失地拉起了二胡。

我、哥哥跟他住楼上楼下，房子是传统的土楼，木梁上钉着木板，分开了楼上楼下。家里的窗户也是木板的，关上便一丝光线也进不来，他却常年不开窗户，也喜欢关着门。我偶尔推开他的房门，黑乎乎的房间里厚重的霉味和劣质烟草的味道像鬼魅一样掠过我的身体，让人头皮发麻。屋子的隔音效果奇差，连轻微的脚步声都不能躲过楼下的耳朵。我跟哥哥常常顽皮地玩耍到深夜，在我们放肆大笑的时候，偶尔会听到爷爷沉重的叹息。这样的叹息会让我和哥哥忽然陷入安静，我们能感觉到来自楼下的衰老气息。我们立刻就会安静下来，我可以在哥哥眼中读到相同的恐惧。他总是心事重重，仿佛世间的生死都归他个人承担似的。据说他经常失眠，可是，我们也在深夜里听到过他梦魇之中的凄厉的呻吟，或者是低沉的抽泣和绝望的哀号。我曾经因为他在夜里发出的怪声音整夜在被窝里战栗，伴着屋后夜枭的怪笑和虫子的叫声还有老鼠在木质天花板上奔跑的脚步声，等待曙色来临。我无比厌恶这样的夜晚。后来，当我终于能理解爷爷的世界时，我开始想象数不清的夜晚，他躺在楼下漆黑的房间里，听着楼上孙子的打闹的寂寞到底是什么样的体会，他不能再有这样的年华，也不知如何面对老之将至，我们却视他如怪物，远远地躲着他。

他拉得一手好二胡，说具体点是一首好二胡曲，反反复复只有一个旋律，不厌其烦，一直拉到他自己兴致索然。我曾经想向他学二胡，只是他连1、2、3都说不清，只好作罢。我说要学的时候他竟有一种说不出的欣喜，连灰暗的眼睛也光彩动人，当他知道不能教会我时，那种失落也让人悱恻。现在想起来，那呜咽的二胡声里蕴藏的东西再丰富不过，可能有伤感，有寂寞，或者是悲哀，甚至还有更多无法用语言表达的情感。这是我十八岁以前的事情，等到我十八岁以后想听他倾诉的时候，他已经沉默寡言了，除了吃饭睡觉，就是拉二胡，一天说不上几句话。总是用一种很混沌的眼神看着我们，意味深长。最后他突然不能再说话，寂寞地死在自己的床上。据说，他那天上午兴致很好，去村里的老人家里拉了几首熟悉的曲子，下午又去村里的人家泡茶聊天。傍晚回家后没有吃饭，就上床睡觉去了。妈妈在窗下叫了几声，屋里说，今天晚上不想吃饭。第二天，妈妈去叫他起床吃饭，他已经应不了声。穿着他最新的衣裳，和衣而卧。离开世界的时候一句话也没有多说，想起来让人倍感凄凉。村里人说，他一生耿直，是为善终。

我那时正读大学二年级，在一个离家很远的城市。听到这个消息的时候，我泪流满面。

出殡那天，风雨如晦，门口的竹子被风刮得东倒西歪，有一棵竟然硬生生爆开了，倒在地上。但上山之前，雨忽然停了。大家把他送上山，顺利入土为安。当大家回到家，暴雨又如注而下。这事儿变成村里老人的谈资，人人羡慕他去世的简洁，说他是一个有福气的老人。可是我不这么想。

我觉得爷爷选择的是最辛苦的死法，他花了整个老年来感受死亡，等待死亡。甚至还希望逃避死亡，最终无处可逃——其实，准备和死亡的斗争，花多少时间也是不够的。我不知道他的那本小本本到底记录了几个人的死亡，也不知道他在记录了多少次死亡以后才看破死亡，抑或到死也未能看破。一切在我的印象里变成了一个谜。

我总觉得，死亡是一个必然的结果，既然是必然的东西，那就没有必要去苛求。倒不如平心静气地看待它，把它当成一个同舟同路的好朋友，反而会更好。

对我而言，葬礼和爷爷的生死簿一样，是一个谜，因为我从来没有参加过葬礼，包括爷爷奶奶的葬礼我也没有涉入。这是我很遗憾的事情。父母在我很小的时候就小心翼翼地在我面前避开了关于死亡的话题。这得在我还被人叫作狗蛋的年头说起。

二

当我的学名还被人们忽略，而狗蛋被大家挂在嘴上的时候，没有什么人愿意和我一起玩，我不知道是为什么。但后来有人告诉我是因为我脏，他们说我脸上从来没有一块皮肤可以显示它本来的颜色，而且鼻孔里还有又黄又稠的粘状物体活动，整日无休地在上唇游弋。后来那里长满了胡子，那时我已经长大了。更可恶的是它常常一点一点地往下挪，直到嘴上。这时我就条件反射似的吸一下鼻子，那黄虫就像受惊的蜗牛似的退回鼻洞里。我记得通常在这时会感觉喉咙口有一种咸咸的味道，接下去我就习惯成自然地举手用袖子使劲地擦鼻子，左手一下，右手一下，决不偏袒。把那些像蜗牛爬过后留下的黏液一般的东西揩在袖口上，风干后便留下硬硬的一块，仔细看还可以看见隐隐的光亮。

这是别人告诉我的，其实我对这些事情一无所知，我总觉得自己在受别人的愚弄，但每个人都像是串好了口供一般，众口一词，容不得我不信。我只好将信将疑地接受了这个事实。我一度感觉这个世界上最可怕的东西不是天灾人祸，也不是生离死别，而是流言蜚语。"众口铄金，积毁销骨"绝不是言过其实。

写到这里的时候我有点恐慌，我害怕有人会把我想得阴暗，这对我的形象是一种暗伤。事实上我已经不自觉地将自己置于深沉的回忆之中，这时候已经骑虎难下，欲罢不能。要诉说一段模糊的回忆并不容易，可是这难以逃避，只能勉为其难。

我的童年有点悲哀，因为我一直被游戏者抛弃，但最大的悲哀远远不只这样，最悲哀的事情是被游戏排斥。我在我的童年先是被游戏者抛弃，然后再被游戏排斥。整个童年，我是游戏的旁观者，从另一个角度来说，我是别人童年的见证者。

那时候，我总是一个人在旁边看他们游戏，其内容也无非就是玩过家家。我对那个老是扮演爸爸的李二狗，那个老是充当妈妈的小丫，还有一个总做他们女儿的小花印象尤其深刻。那对"父母"无非是仗着自己住着村子里最豪华的房子，而且老爸是村长和书记罢了。权力能不能给掌权者带来福利暂且不论，从这里就能够看出权力给后代带来的好处了——在游戏里可以只做别人的爸爸妈妈，这是怎么样的殊荣呢？而小花做女儿却委屈得很，而且无奈。因为她也拖着鼻涕虫，如果她不愿做二狗的女儿就会和我一样被抛弃。我会旁观就是因为自己不愿做儿子，尤其是二狗的儿子。我觉得二狗才像是儿子，叫我爸爸最合适不过了。

有人说，重复就是幸福。

我信。

但我却要给它加上一个大前提：就是自己重复着自己的生活。如果作为旁观者，看着一件事无止境地重复能不厌倦一定是自欺欺人。就像你看一本书，看了第一遍可能会想看第二遍、第三遍，但你一定有厌倦的时候。这就是那群过家家的人和我的立场，或者说是态度。后来我宁愿一个人待在小河边柳树下的石头上看着不远处一个深深的水潭发呆，也不想看他们过家家，即使这个水潭听说有水鬼居住我也不在乎。那个发呆用现在时髦的话来说是"思考"，不过我觉得把我那时候的发呆叫作思考是亵渎庄严，思考是件神圣的事情。我在小时候发呆，长大以后就变成了思考——这是我的习惯。

后来我在上中学的时候还是很爱思考的，在上课时，我总是神飞千里。据老师回忆，我当时的表情是这样的：两眼发直，口角带笑。我知道这是一副"花痴"的模样，接着我就会被老师一个大耳刮子刮醒。久而久之，我就不敢再乱思考，生怕又有一个大耳刮子伺候我，让我像喝了十八碗"三碗不过冈"似的不辨东西南北。其实我在小学时就受过思考之害，那一次老师硬是把一截粉笔往我嘴巴里塞，还是红色的，然后我使劲吐了她一口口水。然后我哭得一塌糊涂。我想，如果不是那些火辣辣的耳刮子，说不定我现在是个哲学家，甚至可能研究透了许多问题，比如"先有鸡还是先有蛋"之类的，让尼采叔本华他们后悔没有晚生个几十年，痛失向我学习的机会——当然，这只是我在做梦，现在我已经不可能成为哲学家了，我现在做事中规中矩，不敢越雷池半步。我想全是那些耳刮子的功劳。

我很是奇怪，我同父同母的哥哥居然没有鼻涕虫？！他在孩子群中倒是受欢迎得很，真是不可思议。那年我五岁，脏兮兮的脸，拖着两条前无古人、后无来者的鼻涕虫。

再过一年，我就进了幼儿园。脸上干净多了，就是鼻涕还是原来的鼻涕。那时我对别人告诉我鼻涕是别人疏远我的罪魁祸首我深信不疑，为了让自己外交顺利，我下定决心一定要把鼻涕虫治好。决心比当年毛主席提"我们一定要把淮河治好"有过之而无不及。每当鼻涕刚想露头就被我吸回去，结果因为太频繁了，活像打铁铺子里拉风箱，连我自己都觉得恶心。后来我干脆用手一抹，随便一甩，那摊鼻涕就离我而去了，皆大欢喜。开始的时候我会不小心甩到墙上去，后来我居然可以得心应手了，一招甩鼻涕功炉火纯青，打遍班级无敌手。同学们再也不敢不把我当回事。谁要是惹恼了我，我就随手摸下一坨，再随手甩一下，保让他们吃不了兜着走。有一次老师嫌我鼻涕难看，不让我参加抢凳子的游戏，我就趁她不注意，把一把鼻涕甩在她后背，结果下午她就在洗她的衣服和床单。这是我对"万贯家财，不如一技防身"的最初体验。

我写这篇文章的出发点原来是关于"死亡"和"爱"的故事，所以这段文字就有了画蛇添足之嫌，但我觉得这鼻涕和我要说的主题有着莫大的关系，我想，它可以作为背景，或者说是道具。

我以为死亡是一种不为人知的状态，我们永远不会知道死是怎么回事。经历过死的人都已经不能开口把他死那一瞬间的情形描述给我们听了，我们知道的，可以猜测的，只是死去的人只用了一瞬间就认不得他身边所有的事物，过程短得可怜。相对人漫长的一生而言，这点时间简直可以忽略不计，不够我们说一句话，抽一根烟。对活着的人，死亡是一个未知的所在，所以我认为，死亡是一种状态。从生到死就是一种状态到另一种状态的替换，别的无须赘言。

狗蛋，也就是我，七岁那年，鼻涕虫旺盛得如日中天，因此，他的甩鼻涕绝活也更加发扬光大，为此我骄傲了好长一段时间，也许，这样的骄傲根源于一种极端的自卑——现在想起来，当时的我以为，从某种意义上来说，这也是一门艺术，但后来被推翻了。中学作文时，在以

"熟能生巧"为题的议论文里，此事被我安排成为该题的论据，结果成了老师同学们的笑料。我相信我的语文老师一定将它作为失败作文的典型在全校老师中广为流传。这倒也罢了，更让我不服气的是，所有举卖油翁往铜钱眼中倒油而不沾铜钱的例子都得了高分。我一点也不觉得我的事例离"熟能生巧"有多远——我并不是指责老师判卷不公正，而是认为这个"卖油翁"已经成了"熟能生巧界"的权威。当权威作为权威现世的时候，我们除了妥协别无出路。在大学的课堂上，一名老教授告诉我说："我们要有名牌的心态——名牌的心态，就是不买任何权威的账。"我想，这只是一种在自己已经是权威的时候才能有的心态，如果没有身为权威之前，过早地有了这样的心态，非被人说成自大狂不可。

我从中领悟出一个道理：原来艺术一直都在摒弃生活。然后我就在心里暗自高兴：幸好我在这个例子中说是"我童年的一个小伙伴"有此绝活，而不是写上自己。我说前者已经成了开心果，如果我自认……还不成为神经病？说不定还有人要求我表演给他们看呢，我没傻到那份上。

在这件事情刚发生的时候，我有想过在老师面前证明谁是对的，是别人的看法，还是我。但我发现这么做无趣得很，其实不清不楚反而更接近现实的本色。我说自己有这个觉悟可能有点夸张，打消这念头更可能是因为那时候的我已经找不到当年的鼻涕虫。

我七岁那年的六月初六，农历。俗话说："六月六，龙抬头。"天地像是一个大蒸笼，大人们都在蒸笼里昏昏欲睡，而小孩则在水中抵抗酷暑，除了我。自从两年以前的今天以后，我从不下水游泳。这条小河给我了无法洗净的屈辱感。

我五岁那年的六月初六，我和他们一样下水游泳，结果被我爷爷逮住然后他命令我用竹篙挑着我所有的衣物，沿着村子里人口最密集的那条路往家里走。我一丝不挂，小鸡鸡不知廉耻地暴露在阳光底下，所有人都用最夸张的笑声来配合我的狼狈。我恨透了这些人，同时我觉得有些东西离狗蛋越来越远。

两年后，也就是现在，我在大家下水的时候依然没有游泳的欲望。游泳对我而言，只是二狗他们另一种形式的"过家家"，我仍然是个旁观者。我只是坐在我每次发呆的地方发着呆，没有人知道我在这。其实我也很想和他们一起游泳，但我没有去。透过草丛的缝隙，可以看见水潭上的情形，那个水潭下有水鬼，会抓住了人的脚往下拽，把他们的魂魄抓了炼不老仙丹，这是我奶奶说的。我告诉过二狗他们，但没有人听我的。一个人的地位决定了他说话的分量，如果我是二狗，这句话一定会引起重视，可是我只是狗蛋而已，一个被游戏排斥的人说的话，最大程度上也只能是危言耸听。到现在还是这样。

本来这里是很少有人游泳的，大部分人都选择到下游去，那里的水平静多了，但二狗嫌那里人多，就邀上白七到这里游泳。白七是二狗的同桌，他们的感情好得很，我很羡慕他们两个。小花和我也是同桌，但我们就没有这样要好，也许她讨厌我是因为我鼻涕比她多，比她黄，所以她就有了"五十步笑百步"的优越感；也可能是她认为她做了二狗的女儿，也就真成了村书记的孙女，因此不把我这个被他们排斥的人放在眼里，就像是狗仗人势。不过我一点也不在乎。

太阳安静地看着他们嬉水，一条狗趴在河边的篱笆墙下吐着猩红的舌头。今天和平常每一个日子一样普通。

白七的水性不错，但他今天就像石头一样沉下去了，没有半点征兆。二狗起先还以为他在潜水，过了好一阵才觉得不对劲，赶快潜下去捞人，下去时抓住了白七的手，他使劲拉了一把，白七没有动弹，手却紧紧地握住了他的手，他有一种不断下沉的感觉，水的浮力在刹那间消失得无影无踪。他忽然记起我说的关于水鬼的话，一个激灵挣脱了白七的手，浮上水面大哭起来，顾不得穿衣服便跑到村子里叫人。狗也觉察到了不一样的气氛，使劲地狂吠，村子顿时不安静起来。

那时候我没有多想什么，只是觉得二狗裸奔和我裸行相比难看多了，那天我举着衣服赤身裸体地在村子里招摇过市的时候比他镇定了不少。他惊慌失措地跑着，小鸡鸡厚颜无耻地在空气中抖动，小小的，像一颗肉色的小竹钉，钉在一团黑色的肉球上，如果没有那个钉子，那团肉就像是风干后的猪粪球。我还看见他的肉乎乎的后背，白花花的肥肉乱颤，没有一点分寸，更谈不上尊严。

不一会儿，就有几个大人抢在二狗前面跑过来纷纷下了水，白七马上就被捞了上来。我看见白七的父亲在他嘴里掏了一阵，然后嘴对嘴又吸了一阵，但他还是没有动静。然后白七嘴角和鼻孔开始渗出血来，慢慢地血流如注，堵也堵不住。我觉得这比我流鼻涕难看多了——他总是嘲笑我的鼻涕，现在却流起了鼻血，真是报应不爽。接着有人牵了牛过来，白七被放在牛背上，我很清楚地看到他的屁眼里塞着一截半灰不黄的东西，我一下子就判定是屎。后来大家用拖拉机把白七送进了医院，但刚进去医生就告诉他们已经没有抢救的必要了。

晚上，妈妈很严肃地告诉我：白七没了。我木然地点点头，然后又若有所悟地点点头。

第二天，我依旧上学。在教室里没有看见白七。只有二狗坐在位置上。他第一次主动找我说话：白七死了，他不会来上课了。接着又自言自语似的说：人死了是怎么回事呢？并用询问的眼神看我。我愣了一下，张了张嘴，却什么也没有说，然后茫然地摇摇头。其实我一直把这个问题放在心上，如果没有老师喂我粉笔，也没有老师打我耳光，今天说不定我已经可以解答这个问题了。但我现在还是无法作答。

那天晚上我开始做噩梦：

白七和二狗一起游泳，但不知道为什么吵起架来，并且还动了手，然后谁也不理谁。接着白七百无聊赖，玩起潜水来。好一阵子没有起来，让二狗慌了神，赶忙潜下水找他，但他浮起来时却发现自己被耍了，然后一气之下翻了脸。白七有点赌气，再次潜下水，结果就没有起来。二狗下去把他拉上来，只看见白七的脸已经变成了青灰色，苍白的嘴唇，两眼紧闭着。二狗东张西望了一阵，见周围没有人，便又把他拉回水中，让白七沉下去，像块石头，他嘴角扬起一丝冷酷的笑意，接着我就被这笑给吓醒了。我大哭，妈妈也惊醒了，我把梦告诉他，妈妈抱着我，用手摸摸我的额头说，你生病了。然后张罗着给我找药。

我觉得自己很失败，我认为这个梦是个谶语，也可能是个暗示。反正它的出现一定有它的含义，只是我们无法明了。就像多年以后我对自己哭丧的梦一样不可知。最终妈妈没有把它当回事，还叫我不要乱说。我在我十七岁那年想起这事还问过她，那回她很认真地告诉我："白七给你托梦呢！白七和二狗可能是前世的冤家，二狗命硬，把白七给克死了，白七冤哪！"说完，还郑重地上了炷香到观音面前。仿佛是她泄露了天机似的。我将信将疑。

后来小丫和小花，以及村子里所有的小孩在我的梦里通通死过一遍。最后一次，我也被二狗淹死了，那次我出了一身冷汗，把被子都弄湿了人形的一块，然后我的病就好了。更奇怪的是，我不再像以前一样流鼻涕了。只是后来我经常流鼻血，被人轻轻一碰便是鲜血狂涌。每次流血的时候我就会想到白七，想到他鼻孔里殷红的血，附带着想起他屁眼里那一截灰不溜球的屎。没有边际的恐惧感就会在这时候攫取我的心。我亲眼看见了一个人从生到死的过程——甚至，在他和二狗在水中嬉戏的时候我还动过恶毒的念头——可能流血就是因为我动了那个恶毒的念头的惩罚。

我并不是相信宿命，但我总是觉得天地间在奉行着一种因果循环的制度，没错，就是制度。善有善报，恶有恶报。每个人都会为他们做下的事、犯下的错承担一定的责任。比如我动的那个恶毒念头，其中残暴的意味昭然若揭，即使自己没有付诸行动，但也不能否认这是一桩罪行。所以我要以流鼻血的形式自我救赎。有人犯了错迟迟得不到惩罚，绝不是没有惩罚，没有人能逃过谴责，终有一天，他会无处可逃。

也许可以有这么一种说法，我们每一个人的一生，都是在不断地犯下错误，然后不断地自我救赎，一直到死——直到死的那一刻，什么错都在死神脚下的天平上找到平衡的支点，你和世界两不相欠。

我无法忘记那些残暴的梦，直到今天还是。在那个以后我就对二狗怀有戒心，几乎是出于我防范的本能。事实告诉我，白七的死只是一个意外；而那个梦告诉我，这是命运驱使下的一个天衣无缝的谋杀。渐渐地，想象就扼杀了真相。异想天开的东西常常会左右一个人的思想，让你深陷其中不能自拔。这就是所谓的偏见形成。我对二狗的戒心让我对他敬而远之，一直到了十年之后，我对他再无从戒备。

也许，十年可以算作一个轮回。

我七岁的六月初六，白七溺水身亡；我十七岁的六月初六，在同一时间，同一地点，二狗接受了白七发出的死亡邀请。前不久我正好以成人的身份向母亲提及白七的死和我当年的怪梦，她给了我如前文中的奇怪答复。我不信有鬼魂的存在，但她的话竟如先知一般预见了将来，母亲误打误撞地揭开了一个梦境的意象，也许故事的发展给了关于"轮回"最合理的解释。

我十七岁的时候，二狗已经长成一个标致的青年，高大而且眉清目秀，是众望所归的美男子。不能不说，时间是一副很好的疗伤药。白七的阴影被时间拉成云淡风轻，或许可能有人偶尔还会想起这事，但没有人会再提起这事，所以二狗的天空并没有因此而留下阴霾。可能我们每一个人都是这样，不停地与过去决裂，并且在决裂里获得新生，这不能叫作好了伤疤忘了痛。我认为人生就像蚕蜕皮一样，如果不忘记过去的伤痛，我们就永远找不到再成长的动力。换一个角度说，痛苦是我们成长的催化剂。

那一年，二狗和我一样即将跨入一所重点高中的大门，和我一样踌躇满志地奔跑在通往21世纪的阳光大道上。

我总觉得，六月初六是一个多灾多难的日子。白七溺水后的几年，就有人再度下水，没有人给下水的人一个关于死亡的提示。也许关于白七的死，人们根本不愿意再提，或者干脆把这场灾难忘记。过去了，就当它从来没有发生。正因为如此，二狗在那一天溺水而亡，和白七的死一模一样，同一个时间，同一个地点，甚至是同一个姿势在水潭底下告别了这个世界。被捞上来时，也是一样狂涌的鼻血，屁眼里也是一样硬邦邦的粪便。

一切的情节就是十年前那个黑白片的重新播放，只是换了一个主人公，故事里的主人公注定了在劫难逃。

这件事唤起了人们的记忆，乡亲们都说白七还魂了，白七的妈妈在白七的坟头放了一串三千响的鞭炮，杀了一只大雄鸡。跪在那里哭三声，笑三声，晕倒在地上不省人事，最后他爸爸把她背回家。

终于二狗也入土为安了。墓碑上一个字也没有写，只有他头下的一叠奖状上写着他响亮的大名：白小鹏。他在还来不及飞的时候就折断了自己的翅膀。

也许再过几年，就不会再有人提及这个血腥的轮回——可能也没有人愿意记着——即使还有人可能会沦陷在这种轮回里，未来的一切都是那么遥不可及。二狗和白七曾经同桌求学，然后经历如出一辙的死亡，前后相差正好十年。让人觉得无法用常理解释，用史学家的说法叫作"惊人的巧合"。的确，世上有些巧合让人恐惧，因此没有人愿意多想。

三

死亡在这时候对我而言已经不再像以前一样可怕——死是人的必然归宿，这个结果的到来只在于迟早。明白了这个道理，就明白了所有的担心只是浪费表情，我们所谓的担心其实毫无用处——任何问题只要你想明白了，就能够坦然处之。

而在小时候，我对死亡的恐惧超越一切。特别是在白七死了以后，大自然通过白七把死亡的某些信息传递给我，包括它的不可预知性。从某种观点上说，死亡这个命题深不可测，让人恐慌。二狗因为亲身体验了白七的死亡而变得异常早熟，就是明证。另外一种证明就是，到现在为止，没有任何一个人能够给死亡一个让所有人都信服的定义——甚至直到人类终结的那一天，人们还是不会形成统一的见解，生死的问题会贯穿人类存亡的始终。这样的东西不能不让人畏服。

八岁那年，我随父亲到镇上的一所小学去念书，离开了那个村庄。除了寒暑假回去一趟，很少待在那儿，村子里的一切都变得陌生起来……

可能是因为白七的死，也可能我在白七死后的那一场重病。反正那以后父母都刻意地在我面前隐瞒了"死亡"的字眼。包括我外公的死和族里几个长辈的死，他们都不着痕迹地瞒住了我。也许他们以为白七的死给我留下了阴影，其实没有。让我感到难受的只是他死时狂涌的鼻血和屁眼里的那一坨屎。它们很直接地刺激了我幼稚的神经，我对死亡的理解也仅限于此——这已经足够可怕。同时也不能不承认，白七的死让我对死亡这个字眼无比敏感。

我敢说，我对死亡比任何一个同龄人更有感受，我在很长一段时间内，一直都迫不及待地想知道关于死亡的事情，但也很畏惧听到这些消息，这是一种很复杂的心理。我常因为这事而狂躁不安，像刚被困在笼子里的野兽。只是这种体会只局限于对别人的死亡——没有人能感受自己的死亡，死亡只是一种状态，永远不能变成一种体验。

从我进入镇小学以后，狗蛋这个名字开始淡出我的生活。当大家叫我学名的时候，我常常无所适从。以至于同学们叫我时要么我爱答不理，要么就是反应迟钝。后来大家都叫我白痴、傻蛋，最恶毒的是叫我"土猪"。我很不喜欢这个镇上的人，我和他们格格不入。在他们眼里，我只不过是一头猪，蠢笨可笑。连老师也不把我当人看——经常嘲笑我还在其次，更让我忘不了的是喂我粉笔，那种味道我永世不忘。

在一堂语文课上，我又发呆了——大家都知道，发呆已经是我的习惯，而不是我故意所为，无论如何也不能说是我做错了什么，但那个母老虎般的老师竟将手中的粉笔使劲地往我嘴里塞，我咬着牙忍住泪——

然后她和班上同学一起放声大笑，那笑声刺耳极了。下课以后，一群同学又将课堂上的故事再次温习了一遍。全然不顾我的反抗——我流着泪，用最坚强的自卑对抗着最难堪的屈辱。

喂我粉笔吃也不是最损的招，我在这里不想明说，为了不破坏某些人民教师的形象。我在那里生活得极度自卑，却有无可比拟的忍耐力。有人说，只要你经历过一次让你忍无可忍的屈辱，你就可以获得对屈辱的免疫力。可能当年我撑着自己的衣服在村子里裸行招揽别人的笑声时，我就有了这样的免疫力——用自卑抵御屈辱。

四

我是一个沉默寡言的人，我从出生那年开始就和别人不一样，我自卑、怯懦、敏感、多疑、神经质，尤其害怕死亡，只好躲在书本里打发自己战战兢兢的日子。父亲是老师，有足够的书打发我的时间。

我常常想起白七的死，我觉得人的生命在大自然面前真的不堪一击，脆弱得惊人。特别是他的鼻血和屁眼里的东西，让我认为死亡无比可怕。如果这是大自然给我的一个忠告，那么刘斌的死对我是一种伤害，他的死让我第一次明白了失去是怎么一回事。

刘斌是父亲一个同事的儿子，比我小一岁，圆脸，常常带着傻傻的笑容。我在镇上读了两年书便转学了，他是在我转学以后认识的第一个朋友——也是我人生第一次得到同龄人的重视。和他在一起的时候，我觉得别人也不是真的这么可恶，其实别人叫我"土猪"之类的绰号也不见得真有什么恶意，只不过那是儿时不知轻重的玩笑罢了。

生活就是这样，一些不分轻重的玩笑常常带给人们突如其来的伤害，这伤害有些像是破了点皮，用张创可贴就好了；有些像是伤筋动骨，需要好好地调养；而有些像是粉碎性骨折，一辈子都得留下病根；更可怕的是有些玩笑会是你的致命伤，根本不留给你恢复的余地。如果没有那些朋友的安慰，这些绰号一定会变成我粉碎性骨折的一条腿。

我认为支撑人直立行走的有两条腿：一条是肉体，另一条是尊严。失去任何一条腿都能造成你一生的残疾。尊严作为精神支柱的腿比叫作肉体的物质腿更为重要，这点毋庸置疑。也许人在年轻的时候任何伤势都比较容易恢复，这就是年轻的好处之一。

我最后成为一个乐观向上的好青年，正是受益于我的年轻。

刘斌死在我十四岁那年的夏天，死于肝癌。他死的前半年我们还一起打乒乓球。半年之后那个叫作肝癌的东西就夺走了他的生命。我在他死前的两周见过他一面，他刚从医院回来。医生告诉他父母："回去吧！他想吃什么尽量给他吃。"那时看到他还是那副憨憨的笑容，只不过脸色很差，蜡黄蜡黄的，眼睛被一种混浊的黄色占据着，显得暗淡无光。肚子像怀着个baby似的，老大老大。我问他：

"你得的是什么病啊？"

"我也不太清楚，听说是肝病。我常常肚子痛，很痛很痛。而且我肚子里有一个硬硬的东西。"他停下来把衣服撩起来让我看，"呶，就是这里。"

说完还让我摸了摸那地方，果然硬得很，像藏着块石头。

他说，等我那块硬东西没了，我的病就好了。那时候我们又可以一起玩了。

我说，好啊！等你好了，我们再一起打乒乓球。

过了两周，在一次吃晚饭时，爸妈在聊天。

爸说：刘斌去了。

妈：谁？！

爸：唉，就是那个刘××的大儿子，肝癌的那个。

妈：唉！真可怜，才十三岁哪！造孽哦。

……

那个晚上，父母看我的眼神格外怜爱。让我有点惊慌失措。我想，我会不会也快死了呢？也许有一天我也得了肝癌，也许，我会从阳台摔下去，或者上山时被蛇咬了，或者在水里淹死……

我很害怕。我有点喘不过气来。我用颤抖的声音给自己壮胆："死是怎么一回事呢？"

父母交换了一下眼色。

妈妈说："死就是一个人慢慢地变冷，不能说话，也不能再听见别人说话，更不会吃饭和走路了。"

我说："我觉得自己很冷啊，是不是要死了啊？"

"胡说！你还小呢。你要长命百岁的，阎王来了，也带不走你。"母亲紧紧地抱着我。

哥哥在旁是一脸不以为然的神色。

五

晚上我又做梦了，梦见白七的鼻血还有他屁眼里的粪便，我依旧被吓醒，但我奇怪自己没有哭出来。可能是母亲的"长命百岁"给了我勇气。但我却不敢再睡着了，那是我生平第一次失眠。

人死了，是要进棺材的。一个人躺在冷冰冰的棺材里，是多么令人害怕的事情啊！那里冷冷清清的，连个说话的人也没有，那会是什么样的寂寞呢？在不久以后，还会变成一摞白骨，最后连骨头也不见了……我忽然悲伤起来，就算我有"长命百岁"，还是会死的呀！每个人都要死，而且还不知道自己要什么时候死去，真让人感到悲哀。

也许每一个人死的时候都是这儿先死掉，然后那里也死掉，一点一点地慢慢死掉，最后通通完蛋。就像刘斌，先死掉肝，然后再死掉一点什么，又死掉一点什么……最后全没了。

我忽然想起和他的最后一次见面。他说他好了要找我玩，我也答应他要和他打乒乓球。那现在呢？我不知道他会不会来找我，我怕。

他一直都没有来找我，这让我很不安。就像自己欠了别人一大笔钱无力偿还似的，总是害怕他来讨回去。我更害怕他会选择一个我独处的时候来找我。那时候我一定毫无反抗之力，他要我去陪他实在再容易不过了。

我小时候常听说人被鬼迷的故事：听说以前，我们村子里有个人叫王婶，在上山砍柴时撞鬼了。失踪了几天，最后家里人找到她时，她在某个山坳里，脸色铁青，嘴里塞满了青蛙、蛤蟆。我真怕自己也出现在某个山坳里。

那个暑假过得很不安心，还好终于熬过去了，我上了县城的初中。离开家乡的时候我松了一口气，我想他是忘了我们的约定了，忘了更好。

后来想想，癌症和白血病之类的疾病都是最残忍的，常常先通知了你的死期，然后慢慢地消耗你的一切——身体、金钱、精神意志等等。有人把它比作养了一个败家子，把人的身体当作万贯家财，这倒是一个不错的比喻。碰上一个败家子，万贯家财也有耗尽的时候；癌症就是让人耗尽精血，用尽体能，然后死。他妈的癌症和败家子一样不是东西。

　　未知的东西总是让人向往，我总是对死亡情有独钟。我甚至还喜欢看别人出殡的样子——绝对与幸灾乐祸无关。出殡其实还挺热闹的，有鞭炮，有唢呐，敲锣的敲锣，打鼓的打鼓，一大群人臂上挽着黑纱，头顶着白布，抬着贴满彩纸的花圈，咿咿呀呀地哭着，拥着一口黑漆漆的棺材缓缓地走，这样是不能给人什么恐惧感的，只能说是一群人在唱戏而已。

六

　　我的恐惧感在初中时就慢慢地被克服了。这还得多亏了我的一位朋友，她叫何小冰。如果不是她，说不定我会像小时候一样孤僻下去。我们几乎无话不谈。

　　我陆陆续续地把我的经历都告诉她，我那个叫狗蛋的小名、那些侮辱性的外号，我的鼻涕虫、我的鼻血，白七的死、刘斌的死，我做的梦以及我对死亡莫名的恐惧与亲近。

　　"你是一个敏感的孩子。"她说起话来像个姐姐，"你从小的经历就暗示了你要经历很多与众不同的苦难和折磨。"

　　我问她：我笨吗？我很害怕自己真是一个笨蛋，这样的话，我怀疑自己连怎么死都不会理解透彻，说不定被别人卖了还帮别人数钱。我最不甘心的就是一件事发生得不明不白，结束也一样不明不白。

　　她说：不，你很聪明。敏感的人绝不会是笨蛋，但是一个人敏感了就容易受伤。你的敏感似乎和别人不一样——你可以忍受那些让你受伤的经历，这很奇怪。

我又告诉她我小时候举着衣服在村子里赤身裸体地游行的事，我总觉得自己能受各种各样的侮辱从不爆发与那件事有莫大的关系。但她也说不出所以然。让我有些失望，我是多么希望自己可以把过去的一切都弄个水落石出啊！这个问题后来我想明白了：只要你长久地处在一种生活苦难当中，你就会把这种苦难当作幸福。你会认为它无法改变，并且，很自然地去适应它。

都是人的惰性使然。

有一天小冰突然问我："你想去看死人吗？"

我想到白七的死——到现在给我的印象少得可怜了，连他的脸我也记得模糊不清，只剩下他的鼻血和他屁眼里的屎让我的记忆沉重不堪。尸体对我而言是神秘的，去看的冲动源于对死亡的恐惧和亲近，以及对尸体的好奇。

也许我该庆幸这次与尸体的亲密接触，那是我改变自己心态的开始。

那一天，阳光很是灿烂。我们一起偷偷地进入了医院的太平间。

进太平间的时候冒了一些风险。太平间的看守是一个老头，干瘦干瘦的，两眼枯滞，面无表情，也许是和尸体接触得久了，连头发也尸味甚浓，穿着一件灰色的中山装，活脱一副死人样。我估计他躺在太平间没有人会认出来。如果半夜里在大街上晃悠，没准就会吓坏几个夜归人。我们走上前去，那老头就问：

"你们来这里干什么，去去去！"

小冰回答："院长叫你去一趟。"

他将信将疑地看了我们一下，就走了。

看着他消失在第一座楼的拐弯处，我们就冲进了冰冷的太平间。我们颤抖着手掀开了所有遮盖尸体的白布。

如果我说，一千具尸体就有一千种表情，我想没有人会反对。对于死亡，有些人恐惧，也有些人坦然；有些人狂躁，也有些人安详；有些人愤怒，也有些人安宁；甚至还有人怀着不可知的欣喜。总而言之，面对死亡，每一个人各有表情，我觉得把死亡比作盛宴未尝不可。每个人参加这场盛宴心情迥异，各种表情也相应而生。

记得那里一共有二十具尸体左右，每一张脸都略微浮肿而且带着死灰色，都是模模糊糊的，晦涩而且朦胧。这些是尸体最基本的表情——这让我觉得死亡是个很含糊很暧昧的东西，在二十几具尸体中，有一张脸让我终生难忘。

那是一张小孩的脸，十岁光景，清清秀秀的，分布着匀称的五官，百分百一个美人胚子。她的嘴角微微向上翘，细看之下，眼角似乎带着笑意，慢慢地在眉间洋溢开去。只是脸色差了些，仿佛她只是睡着了，在做一个快乐的梦。我实在无法把她的快乐和白七的难看连接起来，血、粪便、笑脸不停地冲击着我的神经，我说不出的难受，喉咙一阵一阵地发甜，眼睛痛得发黑。

这时小冰把我拉出太平间，恰是时候。外面暖暖的阳光照耀着我，一刹那我以为这是我生命里最美好的阳光。我忍不住抬起头，阳光很刺眼，我条件反射似的闭上眼睛，眼前是一片血红的混沌，血的颜色把我带回到我七岁那年那一天的午后，鼻血，灰黑色粪便，连同白七软塌塌的身体在我面前软绵绵地伸展，我俯下头，剧烈地干呕，却吐不出一点东西。

那天的阳光和死亡一样暧昧不清。

如果没有那次经历我想我无法摆脱对死亡的恐惧，那个不知名的美丽的小女孩脸上堆砌的笑容让我看见了人们对待死亡的另一种表情。这表情无比生动，是我喜欢的表情。我对那个女孩的死感到难受，却对她的表情倍感亲切。原来死亡也是有很多不同的面具的，女孩戴着安详宁静的脸谱，白七则裸露而且血腥。但无论死亡戴着哪一种脸谱，都将带你去同一个地方，而且不分男女老少，更不讲先来后到。这说明，每一个人到达的目的地都是一样的，唯一不同的是到达目的地的方式或者手段。

无论女孩身上表现出来的对死亡的态度是真心还是无意，都无关紧要，重要的是，让我看到死神温柔和善的一面，所谓的死并不像我原来想象中的一样可怕。这对我而言，已经足够。不管怎么说，她让我对死亡真相的了解又近了一步——我明白了，笑着死去，是一种对死神最为残酷的表情，而对自己，这种表情最为妥当。它是震撼人心的，其力量足以撕心裂肺。在此之后，我慢慢摆脱了白七的死带来的恐惧感，这是值得庆幸的事情。

七

初三那年，学校正在施工，建一幢实验大楼。我们那边有一个习俗，或者说是建楼的一个规矩，就是在打下地基的时候要杀一头牲畜祭祀土地公，表示冒犯之意。也许是因为建筑队不信邪，终于发生了邪事。在拆五楼的脚手架的时候，阳台倒塌，五层混凝土结构的楼板忽然断裂，发生连锁反应，从上到下一层一层地往下断，三名工人异口同声的一声惨叫，然后戛然而止，其中伴着水泥板之间沉闷的撞击。等一切尘埃落定之后，就听见有人在那边呻吟。

我从教室跑出去时，天空还飘洒着粉尘状的水泥末，水泥板断裂处的钢筋裸露出来，犬牙交错，水泥板耷拉着挂在空中，与楼房藕断丝连——也许，这就是为死亡的藕断丝连做最明白也是最隐晦的昭示。

我的懦弱这时表现得尤其明显。我竟然不敢越过二十米的障碍去看望那些坠楼者，而中间又不合时宜地堆放着一堆卸下来的脚手架。我在十分钟之内无法给自己找到一个去看的理由，也缺乏勇气。然后110赶到现场，开始隔离保护，疏散人群，同行的还有救护车。三个担架被抬出来，送进医院。第二天我再去观摩现场的时候，已经没有一点痕迹了，连血迹也清理得一干二净。这对我是一个莫大的遗憾——对我也是，我无法替他想象出那三个人血泊满地的模样。

于是，我可能错失了整篇文章中最为生动的情节。也许，我们大家都常常在一不小心的时候与生命中的重要情节擦肩而过，而我们要么不能自知，要么在事后追悔莫及，但一切都于事无补。世界上并没有后悔药让我们重新来过——生命的快乐也许就在于此——我们无法预知将来，也无法改变过去，生命过去之后就不再重复——或者，生命的不幸也是来源于此，因为我们在过去和将来，什么也不能抓住。

关于后事的传言有三种版本：

一、一个人在摔下来的时候，脑袋就掉了半边，当时是脑浆与泥浆同流，鲜血共浊水一色；另外两个送往医院抢救，因没有家属签字，久久不得救治，两个小时后死亡。建筑公司如何善后，语焉不详。

二、一个人在摔下来时当场死亡，另外两个送医院抢救，一死一残。建筑公司如何善后，语焉不详。

三、一个人在摔下来时头破血流，当场死亡；另外两个虽留住性命，但落得终生残疾，建筑公司如何赔偿，语焉不详。

总之，在事故中，一定有人死了。这是我所经历的最惊心动魄的死亡方式——三个人同时发出一声惨叫，然后归于了寂无声——甚至连他们的后事也同样不为世人所知，只留下若干揣测：有人说，民工上告了好久，法院都不予接纳，上访之路，如蜀道之难；也有人说，民工在官司中胜诉，但建筑公司的赔偿迟迟不能落实，拖到人人山穷水尽；还有人说，建筑公司花了很少的钱，买断了一条人命和两个人的下半辈子。更让人难过的是，连报纸在内的所有媒体从来没有过关于此事的任何报道，这样的平静让人窒息。我相信，这场劫难的背后，悲痛愁苦、忧伤眼泪、贫穷困顿俱在，一定无比生动，并且震撼人心。而我们只能远远地做一番无端的猜测，直到这段事故淡出我们的生活，我们再把它彻底地忘记——没有人会在乎那三条生命的下落，也没有人注意那三个人背后家庭的出路何在。每一个人都是那么忙，忙到忘了关心别人，忘了与自己无关的所有事情，尽管，这也是他们自己的生活……

　　大楼还是照样开工，就像太阳照样在东方升起。竣工之日，引来了大批的领导剪彩，一万响的鞭炮喜气洋洋地散发着硝烟味，在那种节日的气氛里，我和小冰在教室中用刚学过的加速度定律（牛三定律）运算，一个人从十五米的高空落下，如果没有任何阻挡，与大地亲密接触需要多长时间，结果得出的答案是1.74秒。也就是说，死去的那三个人在空中留下的那一声惨叫就是他们留给世界的遗言。而事实上，在这段时间里，他们什么也来不及说，甚至连念头也来不及转过弯来。让人忍不住感叹生命的脆弱，或者为人的悲哀就在于生命的不堪一击。但换个角度说也同样成立：正因为生命的不堪一击，才显得生命特别可贵，特别值得珍惜。明白了这个道理，我开始对自己小时候乖戾的性格产生怀疑——任何一种乖戾都是对生命的否定，因为乖戾无论如何也不能说是珍惜生命的表现。对待生命需要一种很好的态度，就是要心平气和。只有心平气和，才能让自己接受苦难，接受差距，这是活得好的前提。

八

要明白这个道理并不容易，我曾经对自己的生命是几近苛刻的吝惜，我总是害怕自己会不知不觉地死掉，而对别人却漠不关心。我觉得这是乖戾性格中最无法忍受的一种，说穿了，就是自私。在人所有的品德当中，我最厌恶的就是自私，自私在很大程度上，是一个人所有罪恶的根源。我常常在想，是不是我们能够在某些地方没有一点私心，我一度以为在爱情中可以。其实不是，在爱情中所有的无私只不过是一种盲目的牺牲，为了收获一种悲剧的美感。正如王家卫电影的主题："要么爱之而不能得，要么弃之而不能舍。"就在这样生活的悲剧里，我们慢慢地走向衰老，走向死亡。

成长的钝痛似乎潜藏在心中的某个角落，不经意之中，便像春草一样露出脸庞。也许，人生的成长不过如此，我们在回忆和对回忆的篡改之中慢慢成熟，在我们回忆过去并且能够对过去做出客观评价的时候，我们已经长大了。

长大了，便可以从容赴死，犹如赴一场盛宴。

艳　遇

　　说到艳遇，人人都想到肉体的欢娱，但我不是。《天龙八部》中，粗犷的乔峰在小酒店邂逅段誉，共饮千杯，若我是儒雅的大理段氏，定会以为这是一场惊艳——惊艳只是一种感觉，用来形容某次相会引起心灵的震撼——忽然觉得幸运，中文里会有这么多的词汇修饰相识的开始。而英语的"How do you do"和日语中的"初对面、どうぞよろしくお願いします（初次见面，请多关照）"都显得生分，好像是必不可少的外交辞令。

　　和张君见面，是出于礼貌。张君是朋友的朋友，若不是朋友的嘱咐，我想我很难拔足去见一个素未谋面的人——无谓的性格和对陌生人的提防，让我对类似相亲、和异性单独见面的事情敬而远之。工作以后，总是有许多好心的长辈介绍对象，只是我慵懒的脾性让他们所有的好心搁浅。

　　但是见朋友的朋友已经不是第一次。见过之后总会想起拉封丹的一个寓言："有两个朋友住在一个城里，其中一个深夜去找另一个。那人连忙爬起来，披上铠甲，右手执剑，左手执钱袋，叫他的朋友进来说：'朋友，你深夜来访，必定有重大的原因。如果你欠了债，这儿有钱。如果你遭人侮辱，我立刻去为你报仇。如果你是清夜无聊，这儿有美丽的女奴供你排遣。'"

我想自己多少带有点这样的骑士性格。有人说这样过分热情，显得有所求；当然，还有人认为这是尚客的古风。我喜欢后一种看法，就像李白对汪伦的故事——换作现在，如果有人从远方不断地发来邀请函，请我去喝酒，大抵我是不会赴约的。时代的进步让人与人之间的关系变得分明起来，请客吃饭，要么有所求，要么就是为了报偿。初次见面一见如故，便能"拈草为香、以地为炉"对着青天明月义结金兰的时代已经一去不复返了。这是时代的悲哀，也是人类的悲哀。但是这种变化很少有人注意，中国人是以健忘出名的，中文里浩瀚的词汇很容易找到遁词，比如"人心不古"，或者是"防人之心不可无"。虽然我不惮于用最大的恶意去揣测别人，但是我却不喜欢别人用最大的恶意揣测我。我只是认为，我没有别人想象中的坏。

张君来的当晚，大姐的儿子住在我家，自然得铺床叠被，并监督他洗漱妥当，最后送进了被窝，才能离开。因此，见到张君时已经是夜里十点半，在酒店的门口见到她，淡淡地招呼，礼貌而有分寸，仿佛是蜗牛伸长触角对食物的试探，很快就缩回去——这是因高傲而产生的矜持，保护自己，也不伤害别人，于人于己都能保留亲切感。我想，所有女子的矜持，是与生俱来的，都应该被原谅。而说话慢条斯理的张君，却另有一种温婉的风度。也许是出于"红袖添香夜读书"的好梦，让我对温婉的女子心怀尊敬。有时候温婉代表着涵养，我喜欢有涵养的人，也希望他们能喜欢我。

见到张君，觉得古人造字真是有了不得的见地：女子为"好"，少女为"妙"。忽然间竟觉得自己唐突——穿着随便的运动服，胡子像老猫的一样长。未曾刻意修饰的打扮几乎让我无地自容，不免自惭形秽起来。有时候不修边幅对人对己未必是件好事，如果我出来前能将自己收拾清爽，那未必像现在一样狼狈。因此觉得，同陌生人见面好像是去陌生的地方，也是一种冒险。在不自然的微笑里，有试探，有亲近，有慌乱，有庆幸，有惶恐，还有新奇。

请张君吃饭，这是地主之谊。但是不能选高级的馆子，面对精致的菜单，空瘪的钱包未免令我捉襟见肘，而可怜的自尊也会在夸张的数字前面萎靡下去——为了表现自己的热情，让自己难堪，叫得不偿失。于是，在朋友的推荐下去了"康妈妈"。在不算高雅的地方吃午餐，谈不上别样的感受。张君喜欢吃辣，她点了干煸肥肠。对于猪大肠，我一直没有好感，若不是煎炸过的，它更会让我如坐针毡。幸好，我对漂亮女人的性格有所了解，她们都对自我如此看重，往往难以顾及别人的感受。和张君一起吃过两顿饭，一顿夜宵，她都是果敢地选择自己的喜好。而且不难看出来，她对食物是极为挑剔的。这样的女子会把自我感觉当作行事准则，有决定而不顾一切。

对于食物，若不是实在难以下咽，我都抱着虔诚态度，这是自幼贫苦的生活使然。但她对美食也不过是轻描淡写，我想或许是出于显赫家世。家世的高贵，让人对吃的感觉变异——他们往往会要求器具精致，色香味美，而忘记食物本是用来充饥的本质。想过之后就感到气馁，这样的地方自然无法博得她的惊艳，也许还对自己的慷慨形象有损。诚然，我希望自己能够满足每个朋友的心愿，但是，若要我想有非分的本事，或者为非作歹，更是难如登天。于是只能如此而已罢。

张君说，觉得我的相貌还算英俊。我想到的是，难得老乌鸦唱歌有人叫好。揽镜自照，对长相是毫不引以为豪的，若非得给自己找个得意之处，那便是心底的三分傲然七分谦卑。

我对别人长相的记忆极为淡薄，但是也还知道张君漂亮，不过容颜已经模糊——我从来无意认真考察别人的容貌，也或者是难以从容地观察别人，只记得张君有一副好看的牙齿。在灯火通明的街上，皎皎生辉。

我想，张君很快就会忘了我，也许我也很快就会忘了张君。在地图上，许多地方我们去过一次，便再也不会涉足；很多的人我们见过一次便再也不会再见，他们只是我们地图上的某个坐标，隐约暗示某些存在。每个人都是别人的过客，等旅程到了最后时刻，我们就会知道，终点是一个人的终点，同车的男女，有的早就提前离开，有的还在继续奔跑。

但是，不管和一个人的关系能不能经营长久，跟他（她）的初识没有记录都是令人遗憾的事。如果和每个人从相识到告别都是一个完整的故事，那么我已经错过了太多的情节。我小时候爱读书，但是常求书而不可得。有一日在废纸篓中捡到一本没有封皮封底的《儿女英雄传》，虽然，看起来这本书像是裸着身子一般叫人难堪，心中倒十分欢喜。不过，我读书总是喜欢从第一页开始，三十页才是开头的《儿女英雄传》是儿时读书的遗憾。细想起来，捡到书欢喜之中还是有许多怅惘的，毕竟谁都希望故事可以有始有终。

我想以后是否该认真记下和每个人的开始，以确保回忆的完整。不过，许多的回忆没有始终并不是因为我们不想记住，而是没有内容可以记住。包括张君，这篇文章可以当作是我们初识的记录，但是却不能保证继续交流的可能。我的电脑里头，有许多只有开头的小说，寥寥数行抒写着过往的一些开始，但是却看不到下文，每当我打开了这些记录，我便难以抑制自己的悲伤。

或许，诸如此类的种种令人惊艳的邂逅，都是叫艳遇，是瞬时惊艳，却叫人哀伤。

怀念那只失踪的猫

秋天的某个下午，我在街角的垃圾桶边看见一只白猫，它看起来很瘦弱，却很精神，它看见了我，低头叼起一只垂死挣扎的老鼠，跳上垃圾桶，弓了弓身子，后脚一蹬，落到屋顶上，接着转过头对我粲然一笑，留给我一个意味深长的眼神，然后优雅地消失在我的视线里。那副笑容、那种眼神我相信我见过，并且在心里珍藏过，只不过一下子竟然记不起来这些东西在什么时间什么地点出现过，以至于让我久久不能忘怀。时间总带给我错觉，让我常常以为我的过去是一场梦，回忆时像是上当受骗过一样难受。

那只猫让我想起在一所二流大学的末流专业里求学的光阴，那时候我清瘦如它，也矫健如它，我常常在篮球场追着球奔跑，像一个无知的孩子。跑着跑着，我就跑出球场，跑向了而立之年。

就是现在，我一个人靠在墙角看着头上并不蔚蓝的天空，在球场上放肆的笑声亦真亦幻仿佛从来没有过，但又确确实实在时空的某一个角落响起过。让人很头大是不是？的确是的，每次在想到过去的时候我就陷入一种虚空，无法自拔。

我做梦常常会梦见猫，它像个幽灵在我面前赶路，我在后面追逐。我快它也快，我慢它也慢，我休息它就停下来睡觉。总之它就是不让我靠近它，无比郁闷，郁闷无比。我连自己都弄不明白，这样年复一年、日复一日追赶它到底意义何在？看来做人的确无趣得很，一些很无聊的事情居然可以做这么久，像我，一只猫可以让我在有生之年都跑个不停。如果真的有上帝的话，他一定会在暗地里笑我，这个鸟人，真是笨蛋，跟个小屁孩一般，给他一个破气球居然就耍了一辈子。

说起做无意义的事，我觉得世界上居然没有几个人做的事情有意义，好像每一个人都和我一样做着类似追赶猫的举动，真是莫名其妙。我认真研究了一番，世界上除了做些无意义的事的人，就是一群无所事事的人，不知道对不对。

相比之下，我找一只猫追赶到死，还算是一件很不错的事情。起码来说，我还不至于没有事做。要发泄的时候可以把猫赶得飞快，出出自己的闷气；开心的时候可以慢悠悠地跟在它后面看它走秀；无聊的时候可以对着它破口大骂，反正它什么都听不懂……

我在去年秋天遇见了一个叫霞的大学同学，我看见她不由自主地想到了萌，然后脱口而出地问候："猫，最近好吗？"

她说："你刚才叫我什么？猫？"

我连忙掩饰说："没有，没有，我只是觉得大学时候的你像猫罢了，所以私下给你取了个外号。不会介意吧？"

她呵呵笑。

我补充说："说真的啊，那时候你真乖巧得像一只猫，现在还像。"

她开始笑得夸张起来，花枝乱颤地说："你还是这么会开玩笑。"

我一本正经地说："我没有开玩笑，当年就因为你这猫一样的个性，让很多男生暗恋你呢！不瞒你说，我就是其中一个。"

她笑得差点把胸罩的带子给崩断，我有点替她担心，还好一会儿她就不笑了。我想真是老天有眼。

她说："真的吗？我怎么一点都不知道呢？我真是消息闭塞。"

我笑着说："被你知道了，那还叫暗恋吗？你用脚趾想想就知道了。"

她说："那倒也是。"

接下去，我们又互相吹捧了一番，就背对背离开。当我转过了第一个街角时，狠狠地朝地上啐了一口痰。马上从旁边的黑巷里蹿出两个老头，以同样的速度撕下一张纸，异口同声地说："随地吐痰，罚款五元！"

我问："给谁好呢？"

他们还是不约而同地说："给我！"

老头A说："我先撕罚单的。"

老头B说："我先叫他罚款的。"

A："我先看见他吐痰的。"

B："看见顶屁用？"

……

我看他们已经吵得不可开交了，就圆场说："两位大叔，你们别吵了。我给你们一个人五块，再吐一口，行不？"

他们还是那么有默契地回答："中！"

我给他们十块钱，象征性地做了个吐的动作，就离开了。还没两步，身后就传来从两个鼻孔里出来的一个声音："哼！"然后是"咳，呸！"

我想他们可能会互相撕下一张罚单让对方交罚款，然后闹个面红耳赤。

生活还真他妈的有点意思。

在被罚款以后我走在街道上就忽然记得了，那只猫的笑容和眼神居然都是我大学所做的梦里想逃都逃不开的东西。我使劲一拍脑门：你个浑蛋，怎么就给忘了呢。

其实我并不敢确定我梦里的眼神是猫的眼神还是人的眼神。因为梦毕竟是靠不住的东西，就好比吃过一颗糖果，吃完了你往往只能用甜或者酸来形容它，一个人连刚吃过的糖果的味儿都不能形容清楚，何况是梦呢？谁知道在梦里我们遇见过什么享受过什么呢？就算记得一点东西，也远远不能满足现实的需要。

我边走边想想了很久，最后得出了一个结论：这可能是人的眼神，也可能是猫的眼神。总之，这一定是眼神。我忽然就自己开心起来了，由衷地感慨，自个儿记性还真的不错。

得意中，我忽然想起大学时看过的一篇文章里的某个段子：有一个人发现自己的老婆和某男人私通，生了一个儿子。他忍不住对照儿子跟那个男人的区别，最后他很开心地告诉自己说：还好这孩子跟那个男人一点都不像。理由是：那个男人是右眼大左眼小，而那个孩子是左眼小右眼大。

——人要安慰自己，真是容易极了。

我已经二十八岁了，还来不及结婚，我家老太太三天两头跟我说找对象的事情，并且到处去打听别家姑娘年龄几何婚配与否。生怕自己的儿子没人要，要她养一辈子，所以想随便找家姑娘赶快把我送出去，免得麻烦。

我虽然觉得这样不爽，可是又不能违背老太太的好意，所以就按照她的意思去相亲，每次我老是装疯卖傻糊弄过去。我回到家她就会问我那家的姑娘怎么样。我就回答她说："不错不错，只是不知道她能不能看得上我。"她听了就开始偷着乐，可能是想到了抱孙子的事情。这老太太没有什么长处，就是对她的儿子信心十足，仿佛她儿子是天下第一美男子。其实看她这样我心里很开心，一个人老了还能够活得这么简单，真的是一件很幸福的事情，我最怕她什么都要操心，仿佛少了她地球就转不了，多累。

过了十天半个月，她还记得我相亲的事情，就问："你和那个姑娘发展得怎么样了？"

我就笑嘻嘻地回答她："你儿子没人要啊，人家看不上。"

她自言自语地说："怎么可能呢？我儿子……"

我就会趁机跟她说："妈，我的事情我自己来办，你就少操心啦。"

她就恍然大悟地说："好，好！孩子长大了，我不操心，不操心。"然后瘪着嘴笑得呼哧呼哧的，像个破风箱。

可是过不了几天，她又开始张罗我的对象。

拿她一点办法都没有。

其实我差点和她介绍的一个女孩处对象。

那次我和她在别人的安排下在公园里见面，我故意迟到。我慢吞吞地走进去的时候，她正坐在凳子上逗猫。那只猫的毛紧紧地贴在身上，可怜兮兮地游荡在公园里，像是一个无家可归的孩子。就在那一瞬间，我觉得她就是我要找的相伴一生的人了，我怀着难以抑制的兴奋走过去问："请问你是×××吗？"

她站起来说："你是寒枫？"

我说我是。

她说我等你好久了。

我说我有事耽搁了一会儿，对不起。

她说没关系。

我们开始拉家常，感觉这个女人挺活泼的。忽然她使劲踢了一脚，骂了声："走开，臭猫！"接下去说，"还咬我裤脚。刚买的裤子，三百多呢。"

我听见那猫发出一声惨叫，然后看它消失在草丛中。我觉得非常难过，然后找了个借口提前告辞了，后来我再也没有和她见面。

结果大家都知道了，这段恋爱黄了。

这年头找一个好的女人还真难，但我从来没有失去信心。因为我曾经碰到过一个很好的女孩，她长得并不是很漂亮，但是她给我很大的震撼：她的笑，是上帝留给男人的希望。那时候我正在读大学，在那段年少轻狂的日子，我常常把她和我宿舍门口晒太阳的猫联系在一起。我读的是中文系，一点也不时髦，却很适合怀旧。每次它在我宿舍门口休息的时候，我就会衍生出很悠长很悠长的伤感。

在某个午后，我在阳台的栏杆缝里面看见了那个女孩，第一眼我就认定她是一个与众不同的人，甚至认定了她就是我以后相濡以沫的女人，可是我到现在还没有向她表白过。我不是很擅长表达自己的感情，虽然我不是内向的人。

我在知道那个女孩以后我就开始喜欢上猫，我有种感觉，它会带给我幸福。很唯心是不是？我知道自己很多时候会陷入唯心主义的泥潭。我把产生这一现象的原因归结为我读的是中文系。中文系是一个渐行没落的专业，读这个专业第一件事就是要学会自我安慰，然后心安理得。可是如果叫我再参加高考再报一次志愿我还是会选择中文系。

这叫人贱没药医。

以前我总是把自己的过往弄得跟珍稀动物似的，生怕自己错漏了过去的任何一个细节，这样的结果就是我常常一个人莫名其妙地感伤，我现在终于可以很少去回忆过去的事情。

但是我在那个下午邂逅那只猫的时候又闯进了怀旧的误区。那只猫带着我重新经历了一次大学的生活，至少是让我想起喜欢上猫以后的生活。

那时候中文系的男生个个羸弱不堪，但是个个都向往"真理"——全仗文学大师钱钟书先生的苦心教诲，循循善诱，发明了一个叫作"局部的真理"的名词，让我们的荒唐有了个冠冕堂皇的借口。

记得我们学院有个传统，大三学生必须为学弟学妹办一台晚会，叫作"入学两周年暨迎新晚会"。我们年级办的时候有个节目是时装秀，听说那时装秀引起了全系男生的尖叫——一个个女生的衣服东挖一个洞西挖一个窟窿的，穿在身上像刚参加爆破的工人，许多各种形状的真理若隐若现，让男生们着实亢奋。据说，那个时装秀是晚会的高潮，连一天到晚看起来昏昏欲睡的老教授都两眼放光。

那时候我刚好打球摔伤了脚，痛失目睹"真理"的机会。宿舍的同学回来绘声绘色地形容的时候，我躲在蚊帐里头用拳头狠狠地砸了一下自己脚上的伤口，然后疼得龇牙咧嘴，往嘴里吸冷气。

早知道这样，我就非拖着伤腿去研究真理不可。

可是，后悔有用吗？当然不会有用，就像我现在后悔当年没有把自己的心事向那个女生表白。当年有机会的时候不珍惜，现在想珍惜的时候却没有机会了。说不定她早已经嫁作人妇，甚至可能已经儿女成群。

我宿舍门口那只猫在过了一个年以后我就没有再见到过，让我无比怀念。由于那只猫的无故失踪我看见了我和那个女孩的未来。果然在大学毕业以后我们就各奔东西，再也没有见过面。所以我一直不能说服自己找个女孩结婚，繁衍后代——也可能在大学毕业以后我没有遇上一个和她有相同气质的女孩。

我是一个很擅长等待的人，为了自己的某种欲望，我能够做得无比坚忍。我不相信自己和那个女孩在大学以后就会这样不明不白地告别，所谓的信心是一件很奇怪的东西，它能够让你在死亡的边缘找到活下去的勇气，更何况是对一个人的等待呢？即使信心这棵大树里面已经长满了白蚁，但是只要还能以立正的姿态出现在人们的面前，它就有顶梁柱般的用处。

我一直在期待着，与在我宿舍门口走丢的猫重逢。

去年秋天，我和霞分别以后，我穿过长长的一条街，在一家咖啡店玻璃橱窗外狠狠地打了自己一个耳光。里面一对情侣面对面坐着，女的看见了我的举动，喷了她男朋友一脸的水，然后满脸笑意地帮他擦掉。我恶狠狠地瞅了她一眼，继续走我自己的路，但是和刚才的得意决然不同。

其实霞在大学里面是受男生鄙视的女生，用胸大无脑来形容她一点也不过分。毕业四年多了，没有想到我第一个遇见的居然是她，而且我还能跟她聊起这么恶心的话。我忽然又想起刚刚她笑得前俯后仰，背上被胸罩带子勒出一道深深的痕迹的样子，那时候我还希望她出点洋相，有点难过。

我不知道自己在得意什么，得意自己可以这么违心地赞扬一个人吗？还是得意自己奚落了以前的同学一番而她却一无所知呢？不管怎么说，我的做法都不够厚道。

社会真是一个好东西，先让我看清了真正的生活，然后又让我继续虚伪地活着。昨天我还和我表弟说：虚伪的人很悲哀，容不得别人虚伪的人也同样悲哀。没想到今天自己就悲哀了一回，真是报应不爽。

　　那天和霞见面聊了快二十分钟，全部都在无趣的问答中打转。最关键的问题居然忘了提及——我一直想知道那个女孩的去向，居然忘了问问她。虽说未必有希望知道，但是起码也是有一点希望。错失了这样的希望，然后还得让喝咖啡的恋人笑话。不是倒了八辈子的霉是什么呢？

　　其实像霞一样生活也是很好的一件事情，可以想象的，我们明明知道别人虚伪对待我们，我们还得虚伪地应付他们，而霞呢？她根本不去考虑别人这么对她，她只是用那种傻乐的态度对待别人，是不是比我们快乐我不知道，但明显比我们来得真诚。

　　我从大学三年级下学期开始，就一直想找到那只曾经在我宿舍门口晃悠的猫。我是一个有很深的宿命观念的人，我说过的，我觉得它会给我带来幸福。可是一直到毕业的时候我还是没有找到它，我就相信了，我不会找到自己的幸福。我在剩下的校园生活里看见过许多猫，都不是我千辛万苦要找的那一只。我要的是一只棕色又略带黄色毛皮的猫，它雍容华贵像杨贵妃，平易近人像刘罗锅。但是它和时间一样彻底沦陷成虚无。

　　我做梦梦见猫也可能是出自对它的牵挂，如果"日有所思，夜有所梦"这句话成立的话。我总是期待幸福，并且把它寄托在猫身上，结果猫变成了我的梦、我的埋想，变得遥不可及。不管我怎么努力追逐，都和它有一步之隔，哪怕是在梦里。其实这本身就是很绝望的事情，我感觉绝望和人性深处的问题一样深不可测。

　　我是一个很自私的人，为了自己的幸福总是不惜牺牲别人的幸福。

其实我在二十二岁那年的春天就结婚了，那天我和另一个女人在一家西餐厅昏暗的灯光下喝交杯酒。我们都很寂寞，于是彼此安慰。

我说："我们喝交杯酒吧？"

她说："喝就喝，怕你不成？"

我们低着头把杯子里的葡萄酒一饮而尽，然后我轻轻吻了吻她的额头。我们看着对方，轻轻微笑，我看着她的眼泪无声无息地滑落下来。我假装很自然地转过头看窗外的霓虹灯，有点刺眼。

我说："它闪得我的眼睛都痛了。"然后大大方方地擦眼睛，顺便把眼角的液体擦去。

她说："真的挺刺眼的。"

我们相视而笑。

我们在结婚的那个晚上就想到了离婚。

后来做过一个心理测验，据说可以算出人的结婚年龄。答案告诉我，如果我二十二岁还来不及结婚，我的婚礼将在二十八岁或者二十九岁的时候如期举行。

我忽然像一个孩子一样天真地笑了。

去年秋天，我刚好二十八岁。我没有碰见我的公主，只是碰见霞，我来不及问公主的下落，我们就分道扬镳。

今年秋天，我已经二十九岁了。我看见了一只白猫，它在屋顶上留给我一个笑容和一个眼神，然后就消失不见。我相信这是一个暗示，可能暗示着一个轮回。但除了我，没有人懂得这种轮回。

也许等今年过去了，我还是没有结婚。我忽然想起那个心理测验，忍不住骂了一句"狗屁的测验"。然后想起来，我在二十二岁的春天就结过婚了。

也许，在将来，在记不清的某个日子，也许还是秋天，在满街飘着落叶的时候，我在街上会碰见一个雍容华贵的女人，牵着一个帅气的小孩，走过来优雅地笑着，对我说："你是寒枫吧？十几年了，你好吗？"

我淡淡地笑，回答说："或许。"我以为所谓的理想到头来不过是这么一回事。

她牵着她的孩子离开我的视线。看着她的背影，我鼻子一酸，居然笑了，抱起脚下的孩子说："猫猫，我们回家。"

又是一年猫叫时

假如有一只猫爱上你，保管你整个晚上都睡不着。

这是一个学长在《猫叫春》里写的话，那篇小说他上大一的时候写的，我大一的时候看他的文章，但是现在我已经毕业了，时间快起来总是让人神伤。看完那篇小说我对他五体投地，想认识他的心情像是母猫在春天的性冲动——告诉大家一个秘密，我现在是被满足了欲望的猫——我不仅认识了他，还让他认识了我，而且我们还在一起喝过酒。如果你们不介意我"炒作"，我再自曝内幕——他睡过我的床。我一个朋友说，他是文学院最后一座里程碑，也就是说里程碑曾经摆放在我的床上。所谓"一人得道，仙及鸡犬"，我想我的床也可以载入史册了，写上"×××到此一睡"，说不定以后可以当史料研究，只是一切都在来不及贴上历史标签的时候，就悄悄地过去了。

我以前说起他总是学长长学长短地加上一脸崇拜，我现在直接叫他的名字还可以在心里偷偷骂他——你他妈的怎么可以比我厉害呢？比我帅我可以原谅你，但是比我厉害我就忍无可忍了。大家评评理，说说看这是什么世道？他一个人占尽了优点，而我啥也不是。就因为我长得丑就不给我好能耐，上帝实在太不公平了吧？

听说："好东西都是配套的。"照这样的逻辑，坏事物也会堆砌在一起，所谓祸不单行就是这个道理。这个要举例也很容易——我长得这么丑已经是个灾难了，还让我有这么多的缺点。

他的这句话在我的脑海里挥之不去，总是提醒我想起那只叫我魂牵梦萦的猫——我不知道她是不是爱上了我，她以前没有跟我说过，直到现在还是没有。我几乎忘记了她所有的语言，只记下了自己的絮语。

回忆却一直在欺骗我的感情，让我真假莫辨。

他在小说里面提到的17号楼我也住过，但是现在不住了。那座楼在某年7月份变成了有钱人的"地狱"，当年那是我们无产阶级的天堂，我曾经写一些乱七八糟的东西歌颂它，包括里头肆虐的老鼠、蟑螂，都是我们快乐的理由。现在再写关于那座楼的故事的话，就连纪念也不能算了，只能说是凭吊。不管有什么理由，回忆过去的甜蜜，然后再和现在的痛苦相比，都是一种折磨。我记忆里的猫，只有在17号楼前炫目的阳光下，才有一种倾国倾城的风采，这是特定的时间地点赋予猫的神性，有着普度众生的光环。

我有一段时间住在一个叫作时代公寓的地方，同学们都管那边叫作"鬼地方"，但是我还是觉得太便宜它了。因为那边不只有鬼，还有暴露狂。据说有不少女生在晚上回来时，都碰到有人跳出来，胯下挺着一杆歪歪斜斜的软塌塌的枪，胸口的肋骨像是两排子弹匣，然后发出淫荡的笑声，靠近女生，最后还要在女生没有反应过来的时候逃走。虽然吓着别人，自己吓得其实也不浅。我常常在兄弟面前感叹："为什么我从来碰不到这样的人呢？"结果当然是我被嘲笑："就你那点姿色，脱光了都没人感兴趣。"

不过我觉得这个绝不是我碰不到暴露狂的理由。我认为我碰不到的原因是我自己也有一杆枪，而且据"受害人"描述，那些人都比我老。由此可见，我的枪比他的新。枪和科学技术是同步发展的，越新性能越好。他用的是五四步枪，而我用的是AK-47，短兵相接，他必输无疑。说不定一见之后羞愧交加就把枪折了。这叫"赔了性命又折鸟"，实在大大地不划算。三国里面也有类似的故事，详情请翻阅《三国演义》。

关于猫的记忆和想象，在"时代公寓"出现了断层，我找不到优雅的猫和鬼地方的契合之处，因此难以向别人撰述猫的精灵和神采——当然，猫诡异和桀骜的品性在废墟之中也可以熠熠生辉，但是，鬼魅并不是我急于言说的重点，因此，我的记忆删除了关于猫的部分品质，而自以为是地保留了自以为是这一部分的德行。我在自娱自乐中抒写了寻找我和猫之间故事的意义。

我在17号楼住的时候，楼下经常可以看见两只猫在闲逛，仿佛举案齐眉的样子。可是后来只剩下一只了，整夜整夜地在我宿舍后面的草地上叫唤，我听不懂它是在笑还是在哭。其实我们人也是这样的，很多时候笑就是哭，而该哭的时候往往笑得很大声。另外一只不知道去了哪里，我想留下的猫也不知道，不然它不会这样哭笑不得。

因为这对猫的关系，我写了不少关于猫的小说，这只是其中很不起眼的一篇。当然，如果要说我是受了《猫叫春》的作者的启发我也不敢否定。但是我保证，我写的东西和他写的没有半点关系，唯一相同的也就是开头的那句话。那句话让我做梦都希望有只猫会爱上我，然后我可以整夜整夜正大光明地失眠。

很明显的是，从来没有猫爱上过我。就算我在梦里和猫结了婚生了一堆猫崽子，还是没有用处。所以说做梦是一件坑人的事情，我以前认为只有美梦坑人，其实我错了——凡是梦，不管好歹都在坑人。它们的区别在于：噩梦坑人是在梦里，而好梦坑人在醒后。

我梦里的猫引起不少人的注意，就像捕鼠夹里的诱饵对老鼠的蛊惑。我和我的猫会有怎么样的结果，和别人并没有什么关系，可是就是有这么多人关心我，好心或者歹意。

　　我开始写猫的时候是春天，但是现在冬天已经来了，我在今天穿上了我灰色的毛衣，还是高领的。加上乱糟糟的头发还有千奇百怪的胡子，我觉得自己也越发像一只猫起来——这是因为我的眼睛大得像铜铃，如果没有这个条件，我就是一只直立行走的灰毛大老鼠。

　　不知道大家有没有见过灰猫，我感觉上是有的，如果世间仅我一只，那也无所谓。物以稀为贵，我还可以因为是个稀有品种，而处处受优待，像我们的大熊猫。

　　很多人以为我是很喜欢猫的。其实不是，我只是喜欢我的那只，至于别的跟我没有什么关系。大家想不到的是，我对黑猫还有一个说不清的厌恶，尤其半夜会笑的黑猫。我现在住的地方有一只猫，经常在半夜高深莫测地笑，笑着笑着又哭起来，像个神经质。还好它没有黑色的毛皮，要不然一定会悄无声息地失踪，全世界只有我知道它去了哪里。但是我不会告诉任何人，包括养它的房东。

　　这只猫长得很瘦，在天台晒太阳的时候会眯着眼睛，假装很惬意的样子，其实绝不是这样。我一眼就可以看出来它心怀鬼胎，它眯着眼睛就是为了看清别人在做什么，然后决定要怎么样破坏别人安静的生活。它博得了我所有邻居的好感，但是它瞒不过我。所以它看见我就有点怕，虽然它有时候会到我的房间门口冲我笑，或者打个招呼以示友好，但是我仍然相信，它别有用心，并且因此不让它到我的房间里面去。

　　中国有句俗话说："人心隔肚皮。"我对这只瘦不拉叽的猫满怀戒心实在情有可原，我邻居总是说我做人不厚道，就因为我对它的苛刻。

我没有反驳，别人指责我时我还是不习惯澄清事实，尽管我真的是有自己的苦衷。这是由我的性格决定的，和我做人没有关系。但是我的性格却和猫有很大的关系。

如果我告诉你猫也会骗人的话，你最好相信，不然我会很生气，并且不想再让你看我的小说。因为你缺少了阅读的诚意，我向来不欢迎没诚意的读者。

曾经就有一只猫当我是毛线球，玩得不亦乐乎。最后玩厌倦了，就再也不理我。而在玩的时候她很认真地跟我说："我喜欢你。"这句话让我很开心，很感动，并且毫不犹豫地认可了它的真实性。如果可以，我真愿意是她手里的毛线球，她愿意怎么摆弄我都行。可是过了一个月就说和我一起玩没有意思，然后就找了一个玻璃球，说那才是她喜欢的东西，而跟我只不过是无聊时候的一个游戏，这句话说明了我当时很心甘情愿地上当受骗。显而易见的是，大家都不喜欢自己上当受骗，所以我对那段经历讳莫如深。

如果你知道那只瘦猫在天台看到我的反应是什么的话，你就会相信我为什么确定它心怀鬼胎。我承认我和猫在一起的时候也心怀鬼胎，但是我想的只是怎么样才可以让她过得好一些，过得快乐一些。我的想法很单纯，只是希望能在猫的爪子下面做个无忧无虑的毛线团，大家都知道毛线团没有预知未来的能力，所以被人抛弃的时候感觉到突然，甚至是痛苦都是很正常的反应。这样有唯一的一个好处，就是证明了毛线团不是白痴，无法对失去自己喜欢的东西无动于衷。

在天台上，那只瘦猫把身子蜷成一团，把脑袋放在细细的前爪上，眯着本来就不大的眼睛，仿佛是睡觉的样子。可是当我从楼梯上出现时，它马上表现出不一般的恐慌，然后开始手足无措，也不敢正视我的眼睛,而是闪闪烁烁地,像天上的星星一样东逃西窜。这和把我丢到一边的猫再碰到我的时候是一样的。她不知道是该跟我打招呼,还是弯下腰假装系鞋带,抑或是仰着头做出熟视无睹的样子。

碰到这样的情况我通常都是注视着它,让它无法坦然地在天台上晒太阳,更不能做出悠然自得的表情。这时候它就在我可以穿透它五脏六腑的眼神下面睁大眼睛,很无辜地眨巴眨巴。然后用前爪支起身子,一边很戒备地看着我。我不动声色地看着它,然后它就越来越感觉不安。我还是像以前一样镇定,因为我问心无愧。而猫就不行,它看着看着就泄气,然后后脚也撑起来,尴尬得很,接着使劲地抖抖身上的毛皮,像是要把尴尬甩掉似的,然后摇摇头,转身走开。我冷静地看着它的屁股,消失在楼梯的拐角。

冬天不是猫叫的季节,可是它常常会莫名其妙地发出声音,像小孩哭似的难听。不知道是要博得邻居的同情还是想要得到我的怜悯。但是我宁愿它在这边消失,因为它对我居心叵测,而我对它戒备森严。这样提心吊胆地过日子实在没有多大意思。

我喜欢的生活是不需要防备的,我可以把我的一切告诉她,也会原谅她的过去,不管她以前怎么样,和我的生活,还有未来都没有多大的关系。我要的只是她把现在和我分享,这样才是生活的样子,回忆始终是个沉重的东西,我们背着不堪重负。

我不喜欢回忆,它总是把我们本来真实的生活弄得乱七八糟一塌糊涂,然后就没有一点真实的样子。我现在想起来的过去都是猫的爪子在我身上抚摸的那种快乐,而她把我丢在一边的孤单落寞还有一切有关于"失恋"的感觉全不见了。

这样不好。就像那只瘦猫假装不屑和我对视,然后扭着臀,摇着头很骄傲地离去，在我看起来也是很不好的，因为它还没有学会很好地伪装。我看见它的支着小小的屁股的腿一边走还一边瑟瑟发抖。自信的盔甲下面那点灵魂实在干瘪得可怜，我猜等到它过了拐角，一定是三步并作两步，狼狈逃窜。

我开始担心猫低着头和我擦肩而过以后是不是也像它一样狼狈不堪，我希望不是。就算她有千般不是，我还是希望她可以过得坦然一些，就像我。虽然我对不起很多人，也做了很多坏事，但我还是问心无愧。因为我以为你越把生活当回事，它就越不把自己当一回事；当你不把它当一回事时，它就越让自己表现得像那么一回事。

我躺在猫的爪子下面的时候，我一直以为猫喜欢我，然后我心安理得地做一个清白的孩子。把自己的心自己的灵魂袒露着，像晒日光浴似的，让她看。她说喜欢我就留着，如果她不满意我就改。但是，她说，这只是一个游戏。游戏而已，所有的故事都没有因果。

猫都是很喜欢游戏的，它们什么东西都喜欢玩，活的东西包括老鼠蟑螂青蛙小鸡小鸭苍蝇蚊子；死的东西包括玻璃球毛线团塑料袋等一切平常的东西，在百无聊赖的时候它还会追着自己的尾巴玩。小时候觉得这样的表情最为可爱，其实最为阴险。最童稚的动作里面往往包含着最大的恶毒，这就是伪装的本质。当年幼稚的我来不及看清它。

我就是这样喜欢上猫的。当然我现在还是喜欢猫，只是现在的感情已经不是那么单纯的爱情了，是什么感情我说不上来。这个不是我的问题，而是语言的问题，语言的贫瘠让我无法表述自己的感情，可是我觉得这并不是糟糕的事情。反之我还觉得庆幸，如果一段感情发生过之后，你能够完完整整地描述它而不出错的话，那段感情要么是浅陋无比，要么就是子虚乌有。把不存在的东西说得煞有介事，就是说谎。爱情的本质就是谎言。我想这句话会有很多人反对，为了让这篇文章能够使大多数人接受，我决定不继续深入探讨。

如果有一只猫爱上你，保证你一个晚上都睡不着。

我再一次引用那位学长的话，也因此再一次证明了语言的苍白无力。除了这句话，我无法找出类似的表达，让自己对曾经的间歇性失眠心满意足。我在很长一段时间里认为自己被一只猫爱上，并且还有可能像做梦一样地拥有许多和我们长得很像的孩子。只是后来猫说这是一个游戏以后，让我的失眠和我的梦一起变成了游戏。那是同一个游戏的两种结局，像硬币的正反面。

在猫支离破碎的语言里我猜测到整件事情的大概。

然后我很认真地下了一个很不负责任的论断：爱情的出发点和归宿点都是为了光明正大地说谎。当然我知道这句话还需要时间来证明它具有和所有真理一样的性质。没关系，我现在才二十出头，年轻得很，这就意味着我还有很长的时间来等待别人的检验。我对自己最满意的地方就是我看透了人生的本质却从来不看穿它，因此我对生活还保持着极度的好奇，同时也带着很顽固的自信。

我始终相信另外一只猫会知道我的好处，并且愿意躺在我的怀里晒太阳。

我想我很早以前就原谅猫了。因为要对自己喜欢的动物横眉竖目或者是拳打脚踢是很困难的，哪怕是把它视同路人对我来说也不是一件容易的事情。

这也是常常在我天台上出现的猫还能安全地在那边晒太阳的原因，如果在我十八岁以前的话，那只猫一定已经不知去向，而我的房东也会问遍我的每一个邻居，希望可以知道猫的下落。而我的邻居一定不能给我的房东准确的答案，因为我做事和我的思想一样，绝对不会让别人知道。我房东也一定会来问我，如果问我的话，我一定会很坦然地跟他说，你家的猫跟别人走了。

我知道有些猫不是好东西，就像有些人不是好人。我完全有理由把那只失踪的猫说成是一只坏猫，甚至我可以把它做坏事甚至是失踪的过程说得无懈可击。但是我还是没有这么做，到目前为止，我还是把每一只猫和每一个人都当成好的看。我感觉如果一个人要活出自己的最佳状态的话，就不能有强烈的情感。而我们说的"爱"和"恨"都是世间最强烈的情感，无论是爱一个人还是恨一个人，都是需要付出感情的，只要付出了感情，你在和别人的对抗中就已经落了下风。因此，对于感情，采取像猫一样的游戏态度，才是最为明智的。

因为我对猫付出了感情，所以我才会难过，才会伤心。而我知道，猫未必会伤心，如果她也伤心，就不会丢掉毛线球而玩起玻璃球。

我说过了，我在她支离破碎的言语中窥到了整个故事的大概。

猫说："我喜欢简单的生活。"

猫说："我在最无助的时候出现一个玻璃球，那个玻璃球闪闪发光，让我迷恋，所以我要珍惜它，它是上帝给我的礼物。"

猫说："我只是想好好珍惜现在的生活。"

猫说："我现在已经很少思考问题了，我失去了思考的能力。"

猫说："如果没有意外的话，我会一直玩这个玻璃球，玩一辈子。"

猫说："我说的话，做的事，他常常不能理解。可能这样更好。"

猫说："无论发生什么事情，你都要自信一些，你如果自信的话，你真的是一个很不错的毛线球。"

她的言语让我把事情往这样的地方想：

一、我不够简单。也就是说猫玩毛线球会玩腻是因为毛线球里面错综复杂，而里面的条条道道影响了她玩的兴趣。毛线错综复杂的本质只能给她牵绊。我终于知道为什么小孩子都热衷于弹玻璃珠——是因为它够简单。

二、我不够漂亮。我没有像玻璃球一样美丽的外表，没有它在阳光下光洁璀璨的外表，不能发光。玻璃球是上帝送给她的，而我原来的主人是魔鬼。这是天堂和地狱的区别。如果我是猫，我也希望自己上天堂，而不是入地狱。

三、"我只是想珍惜现在的生活"这句话很简单，就像她要的生活一样简单，它是要告诉我，和我在一起的时候的生活是不值得珍惜的，所以她不需要有任何留恋。这是最让我难过的言语，我宁肯她说不再喜欢玩我，也不愿听到这句话。

四、思考问题原来是猫的乐趣，我家天台上的猫常常在阳光下闭目养神，很大程度上可以看成一种思考的过程，它考虑的问题可能超越了"哪里有老鼠，哪里的老鼠比较好吃"的范畴，毕竟这个问题太过肤浅。我想它考虑的更多是关于生死的问题，比如"它是从哪里来的、将要去哪里"之类的深刻命题，也许还会想到自己活着的意义。但是忽然放弃了思考则意味着猫的身份的转变，猫不再是原来的那只猫。虽然它还是有和原来一样的面目，还是有和原来一样的表情，包括在阳光下眯眼的神态，但是它的心理隐示了死亡的造访。

五、我曾经想过，人的死是怎么回事。在今天似乎可以找到答案。一个人的死就是像猫一样先把自己忘记，忘记思考存在的意义。然后变成一个类似白痴的孩子，捧着一个一眼就可以看穿的玻璃球，把玩一辈子。当然，按照猫的叙述，意外是随时可能发生的事情——说不定她一个错手没抓紧，玻璃珠就掉地上了；也可能玻璃珠调皮，想离开猫找个伴玩。但是不管怎么样，结果都不是很好。玻璃珠易碎的事实决定了它必须一辈子待在猫的掌心。连睡觉的时候猫都得小心翼翼如履薄冰。

如果玻璃落地了，就算没有碎，也一定会弄破一些地方，或者变得残缺不全。我一直不喜欢玻璃就是因为它中看不中用的本质。我常常在胡思乱想的时候想到猫在很久以后的一天，在她睡着的时候一把没有抓紧玻璃珠，然后它就掉了，可能是失踪，也可能是出去玩，但是猫找不到它的珠子，一定会很难过很难过。

六、这句话或多或少说明了猫的智慧：猫知道玻璃的简单，然后利用它的简单减少自己游戏的可能。成人和小孩玩游戏也是这样，多多少少会利用自己的阅历欺瞒小孩，达到自己在游戏中掌握主动权的目的。

猫一直以为，她对我洞若烛火，其实她太低估了毛线团的复杂程度。或者，她在和我的游戏中掌握了主动权，可是在我知道了游戏的本质以后，她所有的心理所有的伪装都无处遁形。

七、……

其实我在前面的叙述里面刻意回避了一件事实：在生活中不仅仅是我在提防猫，那个猫也在提防我。我这么说自然有我足够的证据，我很自信地告诉每一个人我的观察结果，就算要写成调查报告并且要经过验证，同时接受法律道德良心和社会舆论的监督，我也没有一点犹豫。

证据如下：猫在晒太阳的时候看见我就想逃，在路上看见我就手足无措地弯下腰去系鞋带，虽然那时候她的鞋带可能在三分钟前出门的时候绑得结结实实；猫在弯下腰的时候还会注意我到底有没有去看她，并且因此来决定下一步的举动；猫常常到我的房间门口和我打招呼——我曾经说过她别有用心，她不过是想通过一些讨好我的表情或者举动，让我放松戒备，然后得到一些我思想的动向，防患于未然。

但是我实在太聪明了，她的把戏在我面前就像是小孩的障眼术，或者说是掩耳盗铃的笨行为。

结果自然是一无所获。

我本来不想把猫对我的提防写上纸面，因为这是她一直拒绝承认的东西。为了照顾她言行的一致，我确实应该保持足够的宽容。但是我发现如果我的宽容会造成我的失语，一个喜欢写作的人一旦失语，就意味着他将要一无是处。

我想接下来要把更多的篇幅交给天台上晒太阳的猫。关于它的长相我一直没有认真描述，这说明我对自己的语言有种不负责任的态度，就是说我常常会忽略故事的完整性，或者说忽略故事的可靠性，然后强行叙述一段可能没有人相信的故事。但是我想说故事的目的是为了表达情绪，如果有人认同我的情绪，那么我这篇文章就可信；如果不认同，就算我把猫描绘得像老虎也不会得到掌声。

这只猫在一个月以前和我没有任何关系。如果不是我搬到这里住，我和它之间就完全是陌生的，我不知道有这个动物，而它也不知道我的存在。这说明了人生有定数，在一定的时间、一定的地点，你注定要遇上一些东西，然后发生一些故事，可能是以前故事的延续，也可能是毫无关联的重新开始。我搬到这里住下来以后发生的事是以前的延续，也是一个重新的开始，这在很多人看起来是废话，可是对我有非凡的意义。

2005年12月7日的太阳很不对劲，一出现的时候就暗示着一个阴谋。这个阴谋也许和猫没有多大的关系，但是为了故事的真实性，我不能不写当时的环境和气氛。这个阴谋酝酿已久，似乎在几个月以前的那天已经开始发芽。

几个月以前的太阳和今天的太阳如出一辙。

那时候我还不是单身一个人，所以对这样的太阳不会有更多的猜疑。或者没有多少人注意这样的阳光：你站在太阳底下，头上没有任何遮蔽，但是你身前身后都看不见自己的影子。而且你敢确定的是，太阳还有阳光都是确确实实存在的，这和你自己确实存在一样真实。可是当两个真实的事物摆在一起，却包含着最大的欺骗。太阳似乎已经看穿了你，因此阳光可以透过你的身体而没有任何影像，你却对这件事毫无知觉；而你也可能预知了它的存在，在阳光下假装无所逃遁，让太阳失去它原来的耐心。换句话说：就是你和阳光互相欺骗，而这样的情境恰到好处地表达了爱情的本质。

总之，这样的欺骗无比暧昧。

当天的太阳闪闪烁烁地，始终不肯看穿我，而我坐在天台上和那只猫对峙，我像一尊石像，而它如同一座木雕。我们就这样相互戒备，保持着高度的警惕，也就是这样的戒心，让我们一直不肯相互靠近。

太阳还是保持着原始的镇定，依旧用似乎看透我们的眼神打量世界，世界上所有存在高度的东西都被它不动声色地看穿。而我，也感觉自己看穿了对面的猫，今天的它很反常，我从来没有看到它在我面前这么胸有成竹；而对面的猫也似乎看穿了我，它心中一定想到了怎么样可以让我向它低头，向它臣服，亲吻它的脚底。

我忽然对整个世界充满疑虑。我不知道自己二十几年存在的价值，当年确定的一切都像这轮太阳底下的影子，逃匿得无影无踪，包括我对猫的情感。还有我对明天的希望，当年我已经想到了自己年老以后的事情：我打完太极拳之后，牵着老伴的手往家里走的身影，在猫的眼神里面摇晃得不确定，同时不确定的还有我家屋顶的炊烟，跟在我们后面的狗也有一张模糊的脸。

我那天还是穿着那件灰色高领的毛衣，两天前洗的头发开始桀骜不驯地飞扬跋扈。胡子用一个晚上的时间占领了我嘴角的每一寸土地。我的眼睛无法适应阳光暧昧的欺骗，慢慢地眯成一条线，虽然这样的阳光不刺眼，相反地还表现出一种霓虹灯一样的宽容。在这样的霓虹灯下面，所有的奸淫掳掠男盗女娼都显得从容大度。

我却不能承受阳光的钝重，但是猫似乎好了很多。照例来说猫只有在晚上的时候，眼睛才能发出绿莹莹的光芒，让所有的黑暗无所适从。可是今天不一样，猫镇定的眼睛不是绿色的，而是和我的衣服颜色一样。在它灰色的瞳孔里我开始失去做猫的感觉，我的心慢慢褪去猫的外衣，变成一只四处逃窜的灰毛老鼠。

我想这和我今天穿的衣服的颜色有关。灰色是最没有原则的颜色，说黑不黑，说白也没有人认同。所以我在和猫的对决中处于下风，很快我就在天台无声的对抗中败下阵来。猫在暧昧的态度里面始终胜过我，庆幸的是它并没有乘胜追击，给了我了苟延残喘的机会。它只是在我掉头狼狈逃离的时候伸伸懒腰，骄傲地"喵"了一声，然后把脑袋搁在前爪上，假装睡过去，可是它的胡子还是保持了高亢的姿态，或许是得意，或许是戒备。我想，要么是因为它沉浸在自己的胜利之中，要么是因为它害怕我卷土重来。

而更遥远的那次，有这样的太阳出现的日子，我还不是一个单身汉，因此对阳光的刻毒缺少惊心动魄的体会。现在想起来这样的天气是最适合和女朋友去爬山的，或者是躺在草地上谈情说爱，也可以和猫在公园里拥抱着打滚。而不是用来和猫对视，这样的交锋让我的脆弱暴露在暧昧的阳光底下，而猫也因此深谙了我的弱点，我在它面前再也没有翻身的可能。

记得我不是单身时那个阳光暧昧的日子，我确实是和女朋友躺在草地上晒太阳的。只不过那个记忆也和阳光一样暧昧，注定不能给我深刻的印象。

我只是记得，女朋友总是埋怨我谈恋爱不够投入，和她的感情不温不火的像是半死不活的狗。我想如果有个女人对我有这样的感情，我一定感觉很幸运，而不是抱怨——狗通常都是通人性的，一旦有了人性，谎言炮制下的爱情就有了真实的样子。而和猫的感情，注定要面对她冰冷的眼神和锋利的利爪，还有她深不可测的内心，而这些东西让你无论如何也不敢贸然造次。

和猫的爱情已经变成一个遥远的传说，在我身边流传着各种各样的版本，都将我的过去和未来肆意篡改，慢慢地变成一个我自己也不敢确定的故事。许多感情都因为传说的审美需要而失去了它原来的价值，即失去了真实感和深刻度。

对于感情，死亡竟然是最后一次体面的事。

如果有一只猫爱上你，我保证你一个晚上都睡不着。

我忍不住再一次重复学长的话，然后很模糊地想道：

猫叫的季节似乎又来了。

其实现在还没有到猫叫春的时候，只是我天台上的猫提早叫了。它现在似乎不再害怕我，我常常不自觉地躲开它，而它也不追究，但是也决不到我的房间门口示好，就这样井水不犯河水相安无事。

忽然想起我搬来的第一天，我看见那只猫的时候对它笑了一下，那只猫通灵了似的"喵"了一声，我感觉它是兴奋异常，在我房门口待了半天，幸福得站不稳，路也不会走。而我无限悲哀——现在我对猫无论如何搔首弄姿，我的猫也不肯让她的手光顾丑陋的毛线团。

我忍不住还是会偷偷地想起我的猫。

值得庆幸的是，我天台上的那只猫没有爱上我，虽然经常晚上在我的门前喋喋不休，但是我还是能安安静静地睡过去，然后一睁眼就看见第二天干净的太阳。然后哆嗦着去尿尿，接着用刺骨的自来水刷牙洗脸，一边洗脸一边盘算今天的生活。猜测在哪里有可能碰见猫，自己该怎么样才能避开猫，怎么样尽可能地不打扰猫的安宁。关于安宁，猫有自己的看法。

猫说，亲爱的，你要相信，看得见光就是一件幸福的事。

我说，亲爱的，我也相信，看得见光真是一件幸福的事。

我想，亲爱的，我还相信，看不见你也是一件幸福的事。

淘 金

刘家村是一个很偏僻的山村，四面都是山，几百口人窝在一个硕大的盆里头，贫穷且安宁地活着。一条小溪从深山里流出来，七拐八弯地从村子中间穿过去，流到哪里去谁也说不清楚。村子里地势平缓，沙子在上游的时候，喧嚣异常；但是到这里都安静下来，沉到底下去了，就像这里的人一样，沉得住气。天长地久，河道就成了沙子的世界，水也越发地平静起来。因为这些沙，这条小溪被称作是白沙溪。大家都喜欢光着脚丫在水里走，沙子亲吻脚底的时候，脚底痒痒的，又有点麻，感觉很舒服。小溪两边平坦的腹地上，村民依山傍水而居，村子中间有一座拱桥横跨，这桥上早晚都坐满了人，有屠夫杀了猪，往桥上一摆，全村都知道，早上到这里看看，便知道谁家改善生活；到了晚上在这里乘凉，倒也有夜色无边的凉意，拉拉家常，道道是非，是有助于睡眠的。

新中国成立前，在这村子要出门也不容易，都是石阶路，在山里绕来绕去的，谁也说不准会遇见啥东西，以前总有夜归的人回不了家，在路上被蛇呀什么的咬着，第二天在路边被找到，脚肿得老粗，里面的毒血把腿上的皮肤都撑起来，表皮光滑，吹弹可破。整个腿泛出深深的紫色，带着点透明的，像是熟透的紫葡萄的颜色。如果毒蛇厉害一些，连死者的脸上都可以看出黑色来。在刘雄的印象中，从来没有哪个人这样死过——这些故事在爷爷级的人物口中辗转流传，已经有了玄乎的意味。

这样一个恶劣的地方，自然不是兵家必争之地，所以打日本鬼子大家没参与，国共内战大家也不知道。只是少有几个人外出，在市井之间听来外面世界的动荡。外面的人说，共产党好，国民党孬，于是整个村也知道共产党好，国民党孬。有几个愣头青想去上战场见见世面，也被老子狠狠地灭了念头。于是只能幻想有一天，一群当兵的扛着枪冲进这个村子。果然还是让他们盼到了。

来的是共产党的兵，他们驻进村子以后就是拿着大喇叭宣传党的政策，然后进行土改，还建立了自然村，有了自己的党支部。轰轰烈烈地闹了几年，便一下子与外面的世界接轨了。在党的带领下，这边开了马路。那时候村里的支书刘旺族还是一个三十出头的小伙子，他刚接受了党的教育，带着大家建设新社会。起先开路时，大家都嫌累不想干，但是刘旺族说："要致富，先修路。如果哪家不愿意出劳动力去开路，不给加工分，以后按工分分粮的时候，谁也别啰唆！"于是大家都参加了，包括村里最懒的刘长生。尽管不情不愿，路总归是修成了，虽然下了雨之后泥泞不堪，但是好歹视野开阔了，晚归也不是那么恐怖的事。这一晃几十年过去，刘旺族都快成了古董了。

村里那个叫刘雄的年轻人，他看不起村里人的破劲儿。虽然他也是土生土长的乡下人，连县城都只去过三两回，但是他就是觉得自己村里人有一种土气，至于具体土在哪儿，他也说不上来。这些是他读完初二以后对村里人的看法。

他在有了这种看法以后还读了一年书，就不再上学了。他自己没考上高中，连中专都没份儿，想过补习，家里却没那闲钱。

那时候改革开放才刚被提出来，村里人都在说这事，不管你懂得多少你都得说，说了就能体现你时髦。你可能听见有人说："改革开放嘛——呃——改革开放呢，这个政策说得好呀！"村里最懒惰的刘长生也不例外。他已经快四十岁了，还整天卷着一床顾头不顾腚的破棉絮睡觉，原来他有个老婆，她走在邓总书记的前面，因为嫌长生太懒，还没有等到改革，便已经开放了——她跟一个走街串巷、到各村给人看风水的地理先生私奔了，听说那个先生是广西人，女人走的时候连她的五岁的孩子一起带走了。这是五六年以前的事情，在乡下，这些野事大家都会记得，但是在他们的口中却永远得不到事情发生的正确年份，有的人说四年，也有的人说是六年，还有说八年的，这些都不足信。和所有的村庄一样，他们重视的是自己的收成，以及该过的节日，春节端午中秋总是不遗漏的，大家都难得吃几回荤，过节无疑是一个值得期待的犒赏。

　　刘长生知道媳妇跟人跑的时候大发雷霆，扬言说如果找到老婆一定要打到她残废为止——大抵乡下的男人不管有没有地位，冲自己的女人发火的本事总是有的。他也想过把女人追回来，不过连广西在中国的什么方向都不知道，只好作罢。整天骂骂咧咧的，好像全村人都欠他的，那时候我们村的民风淳朴，基本是夜不闭户，路不拾遗。在刘雄离开了这个村以后，他说，他们根本就没有这么高尚，之所以大家都不偷不抢，是因为谁也不比谁富有。到谁家里都没什么可偷的，自然谁也不会有偷盗之心。

　　不过，村里的老书记刘旺族却不这么想，他说，长生自从媳妇跟人跑了以后，整天游手好闲，都已经快十年了。如果我们不照顾他，他怎么能活到现在？这不是淳朴是什么？然后使劲叹口气说，这些孩子啊，有奶便忘了娘呀。然后拄着拐杖摇头叹气，马上又想起自己带领生产队时候的事，说，想当年……这些陈词滥调，现在都没人爱听。起码现在的村支书刘中元就不买他的账。

改革开放后，国家政策变了，农村最大的变化就是分田到户，大家都有自己的责任田，为自己干活大家都卖力一些，收成就好了起来。再接着，常常有人到村里来走动。

某一年，有两个人进了村，一老一小，他们穿着皮鞋，老的穿着邓小平一样的中山装，很有气派的样子。他们先在河边转悠，引起很多人围观，连做游戏的小孩都停了下来，过来观看。接着年轻的那个把皮鞋脱掉，挽起裤管袖子，露出白皙的肤色，这是我们乡下人没有的，是个养尊处优的明证。白皙的脚丫伸进水里的时候，五个脚趾头紧紧地抿着，足弓便更加清晰起来。他先用大脚趾触水试了一下水温，然后缩回来，还犹豫了一下，才就着岸踩下去。他提着裤子蹚到中间，在水底掬了一捧沙，蹚回来给岸上的老者。老头眯着眼睛，对着阳光照了又照，然后两个人交头接耳说着什么。

过了一会儿，那老头说话，那个小伙子头一直点。接着老头就问，你们村长在哪？没有人说话。他又说，你们村管事的人在哪？后来，一个小孩就把他们领到村支书家里，又有人去叫上村长刘树先，很多村民也都围在支书周围观看。

那老头说："我们想承包你们这条小溪，不知道你们肯不肯。"

支书说："我们洗菜洗衣服全都靠这条小溪，不能承包给你。"

老头说："我们承包以后，你们照样在这里洗菜洗衣服。"

"那你们要这小溪干吗？"村长很疑惑。

"难道你们要在这里养鱼？"支书自作聪明地说。

眼镜和那老头相视一笑，老头又说："不是，你们如果要捞鱼，还是可以继续捞。"

这下村里人可就迷糊了，什么东西都不要，却要承包我们的小溪，这两个人是疯了还是傻了？老头问，你们村有几口人？

村长说，连老带小四百五十八口，还有三个在娘胎里。

"哦，我们每年出三千块，你们分，我们就想承包这条小溪。"老头还在继续卖关子。

三千块在那时候可不是小数目。这句话更是引起现场轩然大波，村民们都七嘴八舌地讨论，纷纷猜测这条小溪除了洗衣服洗菜养鱼还能做什么，最后得到的结果是这两个人要么是疯了要么是傻了，不然不会把这么多钱往水里扔。

刘中元听到这句话，觉得这条小溪说不定还真的有很大的商机在里面，中央不是天天都在说改革开放吗？这就是改革开放。不过村长刘树先是个老实人，很热心地劝外地人说："我说老哥，不是我们不承包给你，而是这不值这么多钱，你这样做就真是把钱往水里扔了。"

刘中元连忙给树先使眼色，抢过话题说："我说老先生，你为什么会看中我们这条小溪呢？自从我们开始在这边住以来，它就是这样子，我们都不知道它还有什么价值。所以，不希望老先生破费。"这句话绵里带刚，是不动声色地试探，如果老先生不说出子丑寅卯来，肯定是无法承包下来的。树先忍不住看了中元一眼，心中暗赞这个年轻人的见识。

外地人低头嘀咕了一阵，用的是我们都听不懂的方言，我们也不知道他们是哪里来的。看他们的神情好像有意见分歧，迟迟没有结果。刘中元对外地人说，"你们看现在都快中午了，不如留下来吃饭，你们继续商量。"然后转头吩咐他媳妇说，"阿英，你去后院杀只鸭子，远来是客，我们可不能怠慢了。"外地人连忙推辞，中元伸手一拦，大大咧咧地说，"别客气，四海皆兄弟，就吃个便饭，没什么大不了的。"

这时候村长就招呼围观的村民们离开。中元说："树先叔，你也留下一起吃饭吧，咱叔侄也很久没坐在一块儿唠嗑了。"

于是，树先也留下了，中元泡了一壶自己采的茶，酽得发苦，那老头一口过喉，忍不住咂嘴，肯定是喝不习惯。但是庄稼人就是要这么喝，才过瘾。

当日，刘长生睡得很迟，很晚才起床，看见很多人从支书家出来，连忙问怎么回事，知道事儿的人就告诉他，听得长生两眼放光。只要是对自己有好处的事，长生从来不放过，如果要出工，他一定是最后一个参加的，但是有分钱或者别的什么好事，他一马当先，少一点好处都不行。以前搞生产队时，他总是东游西荡地混日子，现在分田到户了，他还是那样东游西荡混日子。原因不用说大家都知道——他觉得自己的老婆跟人跑了，一次已经把脸都丢尽了，现在也无所谓脸面，换句话说，现在他不管做什么都可以不要脸——反正都这样了，就破罐子破摔，能响多久就多久。

长生想，反正中午也没处落脚，家里冷锅冷灶的，不如直接去支书家蹭顿饭吃，顺便看看那两个人是来干什么的，于是把自己平时舍不得穿、在逢年过节走亲戚才穿的外套拿出来套上。系扣子的时候发现，有个扣子已经掉一半儿的线了，不禁眉头一皱。但是没多想，就直接往支书家里去了。进了门，就喊："中元，摆酒席也不跟哥们儿说一声？"也不等中元回话就看着两个外地人接下去说："这是哪里来的稀客？

欢迎欢迎。"然后就过去和他们握手。中元本不想他前来搅局，碰到这事也无话可说，很无奈地把长生介绍出去。又不好说别的什么，就说："这是我一堂兄。"其他话也不多说。长生也很自然地坐下去，树先本来想说什么，但是被中元的眼神制止了。外地的老头看在眼里，微微一笑，不以为然。

这时候聊天，气氛就好了很多，彼此不像开始的时候一样那么有戒心。已经接近五十岁的树先想："年轻人，脑子就是活络。换了自己还真没法当机立断，处理得这么滑溜。"外地人就开始介绍起自己来了，原来他们是省里地质科学研究院的，专门研究矿产资源，老的姓陈，小的姓王。乘着改革开放的风，想到乡下来搞点副业。

这时候中元听了，心里有个大概，约莫这白沙溪还跟矿有关，这可是一个好机会，说不定自己村里面也可以像去县城的路一样，铺上柏油，去县城开两次会，嘿，那个气派啊！不过刘中元可没这么傻，直接去问他们。就顾着给他介绍村里的情况，刘长生倒也配合，跟中元一拉一唱，说得不亦乐乎。

我们客家人，在饭局上少不了喝酒，斟上自家的农家酿，跟外地人喝得面酣耳热。这酒可比不得啤酒，喝起来没什么感觉，虽然味道甜溜溜的，但是过一会儿就了不得了，外地人不明底细，果然被放倒了。接着舌头打结，话也多了起来，小王居然把这小溪里的沙里可能含金量很高的秘密给说了出来。老陈瞪了他一眼，不过也没多说。中元看到这情况赶快劝酒，把陈老头说话的念头打住。

酒足饭饱之后，两个外地人全被招呼到床上休息去了，直到吃晚饭才起来。长生先告辞了，出门的时候，长生心想："幸好今天一起吃饭，不然都不知道这么个秘密，乖乖！黄金呢！多值钱的东西啊，这下可发达了。"而中元和树先赶快商量怎么应对这个问题，树先想："还是年轻人厉害啊！当年自己只当上村长而没当上支书的时候还暗地里憋过气，现在看来，老姜还不如小姜辣。毛主席说什么'革命不是请客吃饭'，今天看起来，要革命还真要请客吃饭。这不，一顿饭下来，啥都清楚了。"

中元把自己的计划告诉他："不让承包小溪，但是同意他们来开采。但是由他们提供技术，我们提供资源。到时候赚的钱全村人都有份儿，至于怎么分再说。赚钱后第一件事不是全村分钱，而是把通往外面的路修得气派一些，说不定可以带来更大的商机。"

树先听了没说好，也没说不好。他还在担心这两个人是不是骗子，他觉得，如果真有这好事，肯定早就被发现了，哪里轮得到那老头。但是他不好说，这年头大家穷怕了，全国人民都想富裕，村里的乡亲就不用说了，做村长的怎么能拉后腿？于是事情就算这么定了。

晚上，村长还是在中元家里一起陪那两个搞地质的人吃饭，本来树先要走，但是中元非要他留下来。树先明白，中元是要自己一起参与这件事的计划，中元虽然年轻，但是做事很老成，如果什么事都没别人参与，就会落人闲话。这也算是一种精明吧。

晚饭的时候，两个外地人都没敢再喝酒，喝着这么甜、后来却这么凶的酒，让他们心有余悸。陈老头自嘲说："如果不是身无长物，我还真以为自己进了黑店了，才喝两碗就倒了，跟吃了蒙汗药似的。"惹得大家哈哈大笑。

酒足饭饱后，中元就很正经地说："老先生，中午吃饭时小王同志有提到这小溪里可能含金量很高的事，是不是真的？"

陈老头沉思半晌说："我们今天到河里去看了一下，说真的，确实很有可能。不过这些沙都是上游下来的，也可能金矿在山里。我们承包这个小溪，只是想做个实验。看看能不能提炼出黄金来。"

中元很诚恳地说："要怎么实验？我们能帮上忙的都会帮。但是我希望，如果真的可以开矿，我不希望被你承包。我们村里的情况你也看得到，我希望乡亲们都不要再这么穷下去。你看我们的马路，下雨过后只有猪啊牛啊之类的畜生才能来往自如。我们苦怕了。"

陈老头显出很为难的样子，说："现在说这些其实都没个准，我今天上午说要承包也太冲动了，一切都是猜测。"

中元说："我的意思是，如果真有金矿，希望你们可以带我们一起采。劳动力不是问题，但是技术的东西还需要你们提供。启动资金以及要怎么分红的事情，我们总会达成协议的。"

陈老头想了想，就同意了。然后吩咐树先和中元，让他们在白沙溪里面先过滤一些金矿出来。还讲了一下过滤的方法：用一口废弃的铁锅，把沙和水一起盛在锅里，并让它旋转起来，这样用离心力让重的东西留在锅底。先弄一点矿回城里去，试试看这边的矿到底有多好。并且说好，一个星期以后再来这里拿材料。

第二天，村长支书都没声张，和各自的老婆都带着锅去河里"洗"沙，他们的行为一下子就在村里传开了，整个村都沸腾起来。有人问他们在做什么，但是他们都想着办实事，想等事情有了结果再向大家说清楚，所以就告诉他们说，我们在做试验。在这个村子里，除了思想无法窥视，人的一举一动都瞒不过别人的眼睛，人就是显微镜下的微生物，有多少触角都清晰可数。

有人想起长生昨天是在支书家吃饭的，于是有几个人就去询问。长生和往常一样在窝在猪圈一样的床上，听到村长支书下了河，立马睁大惺忪的眼，一巴掌拍在床板上，咬着牙狠狠地骂了一声：狗娘养的！然后一骨碌爬起来，二话不说，脸也没擦，就把冷灶上的锅端起来往河里走。

一边走嘴里还一边骂骂咧咧的："他奶奶的刘中元，想吃独食，肯定是昨天那老鬼告诉他们河里可以淘出金子来，这不，今天就下水了。真是畜生，枉我们对他这么信任。兔崽子，鬼着呢……"这么一嚷嚷，河里有金子的消息就在村里传开了。于是家家户户都抱着锅往河里赶。旺族叔也听说这事，不过年纪大了，没敢下水。站在河边看着满河的男女老少，忍不住叹气说："如果当年生产队的时候大家都有这样的积极性，社会主义还不成功吗？说不定早进入共产主义了。现在的人啊！"然后开始追忆当年自己当大队书记时候的事。旺族总是觉得，自己当年做书记真的是尽心尽力为大家服务的，不管做什么事都比别人积极，出工第一个，收工是最后一个，财物分配也是公平合理，照顾老的，也照顾小的。可是大家还是有很多抱怨。这世道，真是想不明白了。毛主席不是让我们要又红又专吗？这到底是怎么了？

不过，现在的人可没想过这么多，听说能洗出金子来，一个个都情绪高昂的。这样的状况，让中元始料不及，也束手无策。无奈之下他只好停下手中的活，站在岸上跟大家说话，把陈先生的话一五一十地告诉大家。

听完了，大家都低头嘀嘀咕咕，然后有一个声音说："那你为什么不早告诉我们？"

"我就是想等事情有了结果再向大家汇报的。"

"等到向我们汇报的时候，你们家金子都要没东西盛了吧？"一个尖锐的女音说，话音未落，就听见一片应和的声音。这尖嗓子的是住在河边的麻婶，这女人可不寻常，泼辣得很，不管占理不占理，只要被她开了口，总让人难以下台，平时大家总让着她几分。以前刘雄家的鸡跑到她的菜园子里吃了点空心菜，她骂骂咧咧了一个下午，直到刘雄妈说帮她重新种才罢休。

这个女人因为得到大家的赞同而说得更加理直气壮："等到你们把金子淘完了，再让我们来洗石头？真是……乡里乡亲的，你就能这么昧良心？"

听到这样的话，中元无话可说。眉头一皱，顺水推舟地说："那么这样吧，大家都去淘吧，到时候把自己淘出来的金矿按斤称好，等陈先生来了，我们交给他，到时真炼出金子来，再按照比例还给你们，行吗？"

没有人响应。长生想，淘金淘金，就是说能淘出金子来，为什么还要经过那老头的手？又要经过中元的手？转手几次，这分量能不少吗？一定不能答应。可能大部分人都这么想，但是就是没一个人说出来，得罪人的事情，大家都想留着让别人干。

中元知道是怎么回事，但是还是说："如果大家都不反对，我们就这么决定了，大家继续干活吧！"然后跳下水去，继续和老婆一起淘沙。这样人工淘金是一件很累人的事，虽然水的浮力可以让锅浮在水面，但是你要用力向下压，而且得按照固定的幅度转动，如果转得低了，可能锅里的沙全被水带走，如果转得高了，里面的沙都不肯出来。而且干这活，非得让自己一直弯着腰，不能蹲，蹲下去就是一屁股水，更不用说坐了。而且，人一整天泡在水里，别提多难受了。所以中元两口子狠狠地干了一天，回家称了一遍，还不到一斤分量。看那些人也差不多这样。但是他们都认为，辛苦虽然是辛苦，但是金子值钱哪，这么做还是值得的。

还有一个人是反对这样淘金的，那就是刘雄。虽然没考上高中，但是他知道，炼金有复杂的程序，绝不是这样在水里泡出来的。

吃饭的时候，他父亲说："你下午跟我们一起去淘金。"

"不去。"刘雄没有抬头，塞着饭的嘴里含糊地挤出两个字。

"书没读到多少人倒变懒了，不要以为读了初中就了不起。"父亲严厉地说。乡下的父亲和儿子之间的交流大抵都是如此，简单而直接。

迎接父亲的是很长的沉默。母亲说："孩子，去帮帮父亲吧。他年纪大了，还有风湿病。"

刘雄沉默半晌，头也不抬地说："这样淘不到金的。"

"你懂个屁！"父亲白了他一眼，"你没看见村长支书比谁都积极？如果不能淘出金来他们图啥？"

"淘不到就是淘不到，信不信由你。"刘雄也不多说。

"你这么懒，注定一辈子受穷。你就等着别人瞧不起吧！"

"孩子，听爹的话，去吧？"母亲用哀求的眼神看着他。

"不去就是不去。"刘雄赶紧把最后一口饭扒完，放下筷子就出门去了。不然惹急了他老爹少不了一顿棍子，他总是把"棍棒出孝子"挂在嘴上，他还说，孩子不打不成器——可是打了也还是不成器，大儿子因为受不了他的棍棒，离家出走了，跑了几千里入赘到一户人家，五年了只给家里来过一封信。父亲不准母亲说起这事，偶尔提到大儿子，便说："这逆子，别说他！"母亲暗中不知道抹了多少眼泪，总是告诉刘雄，以后千万别跟哥哥一样。刘雄心中很难受，但是总是拍拍老母亲的手，说："放心，我不会。"然后背地里深深地叹气。

其实，父亲在哥哥走了以后就很少操家伙打人了，就算真打人也不像以前一样狠，父亲虽然严厉，但还是个明白人。哥哥一走了之伤了他的心，他也觉得哥哥这么做不对。不过，他觉得自己跟父亲很像，自己有想法，但是不说出来。

他很想离开这个村子，出去闯一闯，只是他还没敢说，他知道父亲会反对，母亲啥也不说，但是舍不得。他想找个合适的时机说出来，现在还不够有把握。他想找一个伴儿一起去，有个照应——其实也不是想着有人照应，而是一个人有点怯，乡下人进城总会这样的。拉一个人同行，是为了壮胆，不让自己突然进入城市的时候手足无措。

他看中了村里的懒汉刘长生，虽然说他整天像个无赖，不过他还是觉得，跟他一起出去好，首先，可以保证自己不被欺负；另外，懒的人肯动脑子，要把事情做好又想偷懒，肯定得想办法。在不久前他暗地里去找过长生，那一天，刘雄把他堵在被窝里。

刘雄对长生说："我说长生大哥啊，做人可不能这样。那个姜太公的遭遇比你惨多了，老婆跟人跑了，做生意没一次成功，连卖咸鱼都长虫子，可是熬到八十好几了，还官拜宰相。你才三十出头，就不思上进，不如死了算了。"

长生被说得痛哭流涕："老弟！不是我不思上进，你说我们一个大男人，连老婆都看不住，这脸往哪搁？我是没胆量去死啊，如果有胆，早就去了。"

"好死不如赖活着，是不是？这样有什么意思呢？我们村下游有个水库，你直接往里面一跳，啥事都没有了，这样多干脆啊，省得别人再小看你。"刘雄面无表情地说。

"老弟！你就别折腾老哥了行不？这么多年了，我都习惯别人怎么看我了。"长生抽噎着说。

"那你就想一直这样下去？要活你就活得有骨气一些，如果你真想闯，咱哥俩出去，混出点名堂再回来。不然就死了干脆，你这屋子虽然破，上吊还是可以的。反正你也没什么追求，不如死掉算了。"刘雄说话一点余地都没有留，说完就走了。

只是事情都过去快一个月了，长生还是没什么动静，还是以前那无赖的样子。他还想跟他谈，但是长生每次见到他都躲开，就算睡了去找他也起来翻身走人，根本不给他说话的机会。刘雄想，火起来真的要揍他一顿。但是这回淘金的事，长生的反应让他喜出望外——这么积极，说不准还真想发家致富了。如果真有这心，那事情就好办。

第一天淘金的晚上，大家吃完饭，都早早地睡了，平时吃完饭，总有一些人聚在一块，打打八十分什么的，消磨时间。长生今天也破例没有像魂一样在外头游荡，以前他总爱凑在打八十分的人群中，如果有人，他就没机会参战，偶尔碰上三缺一，他便能上前凑个数。其实打牌的男人都常常用女人的事情挤对长生，笑话长生连自己的女人都管不住，起先长生还发过火，但是他们不理这个茬，依旧笑话他。有个人说："你凶啥？连女人都看不住，没老婆发泄都跑到我们身上发泄来了？你真他妈有长进！"长生听到这话以后就再也不敢向男人们发脾气，他很自觉地把自己放在比男人低一等的范畴。他觉得，他们能让自己继续在男人堆看打牌，已经是一种抬举了。

刘雄那天晚上又去找长生，长生刚上床。刘雄先敲了一下门，然后就推门进去，门和以前一样没有上锁。长生看到他，就把脸转向墙那边去了。刘雄说："长生，出去闯的事儿考虑得怎么样了？"

长生没有说话。刘雄说："我们出去吧！现在是个好时机，听说隔壁村已经有人这么做了。"

长生冷冰冰地说："外面有金子捞吗？我们的小溪里都是金子啊！"

刘雄说，如果这样能淘到金，那真是见鬼了！你居然也相信这些？

你才见鬼了。你没看连村长支书都下水了吗？

刘雄说，你他妈的就是一笨蛋！不知道什么该信什么不该信。

长生一拍床沿，骂道："轮不到你来教训我！论理儿你得叫我声大哥！"

"你什么地方值得我叫你大哥？你连个男人都不像。"刘雄依旧不依不饶。

长生一下子火了，转身一个耳光就扫在刘雄脸上。

"你妈的，如果你不跪下来求我，我绝不会再提跟你出去闯的事，但是我可以告诉你，你迟早会后悔！"刘雄说话间就出了门，狠狠地一带，门使劲地关上又缓缓地打开了，长生感觉整个房子都震了一下，有一些灰尘从屋顶掉下来，这灰尘还带着一点腐朽的椽子的味道，有点呛人。门开到一半的时候便停住了，和地面摩擦发出刺耳的尖音。透过门看去，刘雄的背影一耸一耸地消失在门口。长生摸了一下自己的手，觉得刚才打人的手有点痛，但是这种感觉很好。他已经很久没有这么扬眉吐气了，他心想，明天再去努力淘金，争取淘得比大家都多，如果以后真的发家了，谁再骂自己管不住老婆，也像今天一样，狠狠地抽他一个耳光。想着想着，不禁得意起来，伸出右手对着眼前乌黑的空气狠狠地盖了一掌，口中配合地发出"啪"的一声响。然后用左手摸摸右手，"哧哧"地笑了出来，嘴里嘟哝了一句"格老子的"，然后心满意足地酝酿睡意。

刘雄出了门越想越不痛快。他只是想帮助长生，让长生活得更像一个人一点，但是他非但不领情，还要抽自己的耳光，这简直是奇耻大辱。刘雄下定决心了，不管有没有伴，都要往大城市去，哪怕去碰碰运气也好。第二天早上，母亲早早地起来做早饭，然后大家赶快吃了准备去淘金。吃完以后，父亲说："你跟我们一起去。"旁边的母亲期待地看着他，使着眼色要他答应。

但刘雄假装没有看见，对父亲说："给我一点钱，我想去厦门打工。"

"打个屁！"父亲勃然大怒，"放着家里满河的金子不捞，去打什么工？"

"这样捞不来金子的。世上哪有这么便宜的事？"刘雄很坚定地说。

"你以为厦门就有金子啦？大城市里的人总欺负我们乡下人，去了只能受欺负。不许去！"父亲说的话不容置疑。

"我要去的，一定要去。"刘雄很坚定地说。

"翅膀硬了不是？"父亲眼一瞪，准备去捞家伙，刘雄见势不妙，先溜了。父亲也没有顾得上追究，便又下了河。

旺族站在大桥上，看着脚下淘金的乡亲，忍不住又是一阵感慨，自然是因为他的不灭的共产主义理想。可现在还有谁在乎他的感慨呢？刘雄也晃悠到了桥上，被老支书逮着："阿雄，你怎么没帮你爸妈淘金呢？"

"这样淘不到金的。"刘雄说，"淘金需要很复杂的程序。"

"我觉得也是。"老支书像遇见了知音似的说，"世上哪里有这么便宜的事呢？"然后双手叠放在身前的拐杖上，眯着眼，看着满河的人说，"如果干革命有这个干劲，社会主义早就实现了，说不定都跑步向共产主义了。唉！人啊……"刘雄趁他入神自言自语的时候，悄悄地溜走了。

河里依旧是热火朝天的场面，麻婶问身边作业的刘二柱说："你们昨天淘了多少？"二柱夫妻交换了一下眼色，然后二柱的老婆说："我们才淘了半斤出头。"麻婶这个人，从来不希望好事往别人家跑，如果知道别人比她淘得多，心里肯定会不舒服的；但是她也是一个容易满足的人，如果别人不如自己，她的快乐也是显而易见的。

果然，麻婶发出了她招牌式的笑声，说："我昨儿比你多了一些，不过也才八两多。这活儿辛苦啊。"其实麻婶昨天只有七两出头，但是她愣是往上加了一两。

"是啊，是啊。"二柱和妻子秀芳应和。接着秀芳又说："麻婶，还是你能干，照说你岁数比我大，可是你身体比我可壮实了不少。"

麻婶等的就是别人夸她能干，于是冲着二柱他们笑，露出了血红的牙床，两个微突的门牙也很夸张地探出头来，仿佛是有大喜事按捺不住要与人分享。但是嘴里又很谦虚地说："哪里哪里，老啦，不中用啦，换十年前至少翻一番。"

二柱夫妻连声应是。

中午的太阳太毒，除了几户人还坚持作业，大家都回家去避风头了。

下午，二柱五岁的儿子也又哭又闹跟着要来，二柱拗不过孩子，就让他在河边的洗衣石上坐着。麻婶依旧很高兴地和他们攀谈："你这孩子，长得式壮实，像死了二柱，但是鼻子却像秀芳的一样俊秀，你看那眼神，啧啧，真是像死你们了。"然后抡起大膀子把湿答答的手往孩子脸上凑，孩子战战兢兢地躲，麻婶本来要捏一把孩子的脸表示和二柱夫妻的热乎，谁知孩子一转脸让她的手直奔鼻涕而去，麻婶收手不及，摸个正着。心中嫌恶不已，脸也臭了起来，口中絮絮叨叨，说孩子刁钻。二柱夫妻看在眼里，笑在心里。

麻婶把沾了鼻涕的手往水里摸了一把，便捞起家伙开始淘金。二柱的儿子才坐了一会儿就说要尿尿，秀芳上去帮忙解裤子；过了一下子又说要喝水，喝过水一会儿死活要下水，二柱不依，便大声哭闹。麻婶眼见二柱夫妻的狼狈相，便忘记了刚才摸到鼻涕的不快。后来二柱同意儿子坐在岸边，把脚丫泡在水里玩，这才止住哭闹。

麻婶问："秀芳啊，猜猜你们昨天的半斤金沙能炼出多少金子来？"

话音未落，坐在河边的孩子便插嘴了："婶娘，我们家昨天洗了一斤金沙，不是半斤。"二柱和秀芳暗自叫苦，只恨不能把小孩的话在出口之前硬生生地塞回去。麻婶听到小孩儿的这话便一声不吭了，脸拉得老长。

秀芳冲过去拎起小孩冲着他屁股盖了两巴掌，说："叫你多嘴！"孩子吃不得打，便大声啼哭起来。秀芳转脸对麻婶说："小孩子不知道情况，胡说八道来着。您别往心里去。"麻婶用鼻孔哼了一声，算是应答。

下午便在这尴尬的气氛中过去了。

麻婶回到家觉得特别窝囊，她忘记了如果别人比她多便要生气的事实，却恨起二柱夫妻瞒了自己半斤不报的行为。她对自己丈夫说："你看那二柱跟他老婆，还以为我会上他家去偷金沙吗？明明淘了一斤，却骗我说只有半斤。亏我这么信他们，还跟他们有说有笑来着，我真是瞎了眼了。"

丈夫说："你就省省吧，管好自己就行了，别人淘多少关你屁事！"

麻婶说："别人淘多少确实和我没关系，但是他们骗我就是他们不对了。我现在生的是别人骗我的气，而不是别人淘得比我多的气。"

丈夫没有理她的茬，这么多年了，他早就习惯了麻婶的折腾，对她做的事大多睁一只眼闭一只眼，于是相安无事，世上大部分夫妻都是如此，计较多了矛盾也多。麻婶生完自己的气，便寻思起该怎么回应二柱夫妻欺瞒行为的事儿来，终于有了主意。

次日一大早，麻婶就在自家门前的河边立了一个牌子，上面写着：要在我家门前淘金者，请交纳场地租金，每日两元。这自然是针对二柱他们去的。

二柱没有理她，直接就下了水。麻婶气得哇哇直叫："二柱，你交钱来。"

二柱白了她一眼，没有搭讪。倒是秀芳应了："我说麻婶，这小溪全村人都有份儿，怎么就要收我们钱了？"麻婶得意扬扬地说："全村人都有份是没错儿，可是你不知道，这边都是我管的呀。唉，你想想啊，上游冲下来一只死畜生什么的，到这里停住了，不都是我去清理的？你们谁帮忙了？人总不能这样，没好处的事光让我做，有好处的事都是你们占便宜。"大凡人都有坐地起价的本领，麻婶不过是当上游有些动物老死或不慎淹死漂到这里卡住后，骂骂咧咧地用棍子把那些东西拨走，现在倒成了管理的口实。麻婶的心思说来也符合了"改革开放"的基本国策，如果用在大城市里，说不定还真是一条赚钱的新门道，比如这边新开了一家商厦，你就可以就近建一个停车场。可是在穷乡僻壤，这办法也过于刻薄了。越穷的地方，越要注重人情味，何况这里谁对谁都知根知底。换个说法的话，在这么小的地方，所有的聪明才智都没有用武之地，所以大家只好在鸡毛蒜皮的事情上计较。看到麻婶先提出了收场地租金的想法，沿河的住户仿佛一下子都开了窍，纷纷亮出了收场地租金的牌子。在河边居住的自然庆幸自己的祖先英明神武，选择了傍水而居，全然忘了碰到发大水时自己是如何咒骂；而没在河边住的则开始责备自己的祖先，连水边的地盘都没有争上，也忘了自己家在发大水时的高枕无忧。

听到麻婶这么说，二柱和秀芳都不知道怎么回答。二柱本来就是一个活多话少的实诚人，秀芳虽然机灵，可以充当外交发言人的角色，但是事情还得二柱拿主意。二柱觉得这样不合理，但是却不知道怎么反驳麻婶，所以依旧低头干活，没理麻婶的茬，其他人也是这样。麻婶门口地段好，并不只二柱一家在这边淘金，还有几家也在，包括长生。

麻婶在岸边，叉着腰，诉说自己在管理门前河道上花下的功夫，然后得出一个自然的结论——收场地管理费是多么理所应当。但是发现自己说了一堆，却没人理会。于是越发怒不可遏起来，她忽然跳下水去，抢下二柱手上的锅往岸边一推，听到锅撞在洗衣石上清脆的一声响，从锅沿开始有一条缝像闪电一样劈向锅底；麻婶还意犹未尽，从岸边搬了个石头往长生的锅一丢，锅底应声而穿。水哗哗地涌进来，铁锅像漏船一样沉下去。长生握紧拳头，全身微微地颤抖，睁圆了眼睛瞪着麻婶，麻婶不堪示弱地叉着腰仰头跟他对视。长生抡起了手臂，正准备砸下去的时候，想到对方是女人，于是将所有的怨气变成一股推力，麻婶扑通一声坐到水里。岸边的孩子都哈哈大笑起来，而所有看着的人也忍俊不禁，二柱夫妻也不知道该笑还是不该笑，一对腼腆的夫妻把脸憋得通红——这时候麻婶丈夫正向二柱夫妻道歉呢。

麻婶什么时候受过这样的委屈？干脆坐在河里放声大哭起来，言辞都是责备自己丈夫没用，以至于自己受欺负。她说我怎么这么命苦啊！嫁了一个中看不中用的男人，什么事情都要我出头……现在被人欺负了，受尽了屈辱，也没人帮忙什么的……这样的苦日子过着还有什么意思，不如死了算了。这些本是他们夫妻吵架时的台词，搬到这里来哭诉，倒也贴切。

麻婶丈夫也果然被"激起"了血性，冲过去对长生就是两巴掌，骂道："你管不住自己的女人，你就拿老子的女人撒野啦？什么东西！"长生挨了这两巴掌，像是老虎被人切了尾巴，暴跳如雷，拳头握得更紧，关节也很配合地格格响，眼睛也开始红了起来，像是起了斗性的公牛。麻婶丈夫说："有本事别打女人，我们来干一架。"说完，便睁大眼睛和长生对峙，两个人的样子就像乡下随处可见的斗鸡，两眼全神贯注，伸长了脖子，随时准备出击的样子。

才一会儿，长生就蔫了，就好像是被骗掉的公牛，再也找不到斗志，除了吃草干活什么都不管。这么多年都活在人们的贬斥里，想回过神来也不是这么容易的事。

麻婶看到长生挨了两巴掌哭声便弱了下来，仿佛所有的屈辱都有了补偿。这时麻婶丈夫冲着麻婶吼："还不给我死回家里去？丢人现眼！"麻婶哼哼唧唧地爬起来，还忘不了白旁边呆立的长生一眼。嘴里说："这么些年你也没少上我家蹭饭吃，怎么这么不记得别人好？喂条狗都熟了！"然后跟着丈夫回家去了。

长生在河里对着漏底的锅站了好久，也没人跟他说话，大家都沉默着干活，河边的住户很识趣地把收场地租金的牌子收起来，假装什么事都没发生，二柱家就用那个破了的锅继续淘金，这么一折腾就近晌午了。二柱说："长生，中午上我家吃饭吧？"二柱知道，长生家吃饭和淘金就一口锅，这中午怕是要没得吃了。

那天下午，长生没有再去淘金，他躺在被窝里越想越窝囊，明明自己是受到挑衅的一方，最后还落得自己错的下场，锅被打烂了不说，还白挨了两个耳光。他也终于认识到，自己在别人眼中是多么没地位。大家以前让他蹭吃蹭喝，往最好处想，也不过是出于对自己的同情。自己在这几年不过是接受了别人廉价的施舍。麻婶居然骂自己连狗都不如，看来是真的连狗都不如了，于是开始后悔当初没有答应刘雄去厦门打工，或许这也是一条出路。现在只要能离开这个地方，去哪里都好，去一个没什么人认识自己的地方可以重新开始。长生胡思乱想了一阵就睡过去了。

刘雄在父母吃饭的间隙听到长生锅被打烂的事，又好气又好笑，但是铁了心，只有等长生来哀求他，才答应和他出去。晚上，刘雄上了支书中元家，想向他先借点盘缠。坐下去以后，刘雄发现自己怎么着也说不出口，于是低着头憋红了脸。

中元问："阿雄，你是不是有什么事要我帮忙？"

"是……噢，不是。"刘雄支吾着说。

"有什么事跟我说，我会尽力帮你的。"

"我想说，这样是淘不出金来的。"刘雄说。

中元哈哈大笑起来："就这事啊？我知道淘不出金来。是要拿一点样品去检测一下，看看这边矿的贫富。你别当叔叔这么傻。"

"噢，那好吧……"

然后又陷入沉默。中元说："是不是还有事？你肯定不是来告诉我淘金的事的。有什么事尽管跟叔说。"

婶子也插话了："平时你可不是一个有话不说的人呀？"

刘雄鼓起勇气想说借钱，但是一到嘴边话就变了："我同学说，现在很多人都去厦门那些地方打工，工资挺高的。我也想去。"

"那很好呀！有机会出去闯闯，见见世面也好呢。"

"可是我爹不让，我去不成。"

中元马上明白了："你是没钱坐车吧？行啊，我借给你。但是你必须找个伴儿一起去。"

刘雄就把找长生的前后说出来。

中元也没什么评价，就说过几天你来我这边拿钱。

第二天，中元就找来长生问起这事儿。长生说："其实，刘雄跟我说的时候，我真想去，可是，我们连车费都没有，怎么去得成？所以……就不敢想了。"

"车费我可以借给你们。但是你不能去了胡来，刘雄还小，你要照顾他。那边没人知道你过去是什么样的人，你可以重新开始，要堂堂正正。那样才行。现在你就是要找刘雄道个歉，这孩子，心气高着呢。"

长生找到刘雄，刘雄半拉子眼睛都不瞧他。长生也不说话，双膝跪地说了一声："阿雄我错了。"吓得刘雄赶紧跳开，乡下的规矩，受了比较大的人跪要天打雷劈的，于是就原谅了他。中元接着做通了刘雄爹的工作，把他们送上了到厦门的车。

过了两天，支书收到老陈的信，让他把炼金的材料往矿物研究所寄。中元把自己和树先的寄了过去。半个月后老陈又来信了，他说，该地有金矿属实，但是含量不高。而且地理位置偏远，开发工程过于庞大，难以形成效益，信里还有一张盖着红章的鉴定书，中元把这封信贴在大桥边上的公告栏上，什么话也没说。

村长本来想把大家的事记起来，在村头立个碑，以警醒后人。但是没什么人响应，大家都闭口不谈这件事，事情就不了了之。我们自古以来就没有面对耻辱的勇气，丢脸的事过去了，大家也就心照不宣地忘记了。大家辛辛苦苦洗来的金矿，都各自趁着没人注意的时候丢掉，或搁在家中最不起眼的角落。

淘金的事就这么过去了，但麻婶见到二柱夫妻偶尔觉得怪不好意思的。乡里乡亲的，还为这点破事打架闹腾，低头不见抬头见的，大家都觉得很丢人。说话间，麻婶对大家都客气了很多。小孩还是和原来一样打打闹闹，仿佛什么都没有发生，对于他们，也许所有的打闹都等于什么都没发生。

中元等任期满就不干了。不管别人怎么恳求，他都不想再干这工作，他跟妻子说："当这破官，连乡亲们的信任都得不到，我还图啥？"后来他也出去打工了，只在过年的时候回来。过了几年，在村子里盖了一座最漂亮的房子。

当中元初到厦门打工的时候，刘雄和长生为他接风。长生一高兴就喝得高了，想起淘金的事儿来，说出来听，中元又把最后的结果说了一遍，然后哥仨放声大笑。喝到大家都高了，三个人就在租来的小房子里睡觉，长生梦中还说，那啥淘金，瞎闹腾！到这边才是真的淘金啊！然后咂巴着一嘴的哈喇子。

刘雄和长生到了厦门后，给别人当过保安，也看过门，也进厂打过铁。然后省吃俭用开了家快餐店，专门给别人送饭，等积累了资本，开了小公司，小公司又做成了大公司。现在两个人有了各自的生意，都变成了老板。

刘雄自己的事业起步了，找了一个大学生老婆，就把父母都接到厦门，几年都不回乡下一趟，偶尔回来一趟，就让乡亲们艳羡不已，纷纷说刘雄的爹娘好福气。他出资把村里的破学校推倒了，盖了崭新的洋房。刘雄一直觉得，如果当年村里的人都知道炼金的困难，就不会轻易相信用锅能淘出金来，能淘金的是脑子，而不是手，所以，说到底还是愚昧。要改变只能寄希望于教育了。

而长生后来娶了一个四川的女人，虽然不是很俊俏，但是眉清目秀的，比自己年轻了十多岁。这女人很乖巧，待人接物都比他原来的老婆来得机灵。回乡的时候还带着个孩子，穿得很洋气，七八岁光景，说一口标准的普通话，说话都是"我们城里怎么样怎么样的"。我想长生再也不会让儿子回这里生活。乡亲们都想，幸好当年没把他当落水狗折腾。

而长生说，自己有今天多亏了刘雄当年对他的责骂，于是又想到自己落魄的时候村里人对自己的照顾，当年吃东家吃西家的，才能活过来。所以，每次回家都会给村里的六十岁以上的老人每人一个红包，里面包着一百块的人民币，包括当年扇他耳光的麻婶丈夫和打破他锅的麻婶。他也不让别人谢，别人请他吃饭，他都不去，只在八十多岁的老村长家吃一顿饭，然后就带着老婆孩子离开了，他低头撅着屁股钻进自己的桑塔纳的时候，他感觉到背上都是乡亲们热辣辣的目光。

后来他捐了十万给村里做了个全新的祠堂。门口立着一个石碑，上面整齐地刻着"泰山石敢当"，落款是"刘长生捐赠"。乡亲们都说，长生是个好人，发达了还不忘桑梓，于是请村里唯一的教书先生写了篇铭文，请工匠刻在石碑上，立在祠堂门口。

新任的支书告诉长生的时候，长生说："这样让我怪不好意思的。"然后呵呵地傻笑。心中想，现在应该没有人看不起我了吧？长生觉得，人这辈子，淘到最大的一桶金就是自尊自爱。以前那生活，简直不像个人……

——嘻，还提这干吗呢？现在这样多好！

三十而立

我床边的书架上，一直放着王小波的《黄金时代》，有事没事我都会把它拿出来翻一翻，到最后我总是会翻到某篇文章的最后一页定格，他在那里写道："所谓的真实，就是这样让人无可奈何地庸俗。一切都在无可奈何地走向庸俗。"

三十岁是一个坎。过了这个坎，世间的庸俗气就如同劣质脂粉，涂上日益枯萎的面颊，然后把整个人的面貌都修补得含糊不清。人与人活得越来越相似，吃饭睡觉上班下班，抽烟喝酒K歌，搂着小姐喊"死了都要爱"，然后醉醺醺回家倒在床头……很多时候都感觉不到自己和其他人的区别。有时间就跟人扯淡，骂领导，笑同事，批社会，口沫横飞，终于得出一个世故的结论："生活就是这样了，好好过好自己的小日子吧！"然后各回各家，各找各妈。

的确没有比这个更无可奈何的事情。

我第一次读到这句话的时候，正是二十出头，跟书里的王二一样，狂野不羁。拿着弹弓在校园里打鸟，半夜三更在街边闲逛，碰到站在街边的女子就吹口哨。下午趁着老师不注意，邀了几个伴下河裸泳，当着河边浣衣妇女的面脱个精光，大笑一声，看着妇女臊红的脸，一头扎进河里。游到偏僻的地方，光屁股躺成一排在石头上晒日光浴，醒来的时候，老二直撅撅地翘着，好像准备向什么宣战似的，精神抖擞到不可一世。那时候对"庸俗"充满了不屑。心里想，庸俗跟我有个鸡巴毛关系，老子这一辈子，就是要这么牛逼哄哄地活下去。

那时候我想，也许我可以活得比别人更超脱一点，但这个目标到现在为止，对我而言，仍然是一个悬念。我知道悬念意味着什么，它意味着我必须过着远离地面的生活——这样往往脱离实际，像是断线的风筝，一定要以失去选择的自由为代价。可是在人的世界里，脱离真实也并非全然是坏，如果你能明白，我们经历的一切终将成为虚无。

我毕业后当了两年初中老师，当了两年班主任，那真是起早贪黑。冬天寒风刺骨，除了寒暑假，每天都得早起，像公鸡似的叫学生起床，把他们撵到操场去做早操。然后下早自习，上课，一直到晚自习下课，才有自己的一点时间。还得和学生斗智斗勇，防学生逃学，这时我像个羊倌；提防学生早恋，这时我像个侦探；每天要检查班级卫生，这时我像旧社会大家族里的管家；同学们都是血气方刚，总免不了打架，这时我又得当法官……每天晚上躺在床上，看着天花板，心里想这样的生活是图个啥？始终没有想明白。其实，类似的"Cosplay"多少还是有点乐趣。最让人受不了的是，堂堂七尺男儿，天天干的是保姆的活儿。

有一个春天，班级有个女生发烧了。给我打电话，我让她先去医务室找医生，我随后就到。处理完学生打架的事儿，我赶到医务室门口，已经是十五分钟以后，那个女生裹着羽绒服，蜷缩在医务室门后，像是卖火柴的小女孩。我问，你看过医生了？她说，还没。你不在我不敢进去。我差点没气疯掉。当然这样的事情经常发生，更奇葩的是，有一次凌晨两点半，我接到一个学生家长的电话："喂，老师。我是××的家长。"家长的声音有点儿低沉，但是有点儿急促，充满了焦虑。

我一时也分不清是几点，就问什么事儿。随手开灯看床边的电子钟，显示2:34，我心里"咯噔"一下，莫非他孩子出事儿？！便立马惊醒。现在学生的心理健康是大问题，常有意外的事儿发生。

家长着急地说："老师，是这样。我家xx在宿舍睡不着，你能不能帮我去看看？"

听到这儿，心中真是一千万头草泥马在奔腾。我也是人，我不是心理医生，不是催眠师，不是Baby Sister，难道还得去女生宿舍给她唱《摇篮曲》？真是见鬼！但是还得很耐心地告诉家长，作为男老师，半夜去女生宿舍关心女生不大合适，明天会跟她交流一下。家长可能感觉到了我的不快，悻悻地挂了电话。

挂了电话，一夜无眠。我看着床边王小波的《黄金时代》，想起当年那个不可一世的少年，躺在烈日下的石头上，生殖器指向高远辽阔的天空。那个狂野不羁的少年，怎么能容忍这样的生活？就在那个晚上，我下定决心要逃离老师的行列。说是逃离一点儿都不过分，入职时希望自己成为教育大师，惩前毖后，治病救人。让人人爱戴的梦想，在短短两年时间就成了泡影。

因为这段经历，让我对能坚守在教师行列里的人心怀敬意，他们简直就是超人。

后来我进了这家杂志社，做编辑。每天与文字打交道，与故事打交道，简单纯粹得多。日子晃晃悠悠，我就这样进了而立之年。当年那个意气风发的少年，变成了腆着啤酒肚的中年大叔，再也蹦跶不动了。

这个职务给了我不少认识文学青年的机会。我喜欢年轻的文学爱好者。在他们眼里，我们编辑是高高在上的，对他们是否能圆自己的文学梦有着莫大的关系，再具体一点，我喜欢女文学青年，漂亮点更好。我并没有指望能和她们发生点什么事，但是我就是喜欢和她们在一起，可能不需要什么原因。我推测，每一个男人都喜欢和漂亮的女孩子打交道，只是很少人直说。这是出于一个男人的面子问题，大家都知道不能把自己好色的本性写在脸上。

弗洛伊德认为："男人用下半身思考。"这个观点得到许多人附和，包括我。男人与女人在一起，总离不开性的吸引。这一点男女相似。我们刊物偶尔会组织一些作者开会，请业界一些有名气的老师给大家讲写作的技巧。在各种座谈会的间隙，我也见过有些女的，拿着笔记本到处找知名作家、各色编辑签名，进而要求合照，紧紧地搂着老师们的手臂，乳房挨着老师，笑逐颜开。把刚入行的我看得目瞪口呆。同时大伟笑我说，没见过世面。他说，男男女女说一千道一万，不过就是下半身的那点事儿。写作不过是弗洛伊德说的"反射弧"，把内心的肮脏念头换成光鲜的文字，让大家爽一下。

虽然刚入行，毕竟我也是编辑，终于也碰到个女作者找我合影。尽管我很紧张，但还是假装镇定，感受着手臂上软软的温柔。那是我的第一次，拍一张照片变得很漫长，事后回想却觉得这张照片拍得太匆忙了。我后来收到那张照片，我僵硬地笑着，一副似哭非哭、似笑非笑的怪表情。当然现在已经习惯了，再有女人抱着我的手臂合照，我会稍微把手弯曲一点，让手臂的触感更加真实。当然，笑得也愈发地道貌岸然，宛如谦谦君子。这只能当作是当编辑的小小福利。在文学日益小众的现在，这样的事儿也越来越少啦！

如果你要因此判断我是一个流氓，满心下流龌龊的念头，那也没有办法。其实大多数时候，我对她们根本谈不上性趣。一旦你步入了婚姻生活，男女之事就变得毫无神秘感可言，有时候甚至会有深深的厌倦感。想当年，因为对象的大姨妈造访，我还恨得咬牙切齿，觉得上帝让女人有这么几天的假期，简直是对男人的折磨；现在再看，上帝让女人有例假，其实是给男人疲惫的身心放一个不长不短的假。

不过，人对于艳遇这种事儿，大抵都是不会拒绝的。这是推己及人的想法。三十而立，人在生活中的"Surprise"简直让人梦寐以求。我们朝九晚五，办公室里对着同样的面孔，开的几句玩笑话都已经说腻了；下班回家，面对的也是同样的面孔，床笫之欢也变成了"交作业"；如果去掉街头偶遇的交通事故，堪称是一成不变的生活。"阳光底下无新事"，这样的生活实在没劲透了。也许这就是男男女女都希望"艳遇"的原因，那种未知的可能性，总让人心怀念想。

古人云："妻不如妾，妾不如婢，婢不如妓，妓不如偷。"男人对女人的心态大抵是这样，我也不例外。其实这并不是丢脸的事，只是很多男人都信誓旦旦地否定了这个说法，我想如果他真的不符合这种说法的话，有三种解释：

他是一个同性恋；

他是一个伪君子；

他要么是同性恋，要么是伪君子。

我想性无能也是对异性充满幻想的，当然，这只是推测，我才刚进入而立之年，正是如狼似虎的年龄，根本不能想象性无能的样子。

我有一个漂亮的妻子，贤惠大方，小鸟依人。结婚的时候我跟她说："今生得妻如此，夫复何求？"她听了自然满意万分，那天她依偎在我的怀里，差点把我融化掉。可是现在我一想到自己当年说的话就要脸红，因为我现在依然还是喜欢和女孩子在一起，甚至开一些暧昧的玩笑。虽然什么事情都没有发生过，可是我心中未必就没有越轨的渴望。好几次在一个漂亮的女孩的暗示下，差点失了城池。

事后的感觉大家可想而知：我开始有点后悔，后悔自己这么假道学，失去了偷腥的好机会；再后来就有点沾沾自喜，庆幸自己经起了欲望的考验——只是这种庆幸大多时候是阿Q式的。我认为，如果有机会，所有男人都会和我一样，期待某些事情发生的可能。

说真的，我在每次错过了和那些女孩做爱的机会以后都是想打自己几个耳光，并且发誓说："下次还有同样的机会的话，一定好好把握。"可是事到临头，又敲起了退堂鼓。直到有一个用菁菁的名字投稿的女孩在认识我很久以后取笑我："少在我面前装正经，看你那花心大萝卜的小样儿，伪君子。"她是一家酒吧的服务员，在我和同事上酒吧的时候认识我们的。后来她经常投稿，但是我基本不考虑用她的稿件，我不想让自己看起来有机可乘。

我听到这句话无比沮丧，一个人坐在沙发上抽着闷烟。过了好一阵子，她走过来坐在我大腿上，左手环住我的脖子，右手摩挲着我的下巴，没有说话。

我想所有的男人都知道这里包含着什么意思，是挑逗。其实我一点也不柳下惠，在两瓶红酒的刺激下，我心猿意马。我忍不住吻她，她也热烈地回应着，我的手也开始不那么安分起来。我听着她的喘息声在耳边慢慢地混浊起来，我像一个孩子似的，手忙脚乱地脱下她的衣服，我抱她滚烫的身体倒在地毯上。可是在我们就要发生一点什么的时候，我突然停了下来。我也不知道自己是不是想到了什么，只发现自己大汗淋漓心跳加速，然后我坐在地上，靠着沙发抽烟。菁菁莫名其妙地坐起来，用手挡着胸脯说："你这是怎么了？"

我摇摇头没有说话。

她穿好衣服一声不响地坐在我旁边，看着地面发呆。良久，她说：

"你是怕我以后缠着你吗？"

我没有说话。

她说："你放心，我不是那种女人。"

然后她把头枕在我肩上说，"我只是喜欢你。"

我们就这样沉默着坐到天亮。

其实对于所谓的责任，我有自己的想法。我以为我并不害怕对菁菁负责，我害怕的只是如果我对她负责，我将不能对我的妻子负责。

更可能地说，我从小受到的教育就是这样。小时候，父亲跟我说，一个茶壶一个盖。我一直都把这句话作为真理，一直到现在我还是不能打破这想法的局限。人在童年时候的经历就已经决定了他一生的命运。

我总是在自己的文章里面不厌其烦地提到"命运"，可能这与我内心深处的自卑密切相关。我总是想逃避一切责任，可是又不由自主地背起所有责任。就算是最意气风发的大学时代也是如此。

我不停地有过女朋友，可是我们从来没有过性关系。不用我说大家也知道，在这个所谓的信息时代里，三年可以发生多少事情。我们根本不能想象，在这段时间里有多少女孩失去第一次（注意：我并没有加上"宝贵的"作为修饰）。这年头已经什么都能作假了，包括处女膜。所以，"第一次"是否"宝贵"也成为问题。

我在这些问题上特别传统，看见这些广告铺天卷地，我觉得生活忒没有意思——既然这生活已经这么堕落了，那么我再堕落一点又有什么关系呢？

我常常和同一个办公室的大伟一起上酒吧去，按照大伟的说法就是"体验生活"。大家都知道，作家们都喜欢体验生活，然后把生活写成小说。

大伟一直就是把自己当作家看的，因为他在我们自己编辑的刊物上用笔名发表了一篇叫作《生活万岁》的短篇，自从那时候他就以作家自居。

有一段时间我们杂志稿源紧缺，主编看上了我大学里面写的一篇标题叫作《小说》的小说，但是我认为自己的文章还不够老练，推辞过去。

过了几天，大伟在下班的时候走到我办公桌前面，对我说："寒枫，晚上有空吗？我请你吃饭。"我推辞，但是他不由分说就把我拉到一酒家里面。占了个包厢，点了一桌子菜，叫了几瓶酒。然后便跟我瞎扯一晚上。最后吃完了他埋单，在酒店门口我道完谢正要走，大伟却一把拉住我说，有件事请我帮忙，他一位朋友的稿子要我改一下。我当时面酣耳热的，还来不及回答，他就把稿子塞到我公文包里头，一把把我推进出租车，还扔给司机二十块钱，送我回家。

我迷迷糊糊到了家，结果回家老婆的脸板得跟皮鞋帮子似的。我一进门就怪我不回家吃饭不提早告诉她，她说："我今天煮了两个人的饭，结果没人吃。特地给我熬了鸡汤，现在都要拿去喂狗了……"说这些话的时候一脸的怒气，和点上火的煤炉子没什么区别。

我说："那狗在哪？我要去和狗决斗，居然抢我的汤喝。"

老婆脸上闪过一线阳光，说："那你还喝我的汤吗？"

"喝！为了伟大的革命爱情，我为你捐躯了也要喝。"我谄笑着说。

我连骗带哄好歹让她笑出来，晚上又开心地和我亲热了一回。这女人在我郁闷的时候总有办法让我开心，在她生气的时候，我自然也应该让她好过。我以为如果夫妻在对方失落的时候能给对方恰到好处的安慰，就算是完美的爱情了。

我的爱情很完美。

第二天是周末，我看大伟给的稿子，上面没有署名，我不知道是谁写的。说真的，如果不是昨天吃了他一顿饭，打死我也不会帮他改文章。文章大概一万字，三千字是废话，而且叙述表达混乱，遣词造句胡来，真不知道怎么写出来的。

花了我一天的时间，终于把它缩成六千多字的短篇，然后交给他。交给他的时候我说："大伟呀，以后千万不要再请我吃饭了。"

大伟尴尬地笑笑说："不会，不会……"然后又改口说，"应该的……呵呵……谢谢你了，谢谢你了……"

我说："你这位朋友的写作功底真够烂的，是谁呢？要这样的文章有什么用？"

大伟的尴尬好像突然被放大了，脸红一阵白一阵的，手足无措的样子，他没有接过话去。我隐约觉得自己说错了话，但没有特别在意，事情就过去了。

接下来又是因为开会编稿的，一阵忙，累得连大小便都不想自理。

等下期刊物出来的时候，我看见上面就发着那篇《生活万岁》。我一看就急了，拿着刊物就杀到主编办公室，我把书砸在主编的桌上，气急败坏地问："《生活万岁》的作者是谁？"

主编一脸莫名其妙地看着我说："是大伟啊？怎么了？"

我一肚子的话被主编这句话噎回肚子里。那时我拿起书想砸第二次，也只好停在空中，主编更加莫名其妙地看着我，眼睛里写满了问号。

我慢慢地把举在空中的手放下来，表情一定有点气急败坏。我感觉自己的脸面像泼出去的水一样，想收都收不回来。

主编说："我叫你把你的文章拿过来发表你谦虚，但是大伟缠了我一星期要我发他的文章，人不要太谦虚了才好！"

我讪讪称是。主编又说："大伟的文章我让他改了三次都没有通过，但是第四次拿来的时候居然很不错了。真是奇怪。我怀疑是有人帮他修改了，你说呢？"

我说："应该不会吧？大伟写的东西还是能看的！"

主编说："可是开始的时候确实不能看啊？后来才工整的。"

我说："说不定大伟到最后才认真写呢？"

主编似乎若有所思："嗯。"

我们沉默了一会儿，我说："没事我先出去了。"

主编说好，我开门的时候他忽然又问："你进来找我有什么事？"

我连连摇头说："没事没事。"

主编"哦"了一声，陷入沉思。我轻轻地带上了门。门刚关上，我狠狠地朝自己的右脸扫了一个耳光，然后骂一句："操你妈！"可是要我具体说是谁的妈，我也说不上来。大伟的妈？绝对不是，老太婆一个我绝对不会有兴趣的；那是谁的妈呢？

没想清楚。

一整天我就怔怔地发呆，直到下班。回去把大伟的事情告诉老婆，然后又恶狠狠地骂了一句："操他妈的！"

老婆走过来圈着我脖子嗔道："喂！你是中文系毕业的啊，还是作家协会的会员呢？这么没素质？"

我急了，马上接着骂："我就操他妈的怎么了？我就乐意！"

老婆假装生气地说："难道我连他妈都不如吗……"

我忍不住笑了出来。妻子这时候说："都吃了人家的饭了，你还这么计较做什么？"

我恶狠狠地说："嗯，就当被狗咬了一回。"

老婆很狡猾地笑，我警觉地盯着她："干什么？"

"狗咬了你一回，我也要咬你一回！"

然后我说："你爱咬哪就往哪咬，反正被狗咬习惯了，豁出去了！"

妻子一听，柳眉倒竖，使劲拧我大腿一下说："你骂我是狗？！非要咬你不可了！自己说，咬哪好？"

我想了想，撅起屁股说："咬这边吧，肉多。"

"你——气死我了！！"

老婆更加使劲地掐我的大腿，我乘机反击……

没过多久，就是八月份，妻子正在放暑假。我精神奕奕地去上班，大伟却在办公室发名片。

发到我这边的时候，我没有去接，而是很"仇视"地盯着他。大伟嬉皮笑脸地说："老大，给点面子啊？如果不是你，这篇文章也发不了。没有那篇文章，我这张纸怎么发得出去呢？"他的声音压得很低。

我看名片上面分明写着"××省作家协会会员《××》杂志编辑大伟"的字样。

我还是不接。假装一脸愕然地看着他，后来两边嘴角往上使劲地拉了一下，我自己都感到吃力。说："哟！原来是大伟老师啊！久仰久仰，大名所至，如雷贯耳啊！"

大伟脸酱成猪肝色，压低嗓子说："还不是大哥您成全的吗？我们晚上去酒吧行不？兄弟我埋单！怎么样？"

我皮笑肉不笑地说："是不是又有大作让我拜读了？"

"嘿嘿……哪能？以后再也不会劳您大驾了。今天兄弟请客，向您表示谢意。"

"甭——"我一个手势推开他，"作家大伟请客，我怎么担当得起？还是我请得了。"

"老大……您就当我是个屁，轻轻地给放了，成不？'有屁不放，憋坏心脏'，把您的身子弄坏了我可担当不起啊。今晚的赔罪酒无论如何您也要去！"

我想想，实在犯不着为了这屁大的事情和他过不去。于是收下他的名片，等他转过身走出门去，我马上把它撕成两半。然后盯着它看，后来想想不解气，又狠狠地撕了几回，扔在垃圾筒里，再凶恶地啐了口痰。

打电话跟老婆汇报行踪，老婆"噢"了一声没有多余的话，但是我已经想象到了她的表情：她是个圆脸，本来笑着的眼睛往下一耷，小眼睛下面堆着的一小团肉像泥石流的滑坡似的，一下子掉到嘴角，嘴很顺理成章地嘟起来，高度差不多可以挂我的西服，在谈恋爱的时候试过。当时我就想，完了，这次回去非要挨骂不可了。

晚上回家果然就是被妻子教训："你这个没记性的家伙，刚被人骗过还不长记性。又跟着他去喝酒，活该你受骗！"

"这同事之间低头不见抬头见的，他这么可怜求咱了，不去成吗？我可是天天得待在他隔壁办公室的，还有很多事情得合作呢！"

妻子不依不饶，继续说："说你没有原则吧？你为什么不在主编面前揭发他呢？明明是你改过之后才发表的文章，为什么是他得名又得利的？"

"那张作协的证我不早有了？稀罕他的干吗？你喜欢我就天天给你带着，想放兜里你就揣着，想摆胸前你就挂着，行不？"我有点不耐烦。

妻子说："反正你就是这德行！搞得自己多宽宏大量似的，其实还不是一肚子的火？出去就充好人，虚伪！"

我一下子火了："别一点小事就给我上纲上线的。我这么做怎么了？这叫顾全大局。你一个女人，头发长见识短，懂个屁！"

妻子愣了一下，眼眶开始红了起来。声音却更加尖细："我好心你倒当我害你了？你想想你上回说到那破事时候的生气劲儿！怎么就不敢在他面前发火，就懂得朝自己的老婆凶？算哪门子男人？我真是嫁错人了！"

我声音也提高了八度："那你找是男人的嫁去！没人拦着你！"

妻子一下子哭出声："去就去！我又不是没人要，当年一群人追求我的时候，真瞎了眼才看上你。我明天就回我妈那去，不回来了！"

然后她一声不吭就上了床，脸向着墙睡了。我睡在外面，也没有说话。我感觉她还在抹眼泪，心中感觉有点对不起她。但是不一会儿酒性上来，就睡着了。半夜尿急醒过来，发现自己身上盖着被子。而妻子脸朝我躺着，抱着布娃娃，脸上有依稀的泪痕。

心中感觉很愧疚，我想自己的涵养实在不够，为了工作场所能演好戏，只能在家里面发火。为什么自己在家就不能像在单位一样演戏呢？那样的话，妻子一定不会受这样的气。在人生的大戏台上，我真不是一个好演员。

我把被子轻轻盖在她身上，自己也向她靠近了一些。妻子在被子盖上去的时候身体抽动了一下，我一阵心酸。

第二天，妻子大清早起来做好早餐，然后一边打开我们共同的小金库拿钱，一边说："喂，我要走了，早饭在锅里，我不吃了！"

我坐在床上，装出可怜兮兮的样子，说："那我中午吃啥？"

"自己下馆子去！"

"那给我留点钱下饭馆吧？"

"下馆子不都是大伟请客的吗？找他一起不就成了！"但是她从拿起来的钱中抽出几张放回去。

我说："不够，你至少还要给我留几十块钱在里边啊？"

她说："为什么？"

我说："我打的。"

她满脸疑问："你单位这么近打的做什么？"

我说："过两天周末，我打的去丈母娘那边把你接回来。"

她忍不住"扑哧"一声笑了出来："就你会贫嘴。"

我起床把她抱在怀里，她呆立了一会，双手紧紧锁住我的腰，把头搁我肩膀上，轻声说："你看你，经常去喝酒，都成啤酒肚了，当年大学的时候你可是跳高运动员啊！跳得比自己还高，现在就你这大肚子，连床都跳不上去了。"

我趴在她耳边说："只要你在床上，我就穿上登山鞋也会爬上来。"

妻子脸红了，声音像蚊语似的："讨厌啦你，没一句是正经话，鬼才信你。"

我们紧紧地抱在一块儿。好一会儿，她说："快去吃饭啦，要上班呢你。"我松开手，她头还搁在我肩上，我也舍不得动，这让我想起了我似曾相识的画面。

我想，我真的应该好好待她。

在昨天晚上喝酒的时候，大伟又在发名片，普及到了酒吧接电话的小姐，那小姐当时正在柜台里昏暗的灯光下看琼瑶。大伟过去的时候就搭讪："小姐，看什么书呢？看来你也是个文学爱好者啊。"

那小姐回答说："嗯，看着玩儿。"

大伟便很自觉地拿出名片盒。塞给她说："我们是《××》杂志的编辑，这是我名片。有空多聊聊，这位也是作协的，大名鼎鼎的寒枫先生。他写的文章才牛逼呢！整个编辑部，我最佩服的就是他了。"

我赶快堵住他的嘴，转头对小姐说："别听他瞎扯，还没喝就先高了。"我使劲揍了大伟一拳，"胡说什么呢？哪有这么卖弄的？"

我觉得我们根本没有资格称自己是作家。在我的理解里面，所谓的作家，不仅仅需要妙手著文章的灵气，还需要有铁肩担道义的勇气。我觉得我只是一个文字工作者。以前觉得编辑工作自有神圣性，负责把好的作品推荐给大家，但现在觉得，所有的工作都一样，高低贵贱，那是我们自个儿给自个儿的光环。百年以后，都是山头黄土一抔，墙头纸片一张。

因为社会并不需要我们有这么崇高的想法，比如我们的刊物，在很多时候宁愿发一些三流的言情武侠也不喜欢一些曝光社会底层生活的作品。因为那些东西让上面的人看了不舒服，就这个不舒服要了作品的命。

而我工作的目的，更多的是为了薪水，为了养活自己，为了孝敬父母。

我的父母把我整成知识分子不容易，虽然我自己不承认自己是知识分子，但好歹是大学毕业，算个大学娄子，我读的是中文系，现在做编辑还算是科班出身。

如果我英语好一些，说不定还有硕士文凭。说到这里我又想笑了：如果怎样的话，那就怎么怎么了，这句话曾经是我一直嘲讽的对象。最经典的来自一位球赛解说员，他在为一场足球赛做解说的时候点评一次射门："如果这个球不打偏的话就进了。"

当年我很果断地把它评为我生命里面最好笑的笑话。可是现在我自己也常常这么说。这就证明了我现在已经没有以前的斗志，也没有以前批判的力度。用我们的行话说，就是我已经"软"了。我现在该硬的地方只剩一个地方还能硬着，而且还不能每时每刻硬着，只有碰到了漂亮女人的时候才能硬起来。

除了这个玩意儿，别的东西在社会上泡久了都会软掉，这些都是生活的必然结果。

在我大学毕业的时候，我带出来为数不多的几张证书，制作了几份简历往各个单位送去，巴望有哪个单位会收容我。可是当我在面试时发现对手们的简历就给吓坏了——有些人获得的国家级奖状就有一沓，相比之下，我大学简直是白过了，于是就敲起了退堂鼓。

后来，我去打印店复印文件，老板压低嗓音神秘地说："同学，要不要做奖状？"我听了一愣，这奖状还能"做"？！那老板看我一脸莫名，接下去说，"没错，你想要什么奖状我都能帮你做，原件五十块一份，复印件只要两块。"

后来我做了十份复印件全是全国竞赛的奖状，有些是作文竞赛的，有些是英语竞赛的，加上英语四六级证书。然后做贼似的回宿舍，把伪造品藏藏掖掖地塞在背后，想趁大家不注意塞到床单下面，可是一进门就被舍友给抢了，我羞愤得想自杀。可是舍友却笑了，他说："我正想告诉你打印店可以做证书呢！看来你也不比我落后啊。"

我也跟着笑了，尴尬无比。

有了这些证书果然好办很多，找工作竟顺利得出奇，投了简历之后，结果电话不断，好像我真的是个跨世纪人才似的，不管是去当老师，还是后来进这家杂志社，都很顺利。后来这些证书就没有任何用处了。我在工作签下去以后就把它们烧了，然后把灰倒在马桶里，一拉水栓，哗的一下全没了。心情也就这么痛快了。

我在大学四年级的时候，认识了我的妻子，她也是一个文学青年。她嫁给我是因为我写的一篇叫作《小说》的小说。她在看到那篇文章以后就问我："那个猫是谁？"我告诉她，谁都不是，只是一个理想。

她说，我喜欢有这样的理想的男生。然后我们就恋爱了。

其实我骗了她——那个猫是一个真实存在的东西，只不过她对我来说遥不可及。因为遥不可及，就成了理想。猫对我说过：理想永远都不能靠近，它不是用来实现的，而是用来憧憬的。所以我就真的把她当成憧憬了。我觉得自己苦苦追求的东西只不过是随时可能幻灭的肥皂泡而已，彻底绝望。

当年高中的时候，我把上大学当作一件神圣的事情，到了大学的时候才发现，所谓的大学，不过是这么一回事，根本不值得一说。等到我拎着行李走出大学校门，心底忽然想起网络上很流行的一个段子——所谓的大学正从我身上爬下来，我看见它捏着老二抖了抖，对我说，青春留下，你走。

我忍不住就对着校门上金光闪闪的学校名字竖起中指。

我感觉，当年一心要上大学结果换来的只是一次迷奸，我自以为上了大学，其实只是被大学上了一回！不过值得庆幸的是，不管是谁上了谁，快感同在。这是唯一值得安慰的事情。后来我在工作三年以后想到这句话，又有了更深层的理解：那个大学换作生活，竟然同样贴切。所谓的生活，就是一场醉生梦死的迷奸而已。

这种想法让我害怕。

我在大学里面谈过恋爱，这个并不稀奇。我在大学毕业以前的尿都还能算是童子尿。我自己并不以为耻，可是很多人批我的时候都不留余地："大学毕业居然还是处男？真是丢脸，算不算是写文章的？风流才子，才子风流啊？你是怎么搞的？莫非你是柳下惠？"

我摇头苦笑。

其实很多观念我并不能接受，但是我看得开。人活着非得有自己的一点信念不可，不然做人可就忒没有意思。不过我还是告诫自己，做人千万不能看不惯世界，对世界挑三拣四的，吃亏的一定是自己。我在生活里面喜欢装糊涂，装糊涂是做人的一个境界。你装糊涂的本事的高低和你的社会地位有着非同凡响的关系。比如，我们主编之所以可以做主编，就在于他装糊涂的境界比我高出一个档次：他让大伟的文章发表，却也让大伟对他死心塌地；他明明知道大伟的文章是我改过的，但是在我否认的时候却假装不知情，手里握着我的把柄，不怕我不听话。

在社会上混什么？不就是前途和钱途；得到这些靠什么？靠的就是装糊涂三个字。其实不仅仅混社会需要装糊涂的本事，就连生活，你也得装糊涂。和上司打交道要装，和同事交往要装，碰到请教问题的文学青年要装，回家了跟老婆也要装，不能把什么都兜出来，不然你就死定了。

我在大学里面的时候不懂装糊涂，所以连自己的女朋友都没留住。

这个还是和我的那篇叫作《小说》的小说有关系。

我写的小说里面说到"我"有一个女朋友，"我"整天和她花前月下；同时心中却梦着和一个叫作"猫"的女人长相厮守，"我们"在乡下种田种萝卜，养狗牧羊的，还有一群和萝卜一样的孩子。女朋友因此才和我过不下去，后来我们就分道扬镳了。

和"猫"一起过的生活是我崇高的理想，我一直向往一种男耕女织的生活，但是生活把我往城市里面推。我不能不顾及父母的愿望，在城市里面找一份体面的工作。而且，如果我真的去过一种田园生活的话，绝不会有穿着裙子的高中语文老师看上我，并且嫁给我，她喜欢这样的理想并不等于就喜欢过这样的生活。所谓的"小说"，是一种虚构，虚构是不需要负责任的，这和生活本身有很大的区别。小说可以表达我们的理想，但是生活却不需要有太多的理想。

所谓生活和小说是一个悖论，确实是真理，而小说换成"理想"也很值得推敲。

这就是我在大学毕业以后很少写东西的原因。如果虚构不能满足自己的理想，或者对现实没有什么帮助，那费尽心思去虚构又有什么意思呢？

所以现在的文学青年投的稿多数是一些伤春悲秋感怀身世的文章，什么青春的迷惘啦，刻骨的忧伤啊，全都是无病呻吟、自我陶醉的东西。

看了心烦。

我一直把一句本来和我不相干的话作为自己生活的态度：做好最坏的打算，朝好处努力。于是我总觉得自己不至于无限绝望。一个人高估自己是不好的，妄自菲薄更是错误，只好在其中找到一个平衡点，就是这样，对生活有所求，但是不希望有所获。不管有怎么样的结局都令人满意。

我很得意地向我妻子吹嘘我的态度，结果被她泼了一头冷水，她给我一句话："你这是死猪不怕开水烫，德行！"我听了一下子蔫得不成样子，全身器官都像是霜打过的茄子，整整一个星期不能满足她的生理需求。医学上这个症状叫作"心理性阳痿"，我懂，但是她不知道，于是吓得她向我道歉不迭，她说："是不是我说错话了？我不知道事情会变成这个样子，其实你的态度很好。"

我听了自然满意，当天晚上我就猛得像非洲野驴。

第二天早晨她说："你这家伙坏到家了。"然后就黑着眼圈又精神亢奋地去上班。还好她只是一个中学语文老师，接触的全是一群孩子。想当年我们还是"孩子"的时候，完全不谙世事，和女生多说几句话，就怕别人说闲话。可是现在的孩子写文章都能写出什么怀孕啊、流产这类的。记得我大四的时候去一所小县城的第一中学实习，他们的校刊上发表的一篇最长的文章就是讲早恋的，还未婚先孕，最后一边上大学一边养孩子。

身体上的开放叫作淫荡，思想上的开放叫作前卫，现在许多孩子既前卫又淫荡。不知道这社会是进化还是退化了。

始终都想不明白。

那天我在杂志社审稿昏昏欲睡，被领导私下批评，他很严肃地说："年轻人啊，晚上做事悠着点，别影响工作。"我尴尬点头称是。但是我心里怀疑这个主编是不是没有年轻过，不是说"人不风流枉少年"吗？说不定他在三十岁的时候已经过着五十岁的生活了，这很有可能，看他的脸就知道了，活像风干的橘子皮。这样的话可真惨。我心中有点同情，也有点庆幸。

然后我继续审我的稿，这年头的人写的稿件全部都有我上一周的生理问题，每一篇不是无病呻吟，就是故作高深，都是"心理性阳痿"的症候。我忽然有个很荒唐的念头，请我妻子来整整，说不定全部文章就能像我昨天晚上一样坚挺。然后我就在自己办公桌前咧着嘴傻笑。领导很疑惑地问我："寒枫啊，你今天是不是吃错药了？"

我脸色一正："哪能？我是觉得这个作者写的东西不错，挺好玩的。"

那天晚上，我搂着我妻子躺在床上聊天，说起了我白天的想法。她听了使劲一掐我大腿，娇嗔一声："你浑蛋！去死啦。"

我吃痛地叫一声，叫得很夸张，说："我死了你怎么办？"

她说："我找一个嫁啊，世界上男人又不只你一个。"

我说："你以为像我一样能让你黑眼圈的男人有几个？"

她涨红了脸说："你这个死不正经的，我不理你了！"说完就转过身去，背对着我。

我趴在她耳朵上轻轻地吹气："今天晚上魔鬼要来，你一定要把他关到地狱里去。"

她用手捂住耳朵看着我："我不管，你自己关去吧！"

我盯着她，奸笑。

她看了我一会儿，"你这个坏蛋！"就把头埋在我怀里。

我轻轻地抱着她，没有说话，伸手摁掉台灯。过一会儿我就睡着了。

我好累，感觉心力交瘁。

在睡觉醒过来的时候我常常会觉得自己是在做梦，我一直以为生活就是在做梦。很多个早晨，我睁开眼，就看见一个不算太小的房间，宽宽大大的床，柔软的枕头，阳光透过浅浅的窗帘洒在金黄的地砖上面，泛着幸福的光泽。一个女人双手抱着我的脖子，沉沉地睡着，一脸的满足样。我总是先捏捏自己的耳朵，看看是不是真的，然后通常都是把她吻醒，然后她起床煮稀饭，我出去买糕点。然后吃早餐，吃完以后我去上班，她去上课。生活就是这样简单，简单得像一潭水。可是我不是一个知足的人，这点在我大学的时候就暴露无遗，我大学的女朋友是一个很好的女孩，可是到最后我们没有在一起，我始终不知道我要求分手是为了什么，我想她也没有弄清楚。

有人说，生活不需要任何理由。就这件事看来，这句话很对。

我一点也不怀念我的大学生活，在离开大学校园的时候我有一种被骗的痛感。我在收拾行李的时候想到一个故事：有位兄弟去酒吧喝酒，看见一种很特别的酒，叫作"心痛的感觉"。心里好奇，便要了一杯。一尝之后，果然心痛——原来只是一杯白水，可是价格比香槟还贵。

我想，我的大学生活只不过是花了一笔巨资喝了一杯白开水，然后拿了一张叫作"文凭"的消费证明，仅此而已。

菁菁是一个怎么样的人我到现在还是不清楚。我常常很希望她打电话找我出去喝酒聊天，然后开一些七荤八素的玩笑，甚至还互相拥抱接吻，调情。直到就要发生一些什么的时候，我就放弃了。

我觉得自己是在开生活的玩笑，我从来是一个不正经的人，而我也不以为自己是个轻率的人。我只是喜欢把生活过成玩笑的样子。我不喜欢伪装，我是一个好色的男人，我从没有否认过，而且我该硬的时候就硬，软的时候也不逞能。

这是我很久以前的生活态度，现在不是了，我现在发现，一个人在生活里想要立得住脚，决不能来真的，有时候该硬的时候你得装软，软的时候你偏偏得装硬，这样才不至于被生活嘲笑。久而久之，我就习惯了像今天硬不硬软不软的生活，谈不上喜欢。这是一个人在生活里面一定得接受的东西，不管你愿不愿意。从这个意义上说，还不如痛痛快快地接受，反而省事。

菁菁说，你觉得这样很爽吗？你这个假道学的人渣、性无能的禽兽。

我默然。

其实我知道自己为什么喜欢勾起她的欲望然后又不让她如愿。因为在我看来，生活中的一切都只是一个游戏，大家很明白，游戏意味着作假。我无时无刻不在作假。

昆德拉说："调情就是允诺没有保证的性交。"很对。这样符合游戏的态度。不过这句话让我很是伤心——我乖乖地点好了钞票，心甘情愿送给一个叫作大学的家伙，没想到它只是不经过调情就把我日弄了一回，它这种态度让我觉得它只是头种猪，一头头母猪拉过来，它就爬上去，一番折腾后在每个大学生身上留下一点精液，然后一拍两散。

我的生活太平静了，除了上班下班、吃饭睡觉竟没有别的事情。这样很无趣是吗？我是这么想的，我以为人生最大的悲哀就是无趣。可是我发现每一个人都是这么无趣。没有什么值得自己心动的事情。

我就和妻子吵架。先骂到声嘶力竭然后做爱，筋疲力尽之后拥抱着睡觉。这个世界根本不需要理想，也不要英雄。但我常常在做爱的时候会幻想自己回到历史的某个时候，我骑着战马，征战四方，所向披靡，所有的对手都挡不住我的铁骑。

做完爱，我想：给我一个背景，我会变成一个英雄的。然后在疲倦里沉沉睡去。

我就是这么安慰自己的，其实每一个人都是这样，都有可能成为叱咤风云的人物，可生活总是这样平静，没有波澜，我们所有的辉煌的梦想，都在柴米油盐酱醋茶里变得简单而且平庸。

我妻子常常说我太懒，起床不叠被子，吃完饭也不洗碗，上厕所不冲水，连胡子都不想理，明明不是艺术家，偏要装作一副很艺术的样子，一点也不思上进，我就说这是一个不需要英雄的年代，世界大战离我们很远，我们这里太平无事，只要人活着，冷也好热也好，开心也好崩溃也好，什么都无所谓。

妻子在这时候就说："你这头猪，没有理想没有抱负，整天除了吃喝拉撒睡做爱以外，就不知道还该做些什么吗？"

"我是猪那你是什么？那你就一定是母猪了？"我嬉皮笑脸地回答，"母猪母猪我爱你！嘿嘿……"

她只好哑口无言地瞪着我。我喜欢看她生气说不出话来的样子，她的眼睛不是很大，轻轻一笑就眯成一条缝，生气的时候倒是会睁得老大老大的，不管怎么样都很好看。

其实我不是没有理想，我有自己的梦想，可是我知道自己永远不会有机会实现。所以我装作自己什么都无所谓，什么都不想追求，这样她就不用为我担心。她可以活得比较单纯比较快乐。她是个善良的人，有权力得到她想要的幸福，我希望她一直一直都这么幸福。

我身上有种"不安分"的血液从未停止流动。从我和妻子亲热时的幻想就可以知道了。可是事实上，我的生活比开水还要平淡无味。平淡得让人崩溃。

我很少为自己不能实现自己的理想而感到悲伤。认识猫给我最大的收获就是怎么样去接受理想与现实的差距，其实猫才是我梦里的女人，可是大家都知道，她在我的生命里，永远变成了一个理想。依次类推，还有哪种理想的失落可以让我难过呢？

　　可是生活不能少了征服的，所以不停地认识文学青年是一种快乐，在他们面前，我总有种高高在上的快感，他们对我毕恭毕敬，虽然我知道，我只不过是他们实现理想的棋子，但是只要能满足我的虚荣，其他都可以忽略不计。

　　我从不认为菁菁是真的喜欢我，她只不过希望用自己的青春在我身上换到她要的梦想，和梦想比起来，一切的礼义廉耻都是扯淡。只不过他们都不知道，在我手里，他们什么都别想得到，在这些问题上，我总比他们技高一筹。

　　在我刚从大学校园里走出来的时候，我觉得这个世界就是为我准备的。我以为这个社会会为我改变，可是到现在终于接受——世界从来没有因为我而改变，而我已经成了社会的一部分，也将不再改变。

　　菁菁在那一次骂我性无能之后，就再也没有找过我。我有点失落，我感觉自己的地位将要发生改变。有一次，大伟在聊天的时候，很诡异地贬低我："寒枫，你是性无能吧？或者是性冷淡？"然后配合一群女同事夸张地笑。

　　我笑了笑，没有说话。那天下班了，大伟留下来和那些女同事聊天，第二天女同事都用有点嘲笑有点同情的眼神看我。

　　后来我发现有一期的杂志上竟发表了一篇署名为"菁菁"的文章。我拿着这份杂志微笑着对大伟说："菁菁这个女孩写的东西真不错。好好培养啊！"

他的脸唰地就红到脖子上。

后来常常有菁菁的文章发表，我见了也就是不以为意地对大伟微笑，他对我越来越恭敬……

直到有一天，他辞职一走了之。大伟人其实不错，可惜的是有良知却没有原则。在我看来，他这个人是太简单了，不擅长演戏。

世事洞明皆学问，人情练达即文章。这话说得没错，他的这篇"文章"始终都没有做好，其他的我可以帮忙改，可是这个我无法代劳。

我想我很爱我的妻子，只是生活让我不敢肯定。如果你对一件事情没有把握依然信誓旦旦，一定不会有好结果。我知道，如果没有意外，我和她会相守到老，她就是我当年梦里飞奔而过的猫。事实上，生活永远不会有意外的，是吗？我希望没有，就算有，我也要把它当作是在自己的意料之中。

除了她主动跟我谈，否则我决不会主动去了解她的过去，我们之间好像有一种契约，让我们这样心照不宣。我知道，过去是一笔遗产，任何主动的介入都是破坏。我不想自己在无意之中做了我们婚姻的刽子手，粗暴的干涉会使生活变得无趣，我们不需要无趣。

我想，不管天晴下雨，每天早上醒来如果有一个女人在你的怀里恬静得像一只猫，你一定比谁都幸福。我就过得很幸福。

我想我真的是一个很幸运的人，因为我大学时有一个很好的女朋友，现在有一个很好的妻子。这辈子要找到一个好人做妻子还真的不容易。只是我常常觉得自己对不起她，因为我不够坦白。

我到现在还是会想念猫，我说过了，她是我的理想，我总是期待自己会拥抱自己的理想，然而我终于与理想南辕北辙。我说过了，我是一个很不知足的人，虽然我现在过着幸福的生活，可是我有时候还是会觉得自己如果和猫在一起更幸福。其实没有人知道我心里的猫是人是鬼，连我自己都不清楚。

有一天早晨，我妻子问我："你昨天晚上在梦里一直喊'猫'，难道你说的猫是一个理想，是骗我的吗？你不是喜欢我，而是把我当成了你的'猫'，是吗？"

我说："不是。"

她说："其实我已经听你叫过许多次了，只是我一直都没有问你。我害怕你告诉我说你是骗我的，我害怕受骗。"

我说："我没有骗你。"

她说："你要跟我说实话，我现在知道了，被骗比被辜负更加令人难过，不要对我隐瞒什么，如果你真的把我当成你的妻子。"

我把她抱在怀里说："我没有骗你。真的。"

她心满意足地点点头，说："我爱你！"

我没有说话，只是紧紧地抱着她。其实我对所谓的爱情并不坚定。我明白什么事情都是会变的，我只是做什么事情的时候都在努力习惯，习惯生活给我带来的一切。

我相信，只要我习惯了，什么都可以很坦然地接受。

生活就是这个样子的。没有别的东西。

我和我的理想只是当年一厢情愿地自由恋爱，忽然我觉得自己已经老了，像是我的主编上司。每天早晨在盥洗室的镜子里，都可以看见我模糊不堪的脸。

在一个阳光很好的日子，我刚被主编表扬过，他说，准备提拔我做副主编。我像喝过二锅头一样飘飘然，忽然想起我在走出大学门时的那个惊世骇俗的手势。我举起右手，竖起中指，转动了几下，茫然地笑了。我忘了当年自己在大学校门前面的誓言——

我爱你，生活！强奸我吧，不要用迷奸。

原来迷奸也是一种幸福……